維榮之妻

太宰治

鄭美滿◇譯

新雨出版社

國家圖書館預行編目資料

維榮之妻／太宰治著；鄭美滿譯．
-- 初版．-- 臺北縣三重市：新雨，2010.01
面；　公分

ISBN 978-986-227-054-7（平裝）

861.57　　98025159

維榮　乃指十五世紀末期法國著名放蕩詩人——法蘭索瓦・維榮（François Villon, 1431-1463），一生放浪形骸，命運多舛，屢歷入獄、逃亡之災，終至遭臨放逐，是名充滿悲劇性與話題性的文學天才。為法國近代詩之先驅。其名因而常被援以形容無賴、放蕩之人。

「愛是捨生之事，
我不認爲是甜蜜的。」

也許，
這僅是同一根稻草挺直了腰桿般的纖弱驕傲。
但，即便是這樣的一絲微薄驕傲，
我也希望，能確實擁有。

「生而為人，

我很抱歉。」

OKYO BOWL

推薦序

飽受絕望與苦惱侵蝕的地獄作家

銀色快手（日本文學評論家）

男人害怕的是，一旦相信愛情，所有事物都會消失；
而女人卻明白，當一切消失之後，殘留的愛多麼珍貴。

——《維榮之妻 ～櫻桃與蒲公英～》

很多人無法理解太宰治，總以為他就像〈維榮之妻〉裡的男主角大谷穰治，是沉溺於花天酒地的浪蕩子，有事沒事嚷嚷著「苦惱啊，苦惱」，卻不願意積極作為來面對他的真實人生。我想，假使太宰治生在春秋時代，孔子看到他那副德性，肯定搖頭嘆氣，說他「飽食終日，無所用心」，充其量不過是個聰明的人渣。

這是多麼殘酷的誤解！

身爲地主家庭的么子（排行第六），理應享受榮華富貴，但他卻背離了家庭與親人，終其一生被命運擺布而身不由己。

他長得帥是事實沒錯，在當時可以說是文學界的頭號型男，而他荏弱纖細以及容易受傷的氣質，更激發女人「好想要保護他」的母性本能，甚至不惜捨身同他殉情。直至今日，在日本仍有爲數不少的讀者粉絲爲他瘋狂。那步步令人深陷欲罷不能的文字魔力，在近代日本文學史上幾乎無人能出其右。

是怎樣的環境造就了他異於常人的氣質？

應從太宰的童年時代說起。

在鄉下寺院旁的墓地上，太宰試著轉動象徵著命運的鐵輪，女佣告訴他說，轉動的鐵輪一旦停下來，開始逆轉，那人就會下地獄；結果，每一個鐵輪竟像是互相約定好似地，不停地逆轉。太宰一邊哭一邊不停轉動著鐵輪，「我要去地獄了！」

這是由太宰治最初的小說〈回憶〉中摘錄的一段故事。

直到三十九歲投入玉川上水自殺爲止，這十幾年的歲月，他的人生艱難地走向地獄的盡頭，愈愛愈墮落。

看不見光亮的黑暗中，他對於生活徹底地絕望了。想透過寫作去證明自己的存在，必得有超越地獄的意志力，然而，愈是想超越，他卻愈是犯下更多無可彌補的罪惡與醜惡的行徑。而且，與他的意志恰好相反，他一天比一天陷入更深的地獄。

他的苦惱，是必須獨自一人承擔的一種特殊的苦惱，在於身分得不到認同，在於至高的理想無法達成，在於不斷嚴厲地批判自己，不容任何虛僞矯飾。一旦著墨於筆端，便使其隨時保有清晰的自覺，忠實呈現人性幽微、不堪入目之卑屈，縱使不能爲真理的十字架犧牲，成爲眾人景仰的聖徒，也要活得無愧於心、無愧於天地。

他是如此地任性妄爲，自顧自地毀壞世俗體制建立的一切，卻無意建構新的理想和價值。〈維榮之妻〉裡，太宰藉由酒鬼丈夫的詩句，說出「文明的結果是個大笑話」，看似睥睨一切，眼中只有酒的好處，卻忘了妻子的溫柔。

故事中並以十五世紀法國詩人「法蘭索瓦・維榮」這位一生放浪形骸、命運多舛，充滿悲劇性與話題性的文學天才自況，通過自我解嘲來抒發內心的不安。

唯一能把握的真實，只有他那近乎「虛妄」的毀滅意圖，而能夠徹底擺脫現世羈絆的自由境界，除了死亡以外，沒有第二條選擇之路。

身爲酒鬼與作家之妻的佐知，爲了丈夫受盡磨難，卻仍不願放棄這段婚姻，在旁人眼裡或許是個不幸的女人，但只有她最能理解大谷性格上的缺陷和陰暗面。

她堅毅地扛起應該是男人負擔的家計甚至債務，恆久的耐心與智慧，一點一滴的包容，像蚌殼一樣用脆弱的內裡，逐漸，將傷害人的砂粒，圓融成珍珠般的愛情，體現日本傳統女性柔韌敦厚的美德。也讓讀者心領神會，維繫著婚姻的不單單是雙方的相愛相知，更多的是理解、尊重和包容，才能夠一直相守到白頭。

謊言說了一百次，很可能變成真的。作爲一個具有地主氣質的貴族末裔，太宰治從未享受到來自財富或權勢的種種好處；且，他自幼便已意識到自己與他人的不同，潛藏的優越感與他嚮往的無產階級革命，更加深了他內心的強烈矛盾。

即使表面上他渴望受人尊敬，企圖塑造一種崇高的人物形象作爲理想，然而，內心卻隱藏著極其旺盛的食欲、性欲、物質欲。太宰治對此深感虛僞和欺騙，內疚感也油然而生。

他誠實而正直，但不代表他不說謊。與其說他爲了活下去必須欺瞞自己，去違背他所遵循的那些人生準則，不如說他是個技藝高明的說謊者。

如果說謊不夠高明，寫小說是沒人要看的，即使爲了稿費必須說謊，這謊言也要經過良心的檢核提升到尖銳反省的意識上。

在小說中，他以一種玩世不恭的態度，伴隨著玩笑說謊，但他心中仍有一把尺，度量著善與惡之間的距離。人們總在說謊時變得認真，在說笑的同時述說著真理。在太宰治看似輕慢的言談中，包含著極爲深刻的真實，這就是小說家之所以能立足於世的道理吧。

「生而在世，我很抱歉。」太宰治如是說。

看過電影《令人討厭的松子的一生》的朋友，對這句話特別有印象，尤其是松子發了瘋似地在牆上不斷書寫著這同一句話，那個畫面著實撼動了我。後來，當知道這句話來自太宰治，我的心情陰鬱到陽光完全透不進來，能感受那些無聲的吶喊發自心中。

我從來都不是個堅強的人，遭遇到困難和煩惱往往先退縮，也會躲進自我封閉的殼中假裝什麼事都不曾發生過，像一隻畏光的獸舔舐著脆弱的心。

每個人都渴望愛，卻不願意付出真心，像松子那樣熱切於生活的人，得到的卻是悲慘孑然的一生。我恍然領悟，這不就是太宰治的寫照嗎？

絕望啊，絕望！但人生不會永遠那麼陰暗漆黑，也會有一瞬之光乍現的魔幻時刻。生而在世，活著最大的意義，不是在於別人爲你做了多少，而在於我們爲別人付出什麼？

自傳性小說《人間失格》的後記裡，隱藏著解讀太宰的祕密之鑰——

即使大庭葉藏有那麼多的愚行和醜行，……也是像神那樣的好孩子。當然，這番話，像他如此具有強烈羞恥心的人，是說不出口的，所以要借用酒吧老闆娘之口，若無其事地說出來。

對太宰而言，幸福僅是一種致命的幻覺、一有光明轉瞬成爲泡影的生活，總甩脫不了命運的主宰和操弄。死亡不全然是解脫，其中也包含了生命的完成，或說是作品的終結？當他的人生劃下休止符的那一刻，我彷彿聽見天使的歌聲爲他祝福。

目次

維榮之妻

維榮之妻

Villon's Wife

一

玄關處，傳來慌慌張張的開門聲響。閉著眼都想得到，定是我那爛醉如泥的丈夫，深夜迷途知返啦。所以不必當一回事，繼續睡我的覺吧！

丈夫打開隔壁房間的電燈，哈、哈的呼吸聲強烈而急促，桌子和書櫃的抽屜被拉開、翻動，似乎在找著什麼。不久，聽聞咕咚一響，跌坐在榻榻米上的聲音。其後，除了哈、哈的急促呼吸聲，便再沒有其他動靜。我依舊躺著。

「您回來啦！晚飯吃了沒？櫥子裡還有飯糰喲！」我說。

「呀，謝謝！」挺斯文的回答。「孩子好嗎？發燒還沒退嗎？」他問。

這……還真是稀奇哪！這孩子啊，明年就要四歲了，也不知是由於營養不良？還是丈夫酒精中毒的緣故？或者是病毒什麼的？竟長得比人家兩歲的孩子還小，走起路來步履搖晃、蹣跚踏步；說起話呢，充其量只能嗚嘛嗚嘛，或咿呀咿呀的。難道是頭腦壞了嗎？我想。帶他到澡堂去時，抱起他赤裸的身軀，是那樣地瘦小、醜陋，令人不禁悲從中來，也顧不得在眾人面前，眼淚便撲簌簌地直落。孩子動不動就吃壞肚子、生病發燒，丈夫卻幾乎不在家，關於這些惱人事，他又能答上什麼腔？我說：「孩子發高燒呢！」他答：「喔！是嗎？帶去看看醫生比較好吧？」然後，便披上無袖短披風，不知急著上哪兒去了。很想帶孩子前去求醫，卻是阮囊羞澀，唯能默默地陪著孩子睡覺，撫摸著他的頭，除此外也別無他法了。

然而，今晚是怎麼啦？難得這麼貼心，很希罕地問起孩子的情形來了。與其說我高興，倒不如說，有種可怕的預感，讓人感到背脊發涼。我沉默著，什麼話也沒有回應。就這樣子，空氣中，僅有丈夫劇烈的吸吐聲盪動。

「對不起！」

纖細的女子聲音自玄關處響起。我整個人如同被浸入冷水似地打起寒顫。

「對不起！大谷先生！」

這回，音調稍微提高了。同時，聽聞玄關的門被打開。

「大谷先生！您在家嗎？」

聲音聽來有些生氣。

丈夫於是勉強地走往玄關。

「有什麼事嗎？」

感受得出在他慢條斯理的口吻之下所潛藏著的惶恐不安。

「無事不登三寶殿呀！」女子壓低聲音說著。「好歹您也有個家，爲什麼要像個小偷一樣呢？這到底是怎麼一回事啊？開玩笑的話，也夠了吧！把那個還我！不然的話，我馬上報警！」

「妳在說什麼啊？這太失禮了吧！這裡不是你們該來的地方，回去！再不回去，我要告你們了喔！」

這時，一名男子的聲音加入。

「先生，您膽子可真大。這裡不是我們該來的地方，那麼請您到外面來！您還在說什麼大話啊？怎麼會沒事呢？那可是我們家的錢啊！您開玩笑也要有個限度呀！到目前爲止，我們夫婦爲您吃了多少苦，您知道嗎？

這不提也罷，但今天晚上這種狗屁不通的事，您又是在搞什麼名堂？先生，我們真是錯看您了！」

「敲詐！恐嚇！」丈夫扯高了嗓子說道，聲音不住地顫抖著。「回去！有什麼事，明天再說！」

「家醜不敢外揚是嗎？先生，您實在是個百分之百的惡徒！那麼我想除了拜託警察，也沒啥好說的了！」

這句話當頭一擊，叫我全身起雞皮疙瘩，一股強烈的厭惡感籠罩著我。

「隨便你！」丈夫的聲音依舊激亢，卻似乎已有些心虛。

我起身於被褥上穿好短褂，接著來到玄關，向兩位來客致意。

「歡迎！」

「啊，這位是太太嗎？」

一名穿著及膝短外套的五十多歲圓臉男子笑也不笑地對我稍稍點了頭。

旁邊則是名年約四十前後，打扮整潔的瘦小女子。

「這樣深更半夜的，很抱歉打擾了！」

女子同樣笑也不笑的，她取下披肩，向我回了個禮。

此時，丈夫突然自前院拖著木屐飛奔而來。

「喂！不要和那傢伙說話。」

男子趁勢抓住了丈夫的一隻手，正巧來個短兵相接。

「放手！不然刺下去喔！」

丈夫的右手中閃動著折疊刀的銳利光亮。那把刀是丈夫所珍藏的東西，一直就收在他桌子的抽屜裡。也難怪他剛剛一回到家便不斷地在抽屜裡翻找著什麼，看來是早料到會發生這樣的事，因此才事先備好刀子放在懷裡的吧！

男子鬆手。丈夫於是藉機袖襬一揮，如同隻大烏鴉似地往門外遁去。

「小偷！」

男子大聲疾呼，正打算朝外追去，我趕忙光著腳跳到地面，緊緊拉住男子。

「別追了！何必傷了和氣呢？有什麼事讓我來處理！」

聽我這麼一說，一旁四十來歲的女子也跟著附和。

「對呀！老伴。瘋子拿著刀子，不知會做出什麼事呢！」

「畜牲！來不及通知警察了。」

男子一邊呆望著漆暗的天色，一邊心有不甘地喃喃自語著，不過，似乎已漸漸斂下了方才的盛怒。

「實在很不好意思！請進來坐吧！把事情的經過告訴我。」

我站於玄關的鋪板處邀他們入內。

「或許，我可以圓滿處理的也說不定呀。請進來吧！請啊！裡頭寒傖了點就請將就一下吧。」

兩人對目相視，隨後不約而同地微微點了點頭，男子的態度也軟化下來了。

「再怎麼說，我們的態度都不會改變的。但是，把來龍去脈向太太您交代清楚也好。」

「是啊，請吧！請進！慢慢來喔。」

「哼，還慢呀？這慢慢的可說不完哪！」

男子說著，準備脫下外套。

「請穿著就好，很冷的！別多禮了，穿著吧。這屋子不暖和的。」

「那就失禮了！」

「請！太太也是，請呀！不必客氣！」

女子跟隨於男子後頭一同走進了丈夫那六疊大的房間。殘破不堪的榻榻米、滿布破損的拉門、搖搖欲墜的牆板、糊紙脫落露出骨架的隔扇、房角處的桌子及空蕩蕩的書櫃，觸目所及盡是荒涼的光景，兩位來客似乎都倒吸了一口氣。

我請兩人坐於已裂損綻出棉絮來的座墊上。

「榻榻米太髒了，請坐在這上頭吧！」我說著，並再三向他們兩人致歉。

「初次見面！我先生就是這樣，老愛惹出一堆麻煩。今天晚上也不知又做了什麼對不起您們的事，對於他的魯莽與無知，真不曉得該如何向您們道歉才好。這個人怎麼會變得那樣呢？」

說著說著，淚水便這樣掉了下來。

「太太，冒昧請問您貴庚？」

男子惶惑不安地盤坐於破墊子上，他手肘杵著膝蓋，拳頭頂著下顎，向前探出上身詢問著我。

「咦，問我年齡嗎？」

「嗯，您先生應該是三十沒錯吧？」

「是的。我的話，嗯……少他四歲。」

「所以說就是二十……六囉？唉，真過分。他一直都是這樣嗎？我的意思是，應該……，您先生也三十歲了，不該是這樣的！真是讓人惋惜啊。」

「從剛才，」女子自男子的背後探出頭來。「我一直很感動。有這麼賢慧的好太太，大谷先生爲什麼會這樣呢？」

「生病吧？因爲生病哪！以前不是這樣的。漸漸地整個人都變了。」

我說著，並大大地嘆了一口氣。

「是這樣的，太太。」男子調整語氣說道：「我們夫婦倆是在中野車站附近經營小料理店的，我和我這口子都是上州人，一直以來都是老老實實地在做生意，但也許是由於太好強了吧？被村里的人視爲是小氣商行，生意也因此一落千丈。

「我大約是在二十年前帶著妻子來到東京的，夫婦兩人一同待在淺草的一家料理店裡幫傭，與一般人一樣，載沉載浮地辛苦工作著。漸漸有了點積蓄後……應該是在昭和十一年吧？才來到中野車站附近租下現在這間狹窄凌亂沒鋪地板的六疊大小房子，自力更生地開起餐飲店，從客人們手中賺取那一圓、兩圓的微薄吃喝費用。我們夫妻倆實實在在地經營，腳踏實地地工作著。

「也或許因爲積下了這點陰德吧？我於之後無意間採購了大量的燒酒、琴酒等，以致於在接下來酒糧不足的時代裡，毋須像其他餐飲店一樣被迫轉業，而能繼續經營著我們的生意。當然，能夠這樣子撐持下去，也是靠顧客們的捧場與支持，甚至還有一些所謂替軍官找酒的人員，亦循著管道來到店裡，也因而替我們打開了銷路。

「對美英的戰爭開始後，空襲越來越激烈頻繁，我們由於沒有孩子的牽累，所以也不覺得有疏散到鄉下的必要。心想，就待到房子被燒毀爲止吧！我們沒有放棄生意，一如往昔地工作、生活著。

「總算，老天有眼，幸未蒙難，戰爭便結束了，真是鬆了一口氣。其後，我們開始大舉買進黑市的酒類，再將之轉賣出去，簡單地說，就是完全靠運氣生存的人哪！而很幸運地，一路走來，似乎也不曾遭遇太大的困難，或許是命運格外地眷顧我們吧？

「但是，人的一生終究是息吐於煉獄之中的吧。所謂寸善尺魔，這是再真實不過的事了。一寸的微弱幸福身後，勢必尾隨著一尺的駭人邪魔同來。一個人的三百六十五天，哪一天不悒鬱憂心？只要能有一天，不，有半天不操心啊，那就是個幸福的人啦。

「您的丈夫大谷先生第一次來到我們的店裡，約莫是在昭和十九年的春天吧？總之，那個時候，和英美之間的戰爭還未敗下陣來，不，應該說是漸漸屈居弱勢了吧？不過，究竟事實爲何？真相爲何？對我們這些小人物來說，根本也無從知悉。只是，經過了兩、三年的激戰，總覺得也差不多該是諸方冷靜下來好好和談的時候了吧？

「大谷先生首次出現在我們店裡的時候，似乎只穿著身久留（地名）式碎白點和服，披著件短披風。但是，其實也不僅是大谷先生，當時，即便是在東京，路上也沒幾個穿防空服的人。人們外出時，大抵都還是悠哉地穿著普通服裝。因而，當下我們看大谷先生的打扮，也未特別覺得邋遢或不對勁。

「那時，大谷先生並非單獨一個人……，對不起，在太太面前……，唉，算了，紙包不住火的，就讓我實話實說吧！您的丈夫帶著一個徐娘半老的女人從店的廚房口進來。那段期間，我的店也同其他人的情形相同，店面的正門是終日深鎖著的，也就是當時所謂的閉門開業的商店，僅招待少數熟客自廚房口暗地出入。那時，來客們並不得坐在設於土石地上的桌椅席位飲酒，也不得喧譁，徒能在店裡頭那燈光昏暗的六疊大房間裡靜默地酣飲醉臥。當時的營業型態是這樣的一種狀況。

「而說到那個徐娘半老的女人，原本是在新宿的酒吧裡當女服務生的。那個時代的女服務生，經常都會帶著交情較好的客人前來喝酒，因此她也算是我店裡的熟客。於心照不宣的情況下，我亦多多少少會回饋點酬金給她。

「之後，新宿的酒吧關閉，女服務生也隨之遭到禁止，而由於這個女人所居住的公寓就在店的附近，所以便常常見她帶著認識的男人上門，我們店裡的酒也因而越來越少了。

「無論原先是多麼好的客人，一旦加入了酒徒的行列，之後究竟是要同以前一樣地歡迎他呢?還是將他視作拒絕往來戶？這實在是相當爲難。不過，過去的這四、五年裡，這女人的確是爲我們帶來了許多花錢不手軟的客人；也因此，於義理上，只要是她所介紹的客人，我們也不好排拒，還是會照樣地端出好酒來迎客。

「所以，當您的丈夫那時被那個名叫秋子的女人悄悄地從廚房口帶進來時，我們也無多思索，一如往昔地領著來客至裡頭六疊大的房間內坐下，並呈上燒酒。

「當天晚上，大谷先生一派正經地喝著酒，事後由秋子付帳，隨後兩人一齊自後門離開。對我來說，那是個奇妙的夜晚，大谷先生那異常斯文優雅的舉止，令我久久不能忘懷。妖魔鬼怪第一次出現在人們家時，也都是這麼默不作聲、羞人答答的模樣不是嗎？而自那天晚上開始，我們便把大谷先生納入店內的既定客人之一。

「約莫又過了十天左右，這回，大谷先生獨自一人自後門進來，並冷不防地亮出一張百圓紙鈔。哎，那時的一百圓可算是大錢哪！相當於現在至少兩、三千圓以上的大鈔呢！竟就這樣沒頭沒腦地塞到我的手上，說了句『麻煩您了！』然後怯生生地笑著。看來是早在哪兒吃喝過了。但是，想也知道，那有幾個人酒力能那麼強的？於是我心想，他該不會是喝醉了吧？可是，之後卻看他依舊拘謹自持、正經八百地說著話，而且，無論喝了多少，都未見他步履踉蹌，顯出醉態。人屆三十上下，正所謂血氣方剛之時，亦是酒力最旺盛的年紀。不過，能像他這樣的，還實在罕見哪。那天晚上的事，再怎麼看，都像是來真的一般。他就這麼悶不吭聲地在我們家前前後後地接連喝下了十杯燒酒。而不管我們夫婦跟他說了什麼，他都僅是靦腆地笑了笑，嗯、嗯地含糊點點頭罷了。直到最後，才突然『現在幾點啦？』地跳起來詢問時間。我於是說，該找錢給你了吧！他卻回，不，不必了。我堅持推拒說這樣不行。他笑了笑，說：『那就保留到下次吧！我還會再來。』隨後便離開了。

「但是太太啊，您可知道？我們從這個人那裡收得錢，從頭到尾，竟就只有當時那麼一次而已。那之後，便完完全全都被這人給愚弄了。這三年裡，他一毛錢也沒付過，直到現在，我們的酒幾乎都要被他一個人給喝光了。您說說看，這嚇不嚇人啊？」

我不由自主地噗地一聲笑了出來。不知爲何，就是感到莫名地可笑。我連忙遮住嘴，卻見老闆的太太竟也不住地低頭竊笑著，隨之，甚至連老闆自己也跟著搖頭苦笑了起來。

「唉，其實這一點也不好笑，只不過是實在太令人傻眼了。事實上，憑他這樣的本事，若是能用在正當的途徑上，當個大官、當個博士、當什麼都綽綽有餘的。我想，想必不只我們夫婦吧？被他這人給盯上，而變得身無分文，唯能在寒夜裡暗自哭泣的，鐵定大有人在。

「而關於秋子這個女人，實際上，她和大谷先生認識也還不了多久。

前些時候，她才剛自情夫那兒逃出來，身無分文的，只能勉強棲身於窮人平房內的汙穢一隅，過著乞丐般的生活。當秋子那女人起初結識大谷時，還曾提到大谷的可憐景況。對我們來說，那可真是天方夜譚啊。首先，他的來頭就令人吃驚，什麼四國某貴族老爺的偏房子息，大谷男爵的次男的。然因終日與女人牽扯不清，而遭斷絕父子關係。在不久前，男爵過世了，他於是與男爵的長男平分了家產。秋子描述，大谷先生的腦袋很好，是個天才型的人物，已經寫了二十一本書，其文采甚至比石川啄木（譯註：1886－1912。明治時期的著名歌人、詩人、評論家。）這位大天才還要來得特出，手上還有十多部作品正在創作中。年紀雖輕，卻具備成爲日本第一詩人的潛力。除此之外，還是個大學者，從學習院、第一高校，到帝國大學，一路都是跳級晉升的，並精通法語、德語。來歷相當驚人，是什麼、做過什麼的，經秋子這麼一陳述，彷彿如同神人一般了。但這些聽來又全然不像是在吹噓。問了其他人，沒錯，大谷男爵的次男的確就是個有名的詩人。

「我將這件事告訴了我的老婆，沒想到，她竟有如要同秋子競爭似地一塊被他迷昏了頭，畢竟確實怎麼看都像是個家世很好的人吧。她們那種成日企盼著大谷先生大駕光臨的愚蠢行止，實在是令人受不了。貴族都已經沒落了，而那人不過也就是個在終戰前因沉迷女色而遭斷絕父子關係的貴族後裔而已。現在竟被這些女人吹捧上了天，這還真是……以時下的說法來講，就是所謂的奴根性吧！我為何要任由這麼不害臊的男人來……，若不是因為他是貴族的……對不起，在太太面前這麼說……，是四國貴族的老爺之後等這些來頭，我才……

「對於他的身分，我們並未多有存疑，何況，關於他的那些悽慘遭遇，應該也不是什麼值得誇口的事吧？但是，對我而言，這位先生還真是個難應付的人哪！每回，我總是鐵下了心，打定主意，無論他下次再怎麼拜託，也不給他酒喝的。不過，當下次又見到他出現在我們的店門前，一副被逐出家門似的落魄模樣，卻似乎由於來到了這裡而鬆了一口氣，那卸下惱煩的安心神情，終究是不由得地令人軟下心來。最後，還是把酒給端出來了。其實，即使是喝醉了酒，他也不是個會胡鬧囂噪的人，如果連付帳這事也乾脆點的話，倒不失為一位好客人。除了秋子會在那裡對我們宣傳他的豐功偉業，大谷先生對自己的身分從不吹噓，即便天賦異稟，也未有猖狂傲慢的行止。

「但說真的，我想到的只是錢，只盼望他能早點結帳。可是，若中途跑去打斷人家的談話，提這事兒，未免掃了在座者的興。那個人啊，在我們這裡，從那之後迄今未付過半毛酒錢，相反地，付錢的多半為秋子。而除了秋子之外，還有個似乎很怕被秋子知道她和大谷關係的低調女人，好像是哪兒的太太吧，偶爾也會陪著大谷先生一道來。她也都會替大谷先生買單，有時甚至還會多付了些。我們可是生意人哪！一天沒有那東西可不得了。因此，就算是大谷先生、就算是什麼皇親國戚的，也不能永遠讓他那樣白吃白喝的。只是，像他這樣時而付那麼一點的，實在也於事無補，我們的損失是越來越大⋯⋯。後來，聽說先生在小金井有個家，還有位太太住在那裡，所以，我才想，或許可以到那兒去商量付帳的事吧？我於是拐彎抹角地向大谷先生問起居處，沒想到，他立刻有所警覺地說：『沒有就是沒有！何必這樣糾纏不休呢？吵架翻臉可是很傷情面的喔！』淨說些讓人爲難的話。其後，我們費盡心思，三番兩次地跟蹤暗尋，求的就只是能查探到大谷先生的住處，無奈，最後卻總是被巧妙地攔阻。

「這段期間，東京遭臨了多次的嚴重空襲，大谷先生則有事沒事地便戴著戰鬥帽，有如從天而降般，來到我們的店裡任意從櫥櫃中取出白蘭地，挺著身子就站著喝了起來；喝完了，便如同一陣風似地拍拍屁股走人，一毛錢也未曾給過。

「不久，戰爭結束了，我們開始大舉買進私酒，店頭也掛起了新的布簾。於此之時，無論是原先多麼困頓慘澹的店家，此刻也都顯得幹勁十足了起來。爲了招攬顧客，我們還因而雇用了一名可愛的女孩。然而，這時候，這位妖魔先生又出現了。這回他身邊不帶女人，反倒是時常領著兩、三個似乎是報社還是雜誌記者之類的人物一同前來。聽那些記者說，今後軍人的地位大概要漸趨沒落了，一直以來潦倒落魄的詩人將開始在社會上大受歡迎等等。大谷先生在記者們面前，高談闊論起一堆外國人的名字，以及一些叫人聽不懂的英語、哲學話題等奇奇怪怪的事。接著，他會突然站了起來，走出門外，然後就這樣一去不回了。記者們當然一臉掃興，嘀咕著，這傢伙滾哪兒去啦?那我們也各自解散囉?於是準備走人，我便會趕緊喚住他們：『請等一下，這是大谷先生常常使用的逃脫術，希望您們哪位能夠買單。』有些比較老實的，就會大夥兒湊一湊錢摸摸頭付帳了事；有的則會忿忿不平地說：『這應該叫大谷來付吧!我們只有五百塊可以過活啊!』但就算知道會惹人不悅，我還是得說：『不行呀!大谷先生所欠的錢，到現在總共有多少你們知道嗎?如果你們能夠從大谷先生那兒討回賒帳，不管多少，我一定和你們對分!』記者們皆一臉詫異：『怎麼?沒想到大谷是那麼過分的傢伙啊!下回不再和他一起喝酒啦!今天晚上我們一夥人全身兜出來也湊不足一百塊錢，明天再拿過來吧!在那之前就把這個放在你這兒保管吧!』說完，便一派正氣地將外套脫下。一般世俗的觀感，常視記者之流為人品低俗者，但與大谷先生相較起來，再怎麼講，這些人總比他正直耿介得多了。若說大谷先生是男爵次男的話，那這些記者們就幾乎可等同於有公爵長男之輩的尊貴了。

「戰事終止後，大谷先生的酒量是更上一層樓，相貌也變得有些粗暴可怕，除了一貫的吃喝行止外，一些極其下流的笑話也開始自其口中脫出。並且，也開始會和一些一起來的記者在庭院裡鬥毆和扭打喧鬧。甚至，連我們店裡所雇用的那名未成年少女，竟也被他給卑鄙地騙到手了。關於這件事，我當然是既吃驚又懊惱，但事已屆此，女孩子人家，此刻除了能躲在被窩裡暗自哭泣外，亦別無他法了。我們也只能勸她斷念死心，並悄悄地送她回父母那兒去了。對於這大谷先生啊，我也不想再多說些什麼了，只求他別再來了！不過，講起來是容易，但我明白大谷先生是不可能會接受的，一般人說的話他可聽不進去，這點我非常清楚。於是，我只好抬出警察來，以近乎威脅的語氣告誡他。然而，接下去的日子裡，他卻依舊是一副毫不在乎的模樣。也許是上天要懲罰我們在戰爭中賺了黑心錢吧，才會讓我們遇上這種宛如妖魔般的人物。

「但是，今天晚上發生這樣過分的事，若再說他是什麼詩人、老師的，根本完全不夠格啊！這分明是個賊哪！他竟搶了我們五千圓後落荒而逃。那可是我們要準備辦貨的錢呀！是家中僅存的五百及千圓現鈔。唉，老實說，我們的營業收入常常是右手進左手出，賺得的錢非得隨即投入採購不可。今晚，我們店裡好不容易有了五千圓左右的大筆進帳。由於年關將近，這陣子我沿途逐戶地到常客們的家裡收帳，至今才終於收得了這麼一點，準備今晚馬上拿去辦貨的，要不然的話，明年的正月開始，我們的生意就無法繼續下去了！是如此重要的錢啊！我太太在裡頭的房間將錢算好，放進了櫥櫃的抽屜，卻可能不巧被正在土石地上獨自飲酒的那人看到，他於是立刻起身，走進房間，一語不發地推開我太太打開抽屜，將那五千多圓的鈔票一把抓起塞進其無袖披風的口袋裡，接著便趁著我們目瞪口呆之際，迅速地跳下土石地，走出店門……

「我和我太太隨即自後頭追趕上去。本想大聲呼喊『小偷！』讓來往的行人一同集聚過來的，但是，大谷先生終究是我們熟識的人啊，總覺得這樣做未免太不近人情。於是，我們唯能打定主意，今天晚上，無論他走到哪裡，都要緊緊地跟在後頭，不管發生什麼事，皆不能讓大谷先生自我們的眼前消失，非得要徹底地追到他的落腳處不可，然後平心靜氣地談判，一定要將錢拿回來！

「唉，畢竟我們也只是小本經營啊！今天，我們夫婦協力，總算是跟到了這裡。壓抑著幾乎按捺不住的怒氣，我告訴他，只要能還錢，什麼都可以不再追究。唉，誰知道，這是怎麼一回事，竟然還亮出刀子來，說要刺人？唉！這能說給誰聽呀！」

一股無來由的可笑感再度莫名竄升，這回，我終於不住地笑出聲來。一旁的老闆娘也紅著臉跟著笑了起來。我笑得一時無法抑止，雖然也明白這樣對老闆實在非常失禮，但不知怎地，就是莫名其妙地想笑，最後甚至還笑出淚來了。我突然想起丈夫的詩裡有那麼一句話：「**文明的結果是個大笑話。**」或許就是描述這樣的一種感覺吧？

二

總之，雖然是個大笑話，但事情也不可能就此平歇。當天晚上，我於是向他們兩人承諾，無論如何，一定會讓事件有個圓滿的解決，關於報警的事，就請先緩一日，明天，我務會親自登門拜訪。隨後，我詳細詢問了他們中野那家店的所在地，強要兩人答應當天晚上至此爲止，暫且打住。他們離開後，我獨自一人坐在六疊大的房間內發愁，卻始終想不出個好辦法。我站起身，脫去短外褂，鑽進熟睡的孩子的被窩裡，撫摸著孩兒的頭。心想，若是時間能一直、一直，停駐於此，不再天明，那該有多好……

我的母親很早便過世了，過去，我同父親相依居於貧民合宿的平房內，並在淺草公園的瓢簞池畔擺流動攤販賣關東煮，父女兩人一起打點攤子的生意。方時，那個人常常到我們的攤位來光顧。後來，我於是瞞著父親，與那個人在別處同居。接著，孩子便這樣從肚子裡蹦出來了。經歷了一番波瀾，我成爲了那個人的老婆。當然，什麼名分及入籍登記的都沒有，孩子當然也是『父不詳』。那個人一出門，時常是三個晚上、四個晚上……甚至更久的時間都不曾回家。也不曉得是上哪兒去、做了什麼事。而回來的時候，總是一身爛醉如泥，時常還臉色發青、呼吸急促地默默看著我，眼淚撲簌簌地直掉，有時甚而冷不防地鑽進我的被窩裡，緊緊地抱著我的身體。

「啊呀！不行！好可怕，好可怕呀！我好怕！救救我！」

說著，還咔噠咔噠地發抖。睡著後，則不斷地呻吟、說夢話。隔天一早醒來，只見他失魂似地定定發愣，然而，不一會兒，就又忽然地不見人影了。那之後，便又是三個晚上、四個晚上不復歸來。反倒是從前丈夫接觸的出版社裡，有兩、三個擔憂我和孩子生活的人，偶爾會送點錢過來，方使幾口子能撐持至今沒被餓死。

迷離間，我打起盹來，昏昏沉沉地睡去了。猛然再睜開眼，早晨的陽光業已自窗頭擋雨板的間隙間灑了進來。我起身整理行裝，背上孩子，走出門外，感覺已不容再靜默地處於家中了。

我茫然地往車站的方向行去，並於站前的攤子上買了支糖給孩子吮吮。隨後，突然心念一起，購了張前往吉祥寺的車票。我上了電車，緊握吊環，隨著列車的馳駛而搖擺著。無意間，竟發覺於車廂頂端懸掛的宣傳海報上，正印幟著丈夫的名字。是個雜誌廣告，似乎是丈夫以「法蘭索瓦．維榮」（譯註：François Villon, 1431-1463。十五世紀末期法國著名放蕩詩人。一生放浪形骸，命運多舛，屢歷入獄、逃亡之災，終至遭臨放逐，是名充滿悲劇性與話題性的文學天才。為法國近代詩之先驅。）為題，於這份雜誌上發表了一篇長篇大論。不知怎地，我的心頭一陣難過，淚水不聽使喚地湧了上來，視野溼濡，海報上的內容，模模糊糊的。

電車抵達吉祥寺，久違的土地。下了車，我隨性地走著。過去井之頭公園池畔的杉木全被砍得光禿，似乎正準備開始進行什麼工程。冰冷的景象頓生一絲赤裸的寒意，從前的景致已全然變了樣。

我放下背上的孩子，於池塘邊那張殘破欲散的長椅上坐下，接著，將自家中攜來的芋頭拿出給孩子吃。

「哪，小少爺，很美的池塘吧？從前呀！池塘裡有鯉魚、金魚……很多很多呢！但是現在，什麼都沒有了呀……，真是沒趣！」

這小少爺不知腦袋裡在想些什麼？嘴裡兒塞滿了芋頭，鼓脹著雙頰，嗤嗤地奇怪笑著。儘管是自己的孩子，但還真不免懷疑他確是個白痴兒呢！

也不知在池塘邊坐了多久，但我依舊茫然無措，一點頭緒都沒有。我重新背起孩子，搖搖晃晃地往吉祥寺車站走去。繞過了熱鬧的攤販街，來到車站，我買了往中野的電車票。一片空白的腦海中全無計畫，有如被吱嚕吱嚕地吸入可怕的惡魔深淵般。我再度搭上電車，並於中野下站。依著昨晚問得的路線尋索，終於來到了那間小料理屋前。

正面的門還沒開，我於是繞往後門探去。老闆不在，老闆娘正一人獨自於店內清掃著。一見到她，我的腦袋想都沒想，一長串的謊言竟就這樣不假思索地脫嘴傾出。

「嗨！老闆娘。錢，我大概可以一次還清喲！今天晚上吧？要不就是明天。總之，我已經清楚地計算過了。請不必擔心！」

「啊，真是，真是謝謝妳哪！」

老闆娘一臉欣喜，然心裡頭仍不免殘存著些許疑慮與不安。

「老闆娘，是真的喲！明天會有人拿錢到這裡來的！在這之前，我當人質，留在店裡頭幹活，直到事情完全解決為止。這樣的話，妳可以安心了吧？錢送來以前，就讓我在你們店裡幫忙吧！」

我將孩子自背上放下，讓他獨自於那間六疊大的榻榻米房玩耍。接著，我轉過身，表現出一副可以立即工作的樣子。這孩子向來就習慣一個人玩，因此一點也不須人掛心。而且，由於腦筋不好的緣故吧？就算面對陌生的人，他也從不怕生，因此見著老闆娘也是一臉笑呵呵的。我暫時出門去為老闆娘領配給品，老闆娘則給了孩子一個美國製的空罐頭當玩具玩，他敲打、推滾著罐頭，靜靜地於房間的角落處嬉耍。

中午，老闆帶著所採購的魚及蔬菜回來了。我一見到他，隨即搶先一步，將先前已告訴過老闆娘的謊話再度重述一次。

老闆楞了一下。

「吔？可是，太太呀！錢這種東西，除非是抓在自己的手上，否則都靠不準的呀！」

出乎意料地，他以鎭定理性的口吻，如此告誡著我。

「不會的！這些呀……真的都已經確定了。所以，請你相信我，我以我的人格作擔保，就請再等今天這麼一天吧！在這之前，就讓我在店裡幫忙！」

「只要能還錢，什麼都好說……」老闆私自嘟嚷了起來：「畢竟，今年也就只剩下這最後五、六天了。」

「嗯，所以……所以啊，讓我……咦？客人來啦！歡迎光臨！」我對著三名結道走進店裡的上班族模樣客人笑臉招呼著。隨之小聲地轉頭說道：「老闆娘，麻煩妳，圍兜借我……」

「啊呀，多雇用了一位美人哪！喲！眞是驚爲天人呀！」一名客人說。

「請不要誘拐她。」老闆以半開玩笑的口氣說著。「她可是身價不菲哦！」

「哦？價值百萬美元的名馬嗎？」

另一名客人講起了輕佻的俏皮話。

「名馬是名馬，但若是母的的話啊，大概就只值一半的價錢囉！」

我拿起溫好的酒瓶，不示弱地接收下這低級的笑話，回敬予他。

「別這麼謙虛呀！在現在的日本呀，不管是馬呀狗的，全都是雌雄平等呢！」客人中最年輕的一名獸嘯似地說道：「大姐！我愛上妳啦！一見鍾情喲！嗯，可是，大姐有小孩了吧？」

「沒有！」老闆娘自裡頭抱著孩子走了出來，「你指的這一個呀，是我特地從親戚那兒抱來的。有了這一個，不久我們就有接班人囉！」

「哦，有會幫忙賺錢的啦！」

一名客人嘲諷地說。

「還會欠債，而且還很好色呢！」老闆喃喃地碎念道。接著，馬上話鋒一轉，向客人問道：「要來點什麼？想來份火鍋嗎？」

我突然明白了老闆意之所指。不過，事實也確是如此吧？我暗暗地點了點頭，隨之若無其事地將酒壺遞給了客人。

或許由於是平安夜的緣故吧，今晚的來客一直沒間斷過，一個接著一個上門。整天下來我什麼東西也沒吃，大概也因爲心裡有事擱著吧？老闆娘勸我歇歇吃點什麼，我只說，不！肚子飽飽的。隨後，立刻又神色奕奕地繼續勤快工作了起來。也許是我太自我陶醉了吧？總覺得那天的小料理亭裡充溢著不一樣的活力。我的名字一再地被詢問，甚至有不只兩、三名的客人要求和我握手……

然而，這又如何呢？我真搞不清楚自己究竟爲何要做著這些事。只是笑著、鬧著，配合著客人低俗的笑話起舞，並以更低劣的玩笑回擊。我遊走穿梭於賓客間來回斟酒，從一名客人這滑向另一名客人。那當兒，我還真恨不得自己的身體能化作盈巧流溢的冰淇淋呢！

奇蹟，偶爾也是會出現於這個世界上的吧！

約是剛過了九點鐘左右，店裡來了兩名客人，一名頭戴聖誕三角帽，臉上蒙著怪盜魯班黑色面具的男人，帶著一名身材纖細，年約三十四、五歲的美麗婦人進到了店裡來。男人背對著我們，於土石地角落的椅子上坐下。打從這個人走進店裡，我便立刻明白他是何人——我的怪盜丈夫。

丈夫似乎並未察覺到我的存在，我亦若無事然地別過頭去，繼續與其他客人打情罵俏。那位太太與我的丈夫相對而坐，隨後並呼喚起我。

「大姐，妳來一下。」

「好的！」

我回應著，並朝他們的桌子方向挪去。

「歡迎光臨！要酒嗎？」

我說著，並將眼角瞥往丈夫，丈夫自面具的後方看見了我，顯得大吃一驚。我輕撫著他的肩膀說道：

「該向我說聲『聖誕快樂』的不是嗎？嗯，怎樣啊？看起來好像可以再喝個一升喲！」

婦人對這一切未作理會，隨之僅表情慎重地說：

「嗯，大姐，麻煩妳，可以請這裡的老闆過來一下嗎？我有點事要和老闆私下談談。」

我回到裡頭，走向正在油炸食物的老闆。

「大谷來了！請您過去見面吧。但他身旁還帶著個女人，拜託別說出我的事，我不想讓大谷為難。」

「終於來了！」

老闆原先對於我那些不著邊際的說辭一直半信半疑，這下子，看來我竟還挺守信用的嘛？他大概是認為丈夫之所以會回來，是透過了我的一番安排。他想必將這兩回事串在一起了吧？

「請不要說出我的事。」我再一次提醒。

「妳要是覺得這樣比較好的話，我也沒話說。」他爽快地答應了我，接著便往土石地上走去。

老闆朝土石地上的客席環顧了一周，其後便徑直地往丈夫所在的位置靠近。他先與那位漂亮的太太交談了幾句，接著三人一同步出店外。

太好了！萬事都解決了！怎麼會這樣地巧呢？實在叫人不敢相信啊！太令人高興了！一名穿著藏青花布和服的年輕客人從方才便一直站在我的面前，我忽地出其不意強抓住他的手腕。

「喝吧！多喝點喲！聖誕節哪！」

三

約莫過了三十分鐘，不，還要早些，嗯，比我預估的還要早，老闆一個人回來了。他走近了我的身旁。

「太太，真是謝謝妳。錢拿回來了。」

「是嗎？那太好了。全部嗎？」

老闆露出了古怪的笑容。

「嘿嘿，昨天的那一份而已。」

「那，從以前到現在，全部有多少呢？大略的，嗯，如果能折扣再折扣一點的話。」

「兩萬圓。」

「這樣就夠了嗎？」

「妳說折扣再折扣呀！」

「好，由我來還！明天起讓我在這兒工作吧！哪，就這麼說定了！我用工作來抵債！」

「吔？太太，妳真是罕見地通情達理哪！」

我倆同時笑了起來。

當天晚上十點過後，我告辭了中野的店，背起孩子，回到我們小金井的家。當然，丈夫沒有回來，但我卻感到無來由地神適心安。明天再到店裡時，也許還能再遇見丈夫吧？以前怎麼都沒想過要這樣做呢？還那樣辛辛苦苦地瞎忙一通，真是笨哪！早該想到這樣的好辦法的。過去在淺草時，我於父親的攤子上幫忙，應付客人的手段可是絕不輸任何人的，也因而今天在中野的店裡才能那麼地駕輕就熟吧。其實，光是今晚啊，我就收得了將近五百塊錢的小費呢！

據老闆說，丈夫昨晚不知是住到哪個朋友的家裡去了。而今天一大清早，便闖進了那位漂亮太太在京橋經營的酒吧，大灌起威士忌來。接著，還對在店裡工作的五個女孩胡亂賞錢，說是聖誕禮物。到了中午，他叫來計程車，隨後便不知往哪兒去了。但不久後，又見他帶著聖誕節的三角帽、面具，以及花式蛋糕、火雞回來。並四處打電話邀約，呼朋引件地開起了大宴。由於他素來不是副有錢人樣，酒吧老闆娘因而心生懷疑，於是偷偷地向前探問。誰知，丈夫竟也神色自若，將昨晚的事一五一十地全盤說出了。這名老闆娘與大谷過去便是舊識，兩人間的關係也不僅只是點頭之交了。總之，老闆娘聽聞說昨兒還差點兒要驚動警察，不由得也爲他發起慌來。便想，也沒多少錢，就幫他還了了事吧！隨即開口表示願意代爲償還欠款。……事情的經過大致是如此，也因此丈夫才會帶著她前去中野的那家店。

「嗯……，差不多就是這麼一回事吧？不過呀，太太，妳還真是厲害啊！妳有拜託過大谷先生的朋友對吧？」老闆向我問道。

看來，他是真的以爲我是打從一開始便知道丈夫會以這樣的方式來還錢，因此才早一步等在店裡的呢。我笑了笑。

「嗯，當然囉！」我簡短答道。

明天開始，我的生活將有全然不同的嶄新改變。我的內心雀躍不已，連忙上美容院整了髮，並買齊了化粧品，縫補起和服。手上還有兩雙老闆娘送的白襪子呢！心中的悒鬱早已一掃而空。

隔日一早醒來，我與孩子一同吃了早飯，隨後便帶著便當，背上小孩，往中野的店上班去。年終及正月期間是店裡頭的旺季，這裡的大家稱呼我爲山茶屋的佐知姐。這位佐知姐啊，每天忙得同眼珠子般，成日骨溜溜地轉。丈夫每兩天會來到店裡喝一次酒，帳則由我買單。喝足了，他同樣轉個身就不見了蹤影。晚點時，他又會回到店裡來探探頭，然後悄悄地對我說：

「要回家了嗎？」

我點點頭，這才準備收拾離開。常常，我們便這樣，一同愉悅地踩著步伐歸去。

「爲什麼以前不這麼生活呢？我覺得很幸福呢！」

「女人家，沒什麼幸福、不幸福可言的。」

「是這樣嗎？被您這麼一說，還真有那麼樣的感覺呢。那，男人是怎麼想的呢？」

「在男人的生命裡，除了永不消絕的『不幸』外，再無他物。終此一生，盡是恐懼，以及無止盡的鬥爭。」

「這種事我是不懂。我只想永遠繼續過著現在這樣的生活。山茶屋的老闆和老闆娘都是很好的人喲。」

「唉，傻瓜！那兩個人可是十足的鄉巴佬啊！而且極度貪得無厭。他們讓我這樣吃吃喝喝的，妳想想看，終究還不是想撈點好處。」

「生意人嘛！這是天經地義的事。而且也不只這樣吧？您還從老闆娘那兒偷了錢呢！」

「妳老爹呢？他怎樣想的？過去妳有注意過嗎？」

「這我倒是記得很清楚呢。以前，他總是嘆著氣說，又是女人、又是債務的。」

「我呀，說起來或許有些矯揉造作，但我想死，卻沒辦法。打從出生以來，我便一直想著死亡這件事。爲了大家好，死掉算了。我很想這樣做，可是實際上呢，卻再怎麼也死不了。奇怪哪，似乎有什麼可怕的神明存在似地，牽絆著我的死亡。」

「大概是您的工作還沒完成吧？」

「工作？那算什麼工作呀！傑作、劣作都不是。人說好的，就是善；說不好的，就是惡。其實，還不全是吐氣、吸氣間產生的東西罷了。真是可怕哪！神明一定存於世上的某個地方，是吧？」

「啊？」

「有吧？神明。」

「我不知道耶！」

「這樣啊……」

到店裡工作了十幾、二十天後，我漸漸地發覺，前來山茶屋裡喝酒的每一位客人身上，幾乎皆背負著沉重的罪惡。像丈夫這樣的，我想，還算是溫和的。其實，也不僅只是店裡的來客，就連經途的行人，背後似乎也都隱藏著不爲人知的深沉罪愆。某回，一名扮相高貴的五十多歲婦人，帶著酒來到山茶屋的門口兜售，直接爽利地一升開價三百圓。以現在的市價來說，這是相當低廉的價格。老闆娘立刻向她買下了酒。事後方知，竟只是普通的水酒罷了。在這個即便是那般高雅的婦人也都不得不做出如此之事的扭曲世界裡，若說我內心的幽微角落處全無任何不可告人之隱，那是絕不可能的。彷彿就同撲克牌遊戲中的「拱豬」一般，似乎若能集齊所有的負牌，便得以豬羊變色，成爲正牌。這世上，還真有所謂的「道德」這件事嗎？

如果真有神明，請現身吧！正月的尾聲，我被來店裡喝酒的客人給玷汙了。

那天晚上下著雨，丈夫沒有出現。那名偶爾會送生活費過來給我，與丈夫昔日有些交情的出版社人員矢島先生，這晚偕另一名同約四十多歲的男子一齊來到店裡。他們一邊飲酒，一邊高談闊論著。……大谷的太太在這種地方工作啊，不太好吧？……其實也不錯呀？……兩人嘻笑地揶揄調侃著。我笑了笑：

「那請問尊夫人是在何處高就呢？」

聽我一問，矢島於是接著說：

「不曉得在哪兒呢！但至少比山茶屋的佐知姐還要高雅漂亮得多

囉！」

「呀，真叫人吃醋呀！如果能跟大谷那樣的人在一起的話，一個晚上也行！我就喜歡這種壞男人。」

「就是說嘛！」

矢島與一同前來的友人相視應和著，並朝我呶呶嘴。

這段日子裡，和丈夫一起到過店裡的記者們，以及一些從記者那兒聽來消息的好事者，一知道我是詩人大谷的妻子，常常特地前來挖苦嘲弄。店裡由是顯得熱鬧非凡，但也因此常惹得老闆不太高興。

那晚接下來的時間，矢島他們皆僅是憑藉著紙筆暗中交談，待兩人離去時，已是深夜十點多了。雨下個不停，我看丈夫大概是不會出現了，店內也只剩下最後的一名客人，我於是慢慢地收拾起東西準備回家。我走入榻榻米房的角落抱起孩子，往背上背。

「可能得借把傘喔！」我小聲地請託老闆娘。

「雨傘的話，我有。我送妳回去吧！」

店裡僅剩的那名二十五、六歲上下工人模樣的男客，一臉認真地站了起來說道。我知道他是今天晚上第一次來到店裡的客人。

「不敢勞駕呀！我習慣一個人回家。」

「妳別客氣，我知道妳的家住得很遠。我也是住在小金井附近的人，我送妳吧！老闆娘，買單囉！」

這人只在店裡喝了三杯酒，應該還不至於喝醉吧？

我們搭上電車，並一同於小金井下站。其後合撐著一把傘，並肩行走於雨夜的漆暗道路上。年輕人一路默默無語，經過片晌，才支支吾吾地開口說道：

「其實，我原本便知道妳。我呀，是大谷老師的詩迷喲！我也寫點詩，還想說過陣子請大谷老師親自指正指正呢！對於大谷老師，我實在是敬畏三分。」

終於，到家了。

「謝謝您，改天店裡見！」

「嗯，再見！」

年輕人的身影消失於雨中。

深夜裡，玄關處的大門板咔啦咔啦地作響了起來。我睜開眼，心想，一如往常地，是那喝得一身爛醉的丈夫回來了。我照樣靜默地躺著。

「對不起！大谷老師，對不起！」

男人的聲音。

我扭開電燈，起身往玄關走去。是方才的那名年輕人，卻見他身體搖搖晃晃的，站都無法站穩。

「太太，對不起！回家途中，我又在小攤子上喝了點。其實，我的家在立川，剛剛到車站一看，才發現已經沒有車班了。太太，拜託妳，讓我住一晚吧！待明天清早首班車一發，我就離開。被褥那些什麼的都不需要，我只要暫且窩在這玄關的鋪板處過夜便行。要不是因爲下雨，其實我睡路旁的屋簷下就可以了。但是，下雨啊！所以，麻煩妳了！」

「反正我先生也不在家，如果說玄關這可以的話，就請吧！」

說完，我拿了兩個破坐墊遞給他。

「真是失禮啊！醉成這樣……」

他有些難受地低聲呻吟著，隨即就偎著鋪板癱了下去。當我回到床鋪時，便已聽到他高亢的鼾齁聲。

翌日清早，我被那男人給輕易侵犯了……

那天，一切依舊如昔，我背著孩子，前往店裡工作。

店裡頭，土石地的座席上，丈夫正獨自地看著報紙。案頭的酒杯內盛裝著酒，同晨曦的陽光相互交映著，顯得耀目美麗。

「沒人在嗎？」

丈夫抬頭望向我。

「嗯，老闆去進貨，還沒回來。老闆娘剛剛還在後門那兒呢，不在嗎？」

「昨天晚上您沒有來吧？」

「來囉！沒有看到山茶屋的佐知姐，哪裡睡得著？十點多來探了探，說妳剛走。」

「然後呢？」

「在這裡過夜啊！雨下得那麼大。」

「以後，乾脆我也來住在店裡好了。」

「也好啊！」

「那就這麼決定囉！老是住那租來的房子，怪沒意思的。」

丈夫默不作聲，回過頭去繼續看著報紙。

「唉呀！又在寫我的壞話，說我是抱持享樂主義的假貴族。這傢伙可弄錯了！應該說，是敬畏神明的享樂主義者才對。佐知，妳瞧！這兒可把我寫成了衣冠禽獸了。不對吧！現在我告訴妳哦，去年底時，我從這裡拿走了五千塊錢，爲的就是想用這筆錢，和佐知、和孩子，過個難得的新年啊！正因爲我不是衣冠禽獸，所以才會做出這種事嘛！」

我並未特別開心，僅是淡淡地說：

「衣冠禽獸也罷，我們哪，只求能夠活下去就不錯了。」

櫻桃

A Cherry

高山仰止，景行行止。

——《詩經・小雅・車舝》

老子可比小子重要多了。我實在很想這麼說。

講什麼「一切都是爲了孩子」的，仔細去思索這類聽來道貌岸然的夫子箴言，您說如何?父親的地位的確是遠不如孩子啊!至少在我們家裡，確實是如此。

就算並無厚顏無恥地打著如意算盤，痴想有朝一日，自己上了年紀後，便來依靠孩子奉養、支應之類的，但父親於家庭中的地位，仍舊是得時時仰賴著孩子的臉色呢!

孩子，提起孩子啊，我們家的孩子雖然皆還年歲尚幼——大女兒七歲，兒子四歲，小女兒一歲——可是，卻早已個個爬上了父母的頭。父母親在他們面前，簡直就同個奴才、女俾。

大熱天裡，一家人擠於三疊大的房間內，爲了吃一頓晚飯而「奮戰」，「熱鬧」得不可開交。我這個做父親的，亦徒能拿起毛巾，往臉上胡亂地擦抹拭汗，在一旁嘟嘟嚷嚷地作起不平之鳴：

「難得一餐飯的，竟揮不去汗下如雨。唉，實在有欠斯文。柳多留的俳句聽過吧?可是，拜託!一群孩子亂糟糟的，再怎麼高尚的父親，哪能不大汗淋漓啊?」

妻子的胸前奶著一歲大的小女嬰，另一頭還得伺候著我們幾口子吃飯。一會兒要擦拭孩子們灑溢出的湯汁，一會兒要撿起掉落的東西，幫他們擤擤鼻涕的，簡直是三頭六臂。
「喂，孩子的爸！您的鼻頭容易出汗，偶爾也擦一下吧！」
我苦笑著：
「喲，那妳呢？哪裡最會流汗啊？大腿內側嗎？」
「欸，尊貴高尚的父親大人呀！」
「不不不！我可完全是就醫學的角度來作詢問喲？無關高尚不高尚的。」
「我啊……」
妻子的臉色稍稍嚴肅了起來。
「是這，乳房和乳房之間……，淚之谷啊……」
淚之谷。……唉！
我靜默無語，繼續用飯。

在家中，我喜歡說笑話，正所謂，縱有「千頭萬緒」，也不得不「強顏歡笑」哪！不！其實，不僅是在家裡，即便是於外頭與其他人相處，無論心情多麼沈重，身體如何疲憊，我亦總是拼盡老命，努力地營造快樂的氣氛。待賓客盡歡，累得步履踉蹌的我，才又開始煩憂起關於金錢的事、道德的事、自殺的事。喔，不！也不僅是與人相處，就連寫小說，我也是一樣的。於悲傷的時候，我反而會竭力地去試圖創造出輕鬆愉快的主題。我，就是如此渴盼能好好地燃燒奉獻出自己。人們或許不了解，總以爲太宰這位作家實在是名輕佻的媚世者，淨會寫些逗趣的事來吸引讀者，這可真是大大地將我給輕易看扁了。

這番爲人奉獻的滿腔赤忱，難道是種罪惡？莫非，定得那樣裝模作樣、不苟言笑的，才是好的嗎？

總之，對於那些假正經的掃興、彆扭之事，我是一概不能忍受。只要是在家中，我總會不停地說笑，戰戰兢兢地說笑。這可能與部分讀者、評論家所想像的完全不同，我房間內的榻榻米是嶄新的，書桌也被整理得乾乾淨淨，夫妻間彼此扶持，相敬如賓，當然更沒有所謂丈夫毆打妻子之事，甚至連「你滾！」「我走！」這類的粗魯爭吵語言亦一次也不曾出現過。相反地，夫婦倆爭相寵愛孩子，孩子們也同父母相當親暱。

但是，表面上是如此，茶壺底兒一旦掀了開來，妻子胸前流淌的竟是一谿「淚之谷」；而我，則是「汗下如雨」。我們彼此相互明白對方的苦楚，盡量試著不去觸碰。我說說笑話，妻子亦附和地大笑著。

然而，當妻子道出這谿「淚之谷」後，做父親的我沉默了，瞬時不知該用什麼笑語來搪塞。我靜寂片晌，無言以對。不過，到底是個「行家」哪，我隨即便又換上一副懇摯的臉龐說道：

「請個人來幫忙吧？這樣下去也不是辦法。」我避開妻子的痛處，小心翼翼地低語著。

家裡的孩子有三個，我這做父親的對於家事卻是完全無能，徒會說些不著邊際的笑談，甚至連鋪個床褥也沒轍，什麼配給、登錄的瑣碎事兒一概不曉，簡直像住在出租套房一般。客人來了，就招待；要前往工作室，便拎個便當出門。一出去，整個禮拜沒有回家也是常有之事。總是藉口工作、工作的，卻是一天寫不到兩、三張稿紙。其餘的時間，便是浮沉酒�。酒喝多了，人就變得輕飄飄，容易入眠，每每還左擁右懷，身旁不乏女人。

說到孩子，七歲的大女兒及今春出生的小女兒都很容易患小感冒，這倒不打緊。卻道那四歲的兒子哪，竟是骨瘦如柴，甚而連站也不能站。嘴裡咿咿呀呀地說不成一句話，亦聽不懂別人在講些什麼。爬爬走走的，也不會說要大小便。講是這麼講，飯卻吃得可多。只是，依舊瘦小，毛髮稀稀疏疏的，毫無生長跡象。

對這孩子，我們做父母的盡可能地避免說出苛薄話，什麼「白痴」、「啞巴」的一次也不敢提，彷彿兩人約定好似地，說來還真是悽慘啊！有時，妻子還得緊緊襟抱著孩子，阻止我這個時而發狂的父親強攜著孩子一同跳進河裡尋短。

喑啞兒慘遭生父殺害！

╳日正午，位於╳區╳町╳號的╳宅，某父（五十三歲）於六疊大的自家房間內，以柴刀砍殺次男某（十八歲），一刀斃命。並隨之以剪刀刺喉自盡，幸獲人察悉，已送往鄰近醫院進行急救，目前生命垂危。該戶人家之二女兒某（二十二歲）近來甫招贅女婿。此名被害男孩具先天語言障礙，且智能稍有問題；女兒則健康可愛得難以名狀。

閱讀完這則新聞後的我，不禁又開始喝起悶酒來。

也或許，這不過是單純地發育遲緩；又或者哪一天，兒子突然地正常生長起來了，讓父母親的擔憂全都成了笑話！但，即便是如此，當夫妻倆面對著親戚朋友的詢問，仍舊是難以啟齒。唯能將兒子的事悄悄地懸在心頭，表面上一副無關緊要的模樣，一切以笑置之。

妻子的確是非常努力地生活著，但我又何嘗不是？自己原本就不是個多產的小說家，加上性情又格外害臊，一下子被推之於公眾面前，亦不得不慌慌張張地急於就章。寫作實非輕鬆之事，故而不免耽湎於酒精，喝喝悶酒了。人們對自己的所思所想，不能苟同，心焦惱恨之際，此時所喝之酒，便叫做悶酒。對自己的所思所想總是能完全認同的人，是不會喝悶酒的。（女人酒喝得少，主要便是這個原因。）

我與人辯論，從沒有得勝的紀錄。幾乎可說是全盤皆輸。只要對手的態度顯出十足強勢，即能將我的自我肯定徹底擊垮，垮得一敗塗地。於是乎，我變得習慣沈默。其實，往好處想，有時，錯誤並非全然在己，反而是對方的自恃任性。這時候，口語上的逞勢、不認輸，將只會是一場悽苦慘烈的纏鬥不休。對我來說，言語上的爭吵便同打架鬥毆一般，將留下難以磨滅的不快與憎惡。倒不如，就帶著憤怒的顫抖，微笑著，沈默以對。所以說，乾脆，還是喝杯悶酒吧！

老實說，發牢騷、東說西扯、繞圈子，都是爲了寫下這篇故事，敍述關於我們夫妻之間吵架的故事。

「涙之谷」正是導火線。

一如先前所述，我們這對夫妻，平凡是當然的，甚至連惡言相向也不會，頗爲老實的一對。但是，一種一觸即發的危險正蟄伏於暗處蠢蠢欲動著。雖然兩人相視無語，卻業已如同搜羅罪證般，將對方的不是一一於內心歷歷刻印。第一則先佯裝無視，第二則也假裝不知，待到有那麼一天，罪證蒐齊了，再冷不防地爆發出來，隨時皆有攤牌的危機。若說這是由於夫妻間的過度容忍所致，倒也不爲過。女人的話，好歹就是以不變應萬變；但對於我這個做丈夫的，這卻再度刺擊著我瀕臨崩裂的男性自尊。

「涙之谷」！

這麼說，似乎顯得我非常地乖僻、偏執。但是，其實我這做丈夫的並不愛爭吵，也不是個多話的人。當然，妳多少是抱持著諷刺的心態如此一說的吧？不過，流淚的人可不只有妳，對於孩子的關心，我也不輸。家庭之於我到底還是重要的。夜半時分，孩子一聲不舒服的嗆咳，跟著睜開眼睛的我，便再也睡不著。也不是沒想過換間比較好的房子，讓妳和孩子過得好些，然而，卻是無暇抽身，這已是我能力的極限了。我呀，又不是什麼妖魔鬼怪的，怎可能不顧自己妻兒的死活而冷眼旁觀呢？我還不及到達這般「境界」。關於配給、登錄這些事，我並不是不知道，而是沒餘力去了解……

這些話，我這做父親的也徒能放在心裡私自嘀咕了，實在沒有說出口的自信，否則若遭到妻子的反擊，可只有忍氣吞聲的份囉。

「請個人來幫忙吧！」

在那當下，我亦唯可如此順水推舟地暗自嘟噥了吧？

妻子向來不太說話，然一旦開了口，卻總是挾帶著無與倫比的自信。

（不僅是她。每個女人，大抵都是如此吧？）

「可是，如果沒有人來應徵呢？」

「用心找的話，一定找得到的。總會有人來，總會有人願意留下的吧？」

「您的意思是說我不懂得用人？」

「我哪是……」

我不得不閉上嘴。但其實，我內心的確是這麼想的。不過，先閉上嘴吧！

啊啊，隨便請個誰都行！要不然的話，母親一旦背著褓中嬰外出，我這做父親的就不得不照顧其餘的兩個小孩了。而且，依照往例，每天通常都有十幾個客人上門。

「我想到工作室去。」

「現在嗎？」

「是啊！有篇稿子今天晚上非得寫完不可。」

這絕對不是謊言。不過，家中的氛圍讓人喘不過氣，想逃出去，同樣也是事實。

「今天晚上我想去妹妹家。」

小姨子病重，我是知道的。但是，妻子若前去探病，我就不得不照顧孩子了。

「所以說，該請個人……」

話說一半，我作罷了。每每只要談及妻子家親戚的事，稍微過度，兩人間的氣氛就會變得十分尷尬。

活著是件相當辛苦的事。每個生命的環節間彷彿皆被繫上了沉重的鎖鏈，彼此緊緊牽絆著，稍一拉扯，便致傷見血。

我默默地站起身，自房間桌子的抽屜內取出裝有稿費的信封放進和服袖袋裡。接著，我將稿紙和辭典裹入黑色包袱中，倉皇地溜出家門。

已經無心思索工作之事了，腦袋裡頭盡想著自殺。於是，便這樣一徑地往喝酒的地方走去。

「歡迎光臨！」

「喝酒！喝酒！喲！今天妳還真是漂亮得亂七八糟呢！」

「很好看吧？就知道您會喜歡這種花色。」

「今天和老婆吵架啦！一頭霉氣的，真受不了。來來來！喝酒！今兒個不回家啦！絕對要在這裡搞到通宵不可！」

老子可比小子重要多了。我實在很想這麼說。然而，父親的地位的確是遠不如孩子啊！

店家端出了一盤櫻桃來。

我們家很少給孩子吃這種奢侈品的，櫻桃？恐怕連看都沒看過呢！若帶回去給他們吃的話，孩子們一定很高興。以藤蔓串著，掛在脖子上，櫻桃看來就像副美麗的珊瑚項鍊。

然而，面對著這一大盤櫻桃，我這做父親的卻一顆也不肯放過，還佯裝出一臉難吃的模樣，大口嚼、吐出籽來，大口嚼、吐出籽來，大口嚼、吐出籽來。心底亦不忘逞勢嘀咕道：

「老子可比小子重要多了！」

雪夜的故事

Snow Night Story

那天，自一早開始，雪便下個不停。那件以毛毯修改，要送給姪女鶴子的長褲總算裁製完成了。放學途中，我順道將褲子送至中野的嬸嬸家。其後，手上便多出了兩枚魷魚乾。

到達吉祥寺車站時，天色業已暗了。積冰已過一尺之高，雪花卻依舊不歇地零落著。我仗著腳上穿著長靴，興致昂然地專挑雪深的地方走。直至來到家附近的郵筒處，才發覺，那包用報紙捲著夾於腋下的魷魚乾竟不見了。雖然我向來便是個漫不經心的迷糊蟲，但也不至於糟糕到成天掉東西的。或許是雪夜的美好使我一路雀躍莫名，因而才不經意地糊塗的吧？

我頓感悵然若失，既懊惱、失望，又對自己的大意感到自責，這可是我要送給嫂嫂的東西呢！家裡的嫂子，今年夏天要生小寶寶了喲！肚子裡有了小生命，特別地容易感到餓，非得連同寶寶的份，一次吃上雙人的食物不可。嫂嫂和我不同，是個儀止端莊高雅的人，即便是到了現在，吃的東西仍是同「黃鶯的食物」般量少，從沒見她吃過零食。然這回，竟難得地聽她喊起餓了。有孕的她害羞地告訴我，表示想吃點不一樣的。不久前的某一天，晚飯結束，嫂嫂一邊收拾著餐桌，一邊細聲地嘟囔著嘴巴苦，想嚼點魷魚乾的。隨之，便微微地嘆了口氣。那情景，始終令當時一旁的我難以忘懷。這日，偶然自中野的嬸嬸那得到這兩枚魷魚乾，要是能拿回家悄悄遞給嫂嫂吃的話，不知她會有多開心呢！但現在，東西丟了，叫我何能不沮喪呢？

提到我的家，就哥哥、嫂嫂和我三人一同生活。哥哥是名小說家，怪胎一個，年近四十，仍半點名氣也沒有的，而且，一貧如洗，身體狀況又差，不時便臥病在床，卻只懂得憑一張嘴，對我們極盡挑剔、嘮叨之能事，自己則光說不練，一點家事也不幫。嫂嫂因而得一肩扛下男人的粗活，實在是相當地苦。

某天，我義憤填膺地對哥哥說：

「老哥！偶爾，您也該背個背包，去買點菜回來吧？別人家的先生不都是這樣的嗎？」

聽我這麼一說，他立刻脹紅了臉。

「混蛋！我可不是那種不入流的男人。聽好！君子（嫂嫂的名字），妳也給我好好記著！就算我們一家會餓死，我也不會出門去做這些無聊的採購。把我的話給聽清楚！這可是我最後的尊嚴！」

原來如此，真是番了不起的徹悟啊！但是，老哥說的這番話，究竟是因憎恨那些爲國家四處採購的部隊而有感而發呢？抑或只是在爲自己的懶惰、不想出門尋求藉口？我實在是不懂哪！

我們的父親、母親皆爲東京人。有很長的一段時間，父親任職於東北山形縣的某公家單位。哥哥和我都在山形出生，父親臨終時也過世於山形。當時，哥哥年約二十，我則還是個要黏著母親的女娃。我們母子三人於是重新回到東京展開生活。前些時候，母親也走了，故而，現在便是哥哥、嫂嫂與我的三人家庭。由於沒有所謂的故鄉，因此不若其他家庭，總會有鄉下寄來的土產等等。再加上老哥是個怪胎，幾乎不和人來往，所以也不曾有那種意想不到的新奇「餽贈」。雖然只是兩枚魷魚乾，不過若能送給嫂嫂的話，她不知會有多高興。即便也非什麼珍稀之物，但那兩枚魷魚乾還真是叫人捨不得哪！我朝右轉去，沿著方才走來的路仔細尋索著。一無所獲。要於皓白的雪道上找尋白報紙所包捲的東西實在是太困難了。雪不停地下，層層覆蓋於我視線所及的蒼冷之地。

我一路循線回到了吉祥寺車站附近，卻依舊連顆碎石子也沒找到。我嘆了口氣，重新撐起傘，仰望著幽暗的夜空。雪花恍若萬千螢火，於天際間狂飛亂舞。好美呀！道旁的樹木頂負著一頭白雪，沈重地垂下枝椏，時而，便嘆息似地微弱顫動著身體。噯，該怎麼形容呢？我覺得自己彷彿置身童話世界一般，魷魚乾的事，早忘了。突然，我的內心浮映出了一計妙想。我決定將這美麗的雪景帶回去送給嫂嫂！比起魷魚乾，這件禮物不知好上多少倍呢！淨想著些吃的東西，實在是太沒水準了。

有一回，哥哥告訴我，人類的眼球是可以儲存影像的。就像人盯著燈泡端看了一會兒後，即使閉上眼睛，眼皮內仍舊得以清晰映現燈泡的影像一樣。這是自古以來便有的說法。其後，他接著講了一則浪漫的故事。老哥所說的話向來是胡言亂語的，幾乎不能相信。但唯有當時，即便明白其所言或許盡屬空造，卻依然爲這美麗的故事所陶醉。

從前，有位丹麥醫生，當他解剖一名遇難身亡的青年水手屍體時，透過顯微鏡，竟發現於他的視網膜中，映現著一幅家庭歡聚的美好景象。醫生將此事告訴了他的小說家朋友，小說家於是爲這不可思議之事，做了如下詮釋：

> 年輕的水手遭遇海難，為狂濤怒浪沖上海岸。他發現，自己所死命緊抱之處，是座燈塔的窗台。他欣喜不已，正想高聲呼救。卻驀然窺見，窗內，樸實的燈塔員一家，正愉快地準備進行晚餐。「不行！如果我現在大喊『救命！』那淒切的叫聲，不將傷損這家人美好的歡樂時光？」那緊抓窗台的手，逐漸鬆了……，唰——大浪襲來，水手的身體再次為激濤捲去……

想必便是如此吧！這名水手是世界上最體貼、最高貴的人。醫生也認同著。後來，兩人慎重地將水手的遺體埋葬。

我願意相信這則故事。即便明白就科學的角度來看待根本爲無稽之談，我也願意相信。下雪的夜裡，我想起了這樣的故事，我要將此動人的雪景盡收眼底，然後，帶回家。

「嫂嫂，注意看我的眼睛喲！肚子裡的寶寶會變漂亮的喔！」我想這麼說。

前幾天，嫂嫂曾如此告訴哥哥：「請在我房間的牆壁上貼些漂亮的人像畫吧！這樣我每天看著，將來就會生出個漂亮寶寶喲！」

嫂嫂笑著央求著。老哥倒是挺認真地點點頭。

「嗯，胎教是吧？的確很重要。」

說著，還真把端莊女子「孫次郎」的能面（編註：日本傳統舞台藝術「能劇」中所使用的面具。）照片與可愛少女「雪小面」的能面照片並陳貼於牆上。調整好了高低後，接著又將一張自己眉頭緊蹙的相片緊緊地貼連於兩張照片之間。

「嗳喲！拜託。您的玉照就免了吧！看了心裡怪不舒服的。」

連我那溫柔的嫂子竟也禁不住合掌拜託了起來，懇求老哥無論如何都要將相片取下。老哥的相片看久了啊，生下來的寶寶必定會是個尖嘴猴腮的「猿面冠者」（譯註：乃豐臣秀吉某時期的綽號。意指「沐猴而冠」，諷其虛有其表，卻無真才實學。太宰治曾寫過一篇同名作品。然，於本文中，應純乃以此述其面貌醜似猿猴，與豐臣秀吉並無關聯。）。看看這張照，那副奇怪的臉，竟還自以爲是美男子呢！唉！真是令人受不了的傢伙。

爲了肚子裡的寶寶，現在的嫂嫂確實該多看些世界上最美的東西喲！我要將今夜的雪景，全部收藏起來，留駐眼中，然後，獻給嫂嫂。嫂嫂必定會比收到魷魚乾還開心上好幾倍，甚至幾十倍呢！於是，我放棄了對魷魚乾的執念，轉往歸家的路途行去，一邊入神地欣賞著周遭美麗的雪色，不僅映入瞳仁，也盛滿心中，步伐宛若爲醉人的純白景致輕盈簇擁著。

「嫂嫂！快來看我的眼睛！我的眼睛裡映著許多非常漂亮的景色喲！」

「咦？怎麼了嗎？」嫂嫂笑盈盈地湊過來將手搭於我的肩上。「妳的眼睛，有什麼東西呀？」

「因爲呀，老哥曾告訴過我，人類的眼球可以儲存下剛看過的景象，不會消失哦！」

「寶寶爹的話，還是別放在心上吧！八成是胡謅呢！」

「但是，那故事是真的！我願意相信！所以呀，哪，快來看看我的眼睛！我剛剛可是看了好多好多美麗的雪景才回來的。哪，看呀！一定可以生個肌白似雪的漂亮寶寶喲！」

嫂嫂聽了，露出憐愛的神情，靜靜地注視著我。

「喲！」

這時，老哥自隔壁的房間內走了出來。

「與其看順子（我的名字）那對無聊的眼睛，還不如看看我的，保證效果百倍喔！」

「喔？怎麼說呢？」

這一臉欠揍的老哥實在真叫人討厭。

「嫂嫂不是說過了嗎？看了哥哥的眼睛，心裡會不舒服的。」

「那可不一定。我的眼睛可是閱歷了二十年的美麗雪景呢！二十歲以前我都住在山形哪！才不像順子，懵懂無知之時就來到了東京，山形的壯麗雪景都沒見識過呢！現在看到東京這種小家子氣的雪景，就如此大驚小怪的。我的眼睛呀！更漂亮百倍、千倍的雪景都看過了，再怎麼說都比順子的眼睛精彩哪！」

我心有不甘，惱得想哭。嫂嫂則趕緊上前幫我解圍。她微笑著，輕聲地說道：

「可是哪，寶寶爹的眼睛雖然看過上百上千的美麗景色，不過，齷齪的、不入流的，也不下上百上千呢！」

「對啊！對啊！而且應該是負數遠比正數多喲！所以才眼珠濁黃哪！哈哈哈！」

「啐！妳在胡說些什麼啊……」

說完，老哥便扳起臉，鼓脹著雙頰鑽回隔壁的房間內。

黃金風景

Gold Scenery

海岸
碧綠的橡樹
細密的黃金鎖鏈般
串成一線

——普希金（俄國文學黃金時代詩人 1799 - 1837）

童年時候，我並不是個溫善的孩子，時常欺負家裡的女傭。因爲我最討厭別人漫不經心的模樣，所以，漫不經心的女傭特別容易得到我的「照顧」。阿慶就是這樣一個漫不經心的女傭。

即便是削個蘋果吧，也不知她心裡是在想些什麼?前前後後便停手了兩、三回。「喂！」每次，都得人扳起臉孔，厲聲喝斥，否則，她便這樣一手蘋果一手刀的，不知發呆到幾時。還不僅是如此呢！經常，總是見到阿慶一個人杵在廚房裡，什麼事也沒做，就只是愣愣地站著。便連我這小孩子都有些看不下去了，禁不住地生起氣來：「喂！阿慶，太陽快下山囉！」儼然一副大人口吻。現在回想起來，還真叫人背脊發涼，憑什麼我可以說出那麼強橫的話呢?甚至還貪得無厭。一回，我吩咐阿慶，將圖畫書上閱兵典禮中所繪的數百軍馬兵卒一一緣形狀裁下。有騎馬的、持旗的、肩槍的……等。笨拙的阿慶從清早忙到了傍晚，甚而連午飯也沒吃，卻竟只剪了三十幾個人。更糟糕的是，將軍的鬍子被砍掉了一半；軍隊裡的槍兵，手掌居然成了恐怖的釘耙。最讓我生氣的，是阿慶的手心夏季容易出汗，故而，所剪下的軍人們，全因阿慶的手汗而溼透了。我終於抓狂了，一腳踹向阿慶。精確地說，是踹向她的肩膀。阿慶捂著右頰，倏然泣伏於地，一面苦痛地呻道：「就連我的父母親都不曾如此踹過我哪！我一輩子都會記得的！」她一副上氣不接下氣地嗚咽淚訴著，令我感到更加厭惡不已。因爲，對我來說，欺侮阿慶本來就是天經地義的事。即使到了現在，我依舊多少會作如是之想。對於關乎無知與駑鈍的一切，我是全然無法忍受。

前年，我被逐出家門，一夕之間窮途潦倒。我徘徊於巷弄，哭訴無門。那些日子的年月裡，之所以仍得以活命，皆有虧自己尚稍備文筆。然而，當方覺足以賴此維生之際，竟又染病在身。某個夏天，我幸承了某人的情分，借宿於千葉縣船橋町鄰近汙泥海的一間小屋中，獨立生息，調養身體。幾乎是每個夜裡，我都得與溼濡得睡衣足以擰出水來的盜汗情形纏鬥不休。但儘管如此，還是非得工作不可。每天清晨醒來，以一杯十分之一升的冷牛奶啓一日之端，日復一日。即便僅是這般，卻似乎便使我奇妙地自其間感受到生之喜悅。庭院的角落處，有一叢盛開的夾竹桃，如若一簇簇熊燃的火焰，不時牽動著我的腦袋一同隨之劈劈啪啪地作痛、暈疲。

某日，一名年約四十，身材矮小、削瘦，負責作戶籍調查的員警來到小屋門口。他拿起戶籍簿確認著我的姓名，並盯著我那張不修邊幅的臉孔仔細端詳著。「啊呀！您不是……那家的少爺嗎？」聽其一說，才發覺員警說話的語調的確帶有濃厚的鄉音。「是啊，沒錯。」我不以爲意，大剌剌地回應著。「您是？」

員警削瘦的面龐很努力地擠出一團笑意。

「呀！果然沒錯吧？您或許不記得了吧，這大概是將近二十年前的事了，我曾在K地開過一家馬車貨運行。」

K地是我的出生村落。

「您也看到啦……」我一笑也不笑地應答著：「呃，我現在可是落魄得很呢。」

「別這麼說。」員警的臉上仍堆滿著笑。「能寫得出一本本的小說，也是相當的成就呀！」

我苦笑著。

「話說回來，」員警壓低了聲音。「阿慶倒是常常提起您哪！」

「阿慶？」我一時間反應不上來。

「是阿慶呀！就知道您忘了。是曾經在您府上幫傭的——」

啊啊！想起來了。我忍不住驚呼。原本蹲坐於玄關台階上的我，這下子頭垂得更低了。二十年前，自己凶蠻對待某個漫不經心的女傭的惡行惡狀，瞬時皆歷歷在目，使我如坐針氈。

「她好嗎？」突然，我抬起頭，唐突地如此探問著。記憶中，當時的我，表情便同一名罪犯或被告者，猥瑣浮映著卑屈的笑容。

「嗯，該怎麼說呢？應該還算好吧！」員警不厭地朗俐回答著，一面取出手帕擦拭著額頭上的汗珠。「如果不會打擾您的話，下回我再帶她一道來。實在應該好好地向您道聲感謝哪！」

「不不不，不必了！」我嚇得全身發毛，極力地卻拒著。一股難以言喻的羞辱感令自己無端地扭捏起來。

然而，員警依舊殷勤。

「我們的孩子呀！老大是個男孩，就在您這裡的車站那工作。再下去是次男，以及兩個女兒。最小的老么現在八歲，今年已經上了小學了，咱們夫妻倆應該算是解脫囉。阿慶也辛苦啦！再怎麼說，呃，不愧是在您府上這樣的大宅第見識過的人，和別人多少有些不同。」員警靦腆地笑著。「真是託您的福呢！也難怪阿慶常常提起您。下回公休，我一定帶她過來向您道謝。」他突然神情認真了起來。「那，今天真是打擾了。請多保重！」

比起工作，錢的事向來更令我惱煩。我是無容餘裕鎮日杵在家裡的。那之後的第三天，我拿起竹杖，想往海邊去，甫咔啦咔啦地拉開玄關的大門，便見一對身著浴衣的夫婦及一名穿著紅色洋裝的小女孩，正並列立於門前，宛如一幅美麗的圖畫。是阿慶那家人！

我以連自己都感到意外的行止大聲咆哮著：

「怎麼說來就來的啊？很抱歉，我得辦點事，不出門不行。有什麼貴幹改日再談吧！」

如今的阿慶已是個儀止端莊的中年婦人。那名八歲的小女孩，容貌與當年在家幫傭時的阿慶極爲相似，她以一種漫不經心的迷濛眼神，楞楞地仰頭凝望著我。我感到悲哀，還不及待阿慶說上一句話，便遁逃似地朝海濱疾趨而去。我揚起竹杖闢道，不斷不斷地劈砍著海濱的雜草，頭也不回地前進著。踩著慌亂步伐的我，沿著海岸直往鎮上走。到鎮上去做什麼呢？我茫然無的。看看活動小屋的畫板廣告嗎？逛賞吳服店的櫥窗陳飾嗎？我喳、喳地咂嘴。內心的深處微邈地響起這樣的聲音：「你輸了！你輸了！」不，不行！怎麼可以認輸！激躁的情緒撼搖著我的身體。又這樣前行了約三十分鐘後，我終於轉身折返，打算回家。

來到海濱，我的腳步停了。不遠處，有這樣一幅溫馨的畫面──阿慶一家三口正悠然、愉悅地笑鬧著，對著寧靜的海洋擲起石子。耳畔，傳來他們開心的笑語。

「確實……」那名員警奮力地擲出一只石子。「是個了不起的人喲！這個人，現在變得偉大了呢！」

「是呀！是哪！」阿慶拉高了嗓子得意地應和著。「這個人從小就和別人不一樣。現在看起來，更親切、更謙虛了哪！」

我延佇於此，哭了起來。心頭的囂躁，業已在盈溢的淚水中徹底溶解。

我認輸了。但或許，這才是好事一件。不這樣的話，才真的不行。相信，他們的勝利也將成爲我重新出發的動力。

畜犬談

Theory of Breeding Dogs

——獻給　伊馬鵜平君——

其實，對於狗，我還挺有自信的。自信，有朝一日，一定會被狗咬。我，一定會被狗咬的！

我確實擁有這樣的自信。不過，還真是慶幸啊，我至今竟仍能平安無恙，不曾慘遭狗吻，實在是不可思議。各位，狗可是猛獸哪！力足擊斃馬匹。大家應該都聽說過吧？狗與獅子搏鬥，狗甚至還能是勝利者呢！但是，說不定真只有我一個人這麼想吧。然而，您最好看看牠那嘴要命的獠牙，牠可絕對不是普通的傢伙哪！別見牠滿街遊走地裝出一副可憐相，鎭日不足溫飽，唯能卑微地翻找垃圾箱內的廢棄殘渣的，牠可的確就是那不折不扣、足以擊斃馬匹的猛獸啊！什麼時候會發怒、抓狂、露出本性？這是全然無柄。所以說，應該用條鍊子將牠牢牢拴住，絲毫不能掉以輕心。

世界上有許多的飼主，在屋裡養了這可怕的猛獸，只因牠可以消耗掉家中的剩飯廚餘，完完全全忽略了牠是一頭悍猛的野獸。乖呀、乖的，傾盡一切地呵護牠，把牠當作家中的成員之一，讓牠毫無距離地接近身旁。家裡的三歲孩童拉扯猛獸的耳朵，還能引來一家人的哄堂大笑。其實，應該害怕的呀！怕得連眼睛都不敢閉上。如果哪日牠不巧獸性大發，突然汪的一聲反咬人一口，那可怎麼著？不得不慎哪！牠可是猛獸啊！難保飼主就不會被咬。（千萬不得抱持那種十足愚昧的自信，自以爲因爲是飼主，便不會遭攻擊。要明白，只要那口可怕的獠牙還在，那張嘴，是絕對不會留情的。況且，應該也沒有任何科學立論足以證明，飼主一定不會被咬。）那些人以放任的方式來飼養這群猛獸，任其遊蕩、竄動、四處奔馳，把牠當成什麼了啊？去年秋天，我的一名朋友便深受其害，成了慘烈的犧牲者。

據朋友表示，那日，他什麼事也沒做，就只是雙手縛在懷裡，悠哉地漫步於巷弄之間。方時，那隻狗正靜靜地坐在巷口。我的朋友自狗的身旁經過，確實什麼也沒做；當時的狗兒亦僅是以目光微微斜睨著街巷。原以爲什麼事也沒有。不料，那傢伙竟冷不防地汪的一聲，朋友的右腳便莫名地被咬上一記了。

唉，災難的來臨何其突然。我的朋友悵然若失，隨之，淚水心有未甘地奪眶而出。他的心情我能理解，遇到這種事，真是一點辦法也沒有的，不是嗎？我的朋友拖著疼痛的腳足，至醫院進行治療。足足二十一天，他每日上醫院。三週後，他的腳傷痊癒了，卻又要開始緊接著擔心體內是否被討厭的恐水病（狂犬病）病毒入侵。於是，又不得不接受防毒注射，並與狗的飼主進行談判。然而，由於朋友太過軟弱，根本提不出任何要求，故唯能忍氣吞聲、自認倒霉。至於那注射費，當然不會便宜，勢必是得動用到額外的積蓄的。很遺憾，我明白我的朋友一定拿不出來，他想必又是爲了籌措這筆錢而日夜奔走。總之，這真是個無情的災難、大災難。再說，若因疏忽注射而延誤病情，便極可能會罹患那種名爲恐水病的悽慘疾病。據悉，除了發燒、意識錯亂等生理痛苦，患者的外貌還會變得同狗一般，四腳著地匍伏爬行，嘴裡還會汪汪地吠叫。故方時，友人那極度的憂懼與不安，實是筆墨難以形容。幸而，我的朋友素來是個老實的艱苦人，一輩子行事規規矩矩的，所以最後沒有變醜，也沒有發狂。有整整三七二十一天，他來來回回地屢次前往醫院接受注射，現在，已經可以健康地正常工作了。

這種事情若是發生在我身上，那隻狗早就不必活了吧？我是個報復心比一般人強上三、四倍的男人，一旦發生這樣的事，我定會發揮出比別人殘忍過五、六倍的狠烈本性，立刻把牠的頭蓋骨打得稀巴爛，然後挖出牠的眼珠，咔嗞咔滋地狠嚼一通，再呸地吐掉。這還不夠，我鐵定會把附近人家所有的狗，全部毒死！我又沒招誰惹誰的，就這樣突然地被汪地咬了一口，這實在是非常失禮又粗蠻的行爲不是嗎？即使是畜牲也不得原諒。絕不能因爲牠是無知的畜牲，便特別得到人類的嬌縱。所以，不能饒恕，必須施以嚴刑峻法。那年秋天朋友的遇難，使我長久以來對於狗的憎恨感，這下子更是升達了極點。我感到火冒三丈，一股腦的厭惡。

今年元月，我於山梨縣的甲府近郊，租了間內附分別有八疊、三疊、一疊大的房間的茅屋權作工作室，過著隱居似的生活，以督促自己專注點地來寫些不成氣候的小說。這甲府小鎮，走到哪兒都看得到狗，於數量上更是可觀。牠們四處流盪，或站、或臥、或奔竄、或亮著利齒吠叫。一有大一點的空地，定成爲野狗們盤據的巢穴。牠們樂於進行那種進退廝殺的無聊格鬥遊戲。入了夜，這群狗更宛如成群打夥的野莽盜匪般，旋風似地縱橫叱吒於無人的街道間。我想，甲府的每戶人家，大概至少都平均養了兩隻狗吧？數量的確不少。山梨縣向來便以出產甲斐犬而聞名，但是，現在於街頭上所能看見的這些狗，絕非這類的高貴純種狗，反倒是以紅棕色的長毛獅子犬爲主，甚至還有些毫無特色的劣等狗。自己早先便對狗類懷恨在心，而自朋友遇難以來，我對狗的嫌惡感更是與日俱增。那份強烈的警戒心，我從未懈忘。無論牠們是猖狂地於大街小巷橫行；或是蜷成一團，清閒地睡著覺，皆不能掉以輕心。其實，我早已爲此絞盡腦汁，如果可以的話，我還真想戴上盔甲，穿上護手、護腿於街上行走。但是，那副怪異的模樣，絕對是會引人側目的，況且也不能爲世俗所容許，因此，我便唯能再尋求其他方式了。我十分認真、審慎地思量對策，並開始試圖研究狗的心理。對於人類的心理，我是向來了解深徹。偶爾，的確真有一針見血指出癥結之時。至於狗的心理可就難囉！人的語言於狗與人的情感交流過程中，究竟扮演著什麼樣的角色呢？這是第一個難題。如果語言無用，那便僅能透過解讀對方的動作、表情等來進行了解，例如尾巴的擺動，這是個十分重要的指標。然而，經仔細探究，我方覺，關於狗類的尾部搖擺，還真是一門相當複雜的學問，絕非三言兩語得以輕鬆詮釋的。我完全絕望。於是，最終我研究出了一套劣拙非常、窩囊至極的生存之道，這是窮途末路的我唯一僅餘可施的一招。

反正，一遇上狗，我就是堆滿著笑，以宣示自己對其毫無傷害之心。至於夜晚，臉部的笑容或許較不易被看見，那就天真無邪地吟唱首童謠吧，盡量讓牠們知道，我是個愛好和平的人。這一招，感覺多少有點效果，狗兒對我的確不曾做出飛撲、噬咬之類的不友善動作。不過，還是不可卸下心防疏忽大意。經過狗的身旁時，無論你多麼恐懼，絕對不可跑步。必須謙卑地笑、諂媚地笑，純真輕盈地晃著腦袋，慢慢地、慢慢地走，即使心頭、背脊早如爬滿十條毛蟲，已經害怕得幾近窒息、狂冒冷汗，還是要慢慢地、慢慢地走。我實在極度痛恨討厭自己的卑屈，甚至討厭得想哭。但是，若不這樣，便馬上有被咬的可能。我不得不裝可憐，試著和各種狗打交道。另外像頭髮如果有點太長了，也可能被牠們當作可疑的傢伙，成爲狗兒吠叫的對象。如不想淪於此境，便得勤快地上理髮廳。拿著手杖走路，則可能被狗兄弟們誤以爲成威嚇的武器，因而產生戒心。爲了避免麻煩，手杖最好永遠不用。

然而，狗的心理還確實是深不可測哪！意料之外的狀況就這樣莫名其妙地發生了。我被狗盯上了。牠們搖著尾巴，魚貫地跟隨於我的後頭。這實在是十足諷刺。自己對於狗的憎惡，早已升騰至了極致，與其得到這群畜牲的歡心，倒不如被駱駝愛慕得好；或是被醜得無以附加的女人纏上，我看心情也不會太差。這種比擬的確是很膚淺的說法，但所謂的自尊，便是即使身為蟻螻，再怎麼樣，亦總有所無法容忍之境況。我討厭狗，早就看穿了這種凶蠻猛獸的本性，心中頗不以為然。這些傢伙，充其量，不過就為了得到那每日一、兩頓的剩飯施捨，便出賣朋友，與妻子別離，甘願孑然一身地屈居於屋簷之下，裝出一副忠心耿耿的模樣，對昔日的朋友吠叫，並無情地忘卻父母、兄弟，僅一味地想著觀察飼主的臉色，然後極盡阿諛諂媚之能事，實在是恬不知恥。就算挨了打，也只是哎哎地叫，夾著尾巴不敢反抗，惹得一家人大笑。這種心理上的卑劣、醜陋，是這狗東西常有的行為。明明擁有健壯的腳，能輕輕鬆鬆地日行十里；擁有白亮的利齒，力足擊斃獅獸，卻肆無忌憚地發揮其懶惰、無賴的劣根性，一點矜持也沒有，動輒向人類屈服，尋求可笑的歸屬感。同族之間卻相互敵視，一碰面，便互吠、互咬，滿腦子淨曉得死命討好人類。看看鳥雀吧！這些身無寸甲的纖弱小鳥兒，基於對自由的崇尚，截然於人類的世界之外，經營出一個別開生面的小社會，同類間彼此相親相愛，欣然接受貧乏的生活，日日愉悅地歌唱。如此相較，便益覺得狗實在齷齪，令人憎恨。雖然現在受到牠們如此之歡迎，我卻依舊感到嫌惡不已，難以忍受。但這些狗似乎真的特別喜歡我，紛紛搖著尾巴湊上來猛獻殷勤，我實在是不知該說狼狽還是懊悔哪！這是我因過分防懼狗的猛獸性，漫無節制地諂笑逢迎所種得的果，使狗兒們誤以爲我是牠們的知己，牠們看穿了我，知道我不足爲患，事態於是發展爲此般毫無益處的結果。面對事情，謹守分寸是十分重要的。至今，我仍是沒有完全學會節制。

那是早春時候的事。晚飯前，我至鄰近的四十九聯隊的練兵場上散步。兩、三隻狗就這樣跟在我的後頭。即便依然擔心自己的後腳跟隨時會成爲牠們的嘴中肉，但我一如往昔，裝出一副悠然而無邪的模樣，聽天任命地哼唱閒步著，另一頭則拼命壓抑住自己想如遁兔般脫逃的強烈衝動。按捺著、捺著啊。狗兒成群地跟隨著我，走著走著，便開始相互爭鬥了起來。我刻意行若無事地繼續前進，頭也不回，內心卻業已鼓譟難耐。如果手上有把槍，我一定會毫不猶豫地砰砰砰將牠們全給殺光！狗群對於我這面似菩薩，心如夜叉之人的奸佞害心，卻是全然一無所悉，始終跟著我到處走。練兵場繞完了一圈，我仍舊受著狗兒們的眷顧，就這樣一路被護送到家。但通常於我回到家前，背後的狗就會逐漸散聚離去，全部消失無蹤。這是一向的慣例。但那日，出現了一隻特別黏人的不起眼的小黑狗，身長約僅五寸。然，這傢伙雖小，卻也不得大意。牠的牙齒應該早已長齊了，若是被咬到的話，還得三七二十一天，天天上醫院報到呢！而且，像這樣幼小的東西，沒什麼常識可言，也因此，喜怒無常，非得更加小心不可。小狗兒一下前、一下後、一下仰頭看看我的臉，就這樣，搖搖晃晃地，一路跟到了我們家門前。

「喂，有隻怪東西跟著來了。」

「啊呀，好可愛哪！」

「可愛嗎？把牠趕走吧！不要太大意，當心被咬。去拿點蛋糕什麼的。」

……還是一貫的軟弱外交。而這小狗兒似乎也立刻便看穿了我那內在的怯懼，且還挺懂得趁人之危的，就這樣厚顏無恥地硬是在我家住了下來。於是，歷經了三月、四月、五月、六、七、八……，直至金風蕭颯的此時此刻，這隻狗至今仍在我家。為了這隻狗，我不知落淚了多少回，就是遲遲未能斷心與之做個了結。我無可奈何，於是隨意取了個叫「小不點」的名字來稱呼這隻狗。不過，雖然已與小不點在一起相處了半年了，我卻還是無法認同牠是家中的一分子，仍將牠視作「外人」，我心存芥蒂、揣度猜忌，無論如何就是沒法對其釋然以待。

小不點剛到這個家的時候還是隻幼犬，牠時而會疑惑地觀察著地上的螞蟻及蛤蟆，然後害怕得悲鳴，逗趣的樣子令我不禁為之失笑。雖然是個討厭的傢伙，不過，或許是上天另有安排，所以才讓牠迷了路，闖進這個家的吧？……我於外廊下給牠做了個睡覺的窩，食物也替牠煮得同給嬰兒吃的那般軟爛，並仔細地爲牠在身上撒上滅蚤粉。然而，共處了一段時日後，終究，我發現，還是不行。劣狗的本性於牠身上發揮得淋漓盡致。這卑劣的傢伙，原本不過是隻被丟棄在練兵場角落的小狗，而散步途中的我，便這樣好巧不巧地被牠給糾纏上了。當時也沒注意到牠那枯瘦、光禿的臀部，一屁股的毛幾乎全掉了。也只有我會這麼地拿蛋糕給牠、幫牠煮稀飯、一句粗話也捨不得說的。我療撫陳傷似地敬重對待牠，換作是其他人，早就抬腳一踹，把牠給趕走了。而之所以此般親切地對待牠，並不是出自於對狗的喜愛，反倒是源於一種對狗的強烈厭惡、畏懼所衍生出的狡猾策略。其實，原以爲，在我的調教之下，這隻小不點好歹也會長成一隻頗具男性雄風的大狗吧？這不是我想賣弄恩情，只是，多少覺得，如果牠能帶給我們一點樂趣的話，那也不錯。然而，野狗就是不成氣候啊！饗足飯飽，就開始進行起飯後運動，把木屐給當作玩具，啃得慘不忍睹。晾在庭院的衣服全都遭了殃，被牠扯下來沾得滿是泥巴。

「別再鬧啦！真是讓人傷腦筋耶！有誰拜託你這麼做嗎？」

我盡量溫和地告誡著牠。不料，狗轉了轉眼珠子，竟將我的告誡當作了調情。這是怎樣一種死皮賴臉的嬌慣心態呀？我對於這隻狗的厚臉皮暗自吃驚，並感到鄙夷不已。小狗長大後，愈益暴露出牠低劣的本質。首先，形體不好看。幼小時，覺得牠的體態多少還算勻稱，本來還想說或許摻雜了什麼優秀的血統呢！沒想到，完全不是這麼一回事。隨著牠軀幹的突壯猛長，四肢的比例則明顯地顯得短小，變得同烏龜一樣，簡直不能看。我出門時，這副醜陋的形體當然也是如影隨行地跟著我。「哇呀！好奇怪的狗！」街上的年輕男女笑著指指點點的。我多少也還要點顏面，真恨不得及早結束這趟行程，無可奈何，只好索性裝作不認識牠，快步前行。然而，小不點依舊黏著我。牠不時仰頭瞧看著我的臉，忽前、忽後，糾纏似地緊隨著我。這樣的行止，再怎麼看也不像是「外人」，分明就是對情志相契的主僕了。託牠的福，現在我每一出門，心情都相當地抑鬱消沉。也罷，這或許倒是一種很好的修行。不過，如果只是跟前跟後的，那也還好。麻煩的是，這其間，牠那潛藏的好鬥猛獸本性，卻亦慢慢地顯露了出來。當他跟著我的時候，每遇出沒街頭的狗隻，皆會一一「打招呼」示意，也就是全部先吵個一架方休。小不點腿短，但年輕氣盛，打起架來一副挺強悍的樣子。牠曾踏進空地的野狗巢穴，獨自單挑起五隻狗，雖然態勢看來相當不利，但牠卻靠著矯健的身段，屢屢避開危險，自信滿滿地朝對手飛撲而去。然而，當然也有屈居劣勢的時候，瞧牠一邊吠叫一邊退卻，哀鳴的神情使牠原本黝黑的臉瞬時化作了慘蒼。不過倏地，卻又見牠再度朝那隻壯如小牛般的牧羊犬撲了上去。這時，我的臉是真的綠了。只見那隻巨犬抬起前足，如滾車輪似地將小不點當作了玩具扒。幸虧，這對手看來似乎並未打算認真打起「招呼」，小不點才終得以僥倖撿回一命。意外碰上如此凶蠻的傢伙，我想對方大半的氣焰也差不多消了吧？後來，小不點便逐漸學會了先以雙眼衡量情勢，以避免徒勞的激鬥。況且，我不喜歡打鬥，不，也不是不喜歡，應該說，容許這群刁畜野獸縱性恣行，放任牠們打成一團，這是文明國家的恥辱。這些震耳欲聾，汪汪、喲喲、嘎嘎的野蠻叫吼，讓人厭恨不已，即便把牠們全給殺了，亦不足以弭平我心中的激切憤惡。我並不愛小不點，於牠，不過是出於一分恐懼、憎惡，一點點愛都沒有。因此，就算牠死了，也於我無傷。難不成牠以為，僅要這樣大刺刺地纏著我，我便有飼養牠的義務嗎？在路上，只要是遇上狗，必定得吠叫得那等淒厲。可知道，我這做主人的，是害怕得直打哆嗦嗎？巴不得馬上叫來一輛車，坐上去，啪噹地關上門，立刻一溜煙地揚長而去。若是打個架就了事的話，這倒還好。但如果對方的狗狂亂不能自已，猛然向我這個小不點的主人飛撲而來，那可怎麼辦？屆時便說什麼皆為時已晚啦！這嗜血的猛獸，會做出什麼事來，誰也不知道。我搞不好會被撕咬得慘不忍睹，三七二十一天日日非得上醫院報到不可。狗群打架，實是個地獄哪！我於是藉機開導小不點：

「不可以打架！要打架就離我遠一點。我不喜歡你這樣。」

小不點似乎聽得懂我的話般，被我數落了一番後，竟顯得有些無精打采。我心想，終於，這狗總算知道對我有所敬畏啦！是我一而再、再而三的反覆忠告漸漸開始奏效了嗎？還是與牧羊犬的一戰，使牠吃上了場難堪的敗仗所致？小不點的態度頭一遭如此卑屈、順從。同我一起走在路上時，見其他的狗向牠吠叫，牠亦僅是簡俐地叫了一聲，彷彿是在說：「唉呀！討厭、討厭，真是野蠻！」然後，則一個勁兒要討我歡心似地表現出牠的莊重，牠抖了抖身體擺起架子，如同在嘲謔著其他狗的愚蠢與無知，隨之則哀憐地斜眼睨視著對方，並一面仰頭窺探著我的臉色，嘿、嘿、嘿、嘿的，宛如在卑微地諂笑。那種樣子倒是不太令人討厭。

「總算仍有一點可取之處。這傢伙還挺會看人臉色的。」

「您又想出了什麼花招逗牠了是吧？」妻子起先對於小不點亦是漠不關心的；但現在，一頭才噗嗞噗嗞地發著牢騷說洗好的衣服被弄髒之類的，卻轉個身便忘得乾淨，又隨之「小不點」、「小不點」地喚個沒停，拼命拿菜飯什麼的要餵牠，一邊笑著說：「我的性格大概完全破產啦！」

「聽說會越來越像飼主呢！」我哪！僅只是越來越感到苦惱。

邁入了七月，家裡的生活出現了轉變。我們好不容易於東京三鷹村的預售屋中看上了一戶小房，並且即將完工。一個月似乎僅須支付二十四圓的貸款即可。我們與原屋主定下契約，逐步開始辦理移轉手續。房子一蓋好，屋主將會以快遞信立即通知我們。如此一來，小不點勢必便得接受被拋棄的命運了。

「一起帶走也沒關係吧！」妻子果然還是不認爲小不點是個問題，以爲怎樣都無所謂。

「不行！我並不是因爲可愛才養牠的耶！而是因爲害怕遭狗報復，逼不得已，才悶不吭聲地收留牠的。妳到現在還搞不懂啊？」

「但是，您一沒看到小不點，不也是小不點哪裡去了、哪裡去了地吵吵嚷嚷，鬧得天翻地覆的嗎？」

「如果真不見了，那就可怕啦！或許會瞞著我偷偷去結黨營私幹嘛的也說不定。我明白那傢伙十分看不起我。狗這種東西啊，報復心相當強的啊！」

我想，現在絕對是個好機會。就這樣與這隻狗做個了斷吧！把牠留在這裡，然後坐火車前往東京。一隻狗總不至於翻過笹子嶺，追到三鷹村來吧？我們並不是遺棄牠，純粹是搬家時，忘了帶著牠。沒有罪。即便是小不點本身也沒有恨我們的道理，更沒有報復的理由。

「真的沒關係嗎？不會就這麼餓死了吧？該不會遭亡靈糾纏吧？」

「原本就是隻流浪狗，沒人要的東西啊！」

妻子似乎還是有些不安。

「也對，總不至於餓死才是。再怎麼說，這樣處理還是比較好。若把那隻狗帶到東京，面對朋友時還真是難爲情。身體那麼長，真不好看。」

留下小不點的事，就此敲定。接著，事情又有了變化。小不點染上了皮膚病，而且情況嚴重，難以形容的慘狀，簡直是不忍卒睹。正值炎夏時節，非同小可的惡臭飄散開來。這下，連妻子都暈了。

「別讓牠待在這兒啦！把牠殺了吧！」女人到了這個時候，比起男人更加冷酷，膽量也大了。

「殺掉嗎？」我大吃一驚。「不能再忍一忍嗎？」

我們一心企盼著來自三鷹的屋主的快遞信。屋主曾表示七月底左右應該可以完工的。眼看著七月將盡，差不多就是這一、兩天的事了，需要搬運的行李也業已打包完畢，就等著屋主的一封信息。然而，候盼的通知遲遲未來。待到我們寄信前去打聽之時，小不點便已患上了皮膚病，越看越叫人鼻酸。現在，似乎就連小不點本身也爲自己的醜陋感到羞恥，總是喜歡躲在陰暗的角落。偶爾，見牠渾身無力地躺於門口向陽的鋪石路上，「唉呀！真不知好歹！」我破口大罵。牠迅速起身，隨即垂著頭默不作響地悄悄鑽回外廊的木板下。

即便如此，當我出門的時候，常不知牠是自哪兒一路跟來的，老見牠躡手躡腳地緊隨在我的後頭，同個跟班似的。被這樣一個如同妖怪般的東西黏著，哪受得了啊？於是，每遇到這樣的情形，我便會定定地凝視著小不點，嘴角則明確地泛現著一抹譏嘲的神色，就這樣靜靜地盯著牠瞧。這一招非常有效。小不點便會如同突然想起了自己的醜陋似地，立刻低下頭，無精打采地消失在我的眼前。

「實在受不了了啦！連身上都開始刺灼地癢起來了。」妻子不斷找我訴苦。「我已經很努地盡量不去看牠了。可是，每當見到牠，就又破功啦！就連睡覺都夢到。」

「哎呀，再忍個一陣子吧！」我想，除了忍耐，再無其他辦法。即便非常傷腦筋，但對方可是頭猛獸啊！若太輕舉妄動，是可能會慘遭啃咬的。「明天三鷹那邊不是會有回音嗎？等搬完家後，這件事不就解決了嗎？」

三鷹的屋主來信了。讀後令人相當失望。信上說，由於連續的降雨，壁泥未乾，加之以人手不足，距離完工之日推估起來大概還需十天。實在是煩不勝煩哪！爲了逃避小不點，我們是鎮日迫盼著早日搬家。我感到十分焦躁不安，手頭的工作也無法進行下去，只能翻翻雜誌、灌灌酒。小不點的病一天比一天嚴重了，我的皮膚也不知怎地，一個勁兒地跟著癢了起來。夜裡，小不點於屋外啪噠啪噠地扭身搔癢，那聲響，令人毛骨悚然，早已不知自睡夢中被驚醒了多少次。真的快不行了。好幾回，我實想狠下心來，無情地將牠趕走。其後，屋主又來信了，表示還要再多等個二十天。我的心頭氣憤而煩亂，由是開始遷怒於身邊的小不點。就是因爲這個傢伙，今天才這樣諸事不順的，一切的糟糕事全因小不點而生！我不由得地咒罵起牠。某晚，我竟於我的被鋪上發現了狗跳蚤。此刻，我那按捺已久的憤懣之氣終於爆發了，於是於心中暗自下了一個重大決定。

我決定殺掉牠。對象既然是頭可怕的猛獸，如果是平日的我，是絕對不至於如此倒行逆施的。然而，盆地特有的溽熱卻蠱惑人般，驅策著我一逕地氣血賁張。何況，終日這般無所事事，只是痴痴地等著屋主的快信，行屍走肉般迎送著每個百無聊賴的窮極時日的我，已是心煩意亂、情緒浮躁，加上長期的失眠，精神幾近瘋狂，因此也才會一股腦地豁了出去。發現狗蚤的那夜，我隨即叫妻子去買了塊大牛肉；自己則前往藥房張羅了點那種藥。一切準備妥當。妻子看來異常興奮。那天夜裡，我們還真像對鬼夫婦，彼此湊著頭，鬼促促地竊竊私語。

翌日清晨，我四點鐘就醒了來。雖然早已調好了鬧鐘，但還沒等它作響，我便已睜開了眼。東方甫白，寒風徹骨，我一早即拎起竹皮包，準備出門。

「做完了，看都別看，馬上回家，知道嗎？」妻子站於玄關的鋪台上送我，口中平靜地說。

「曉得、曉得。小不點，來！」

小不點搖著尾巴，從廊下走出。

「來！來！」我快步地前行著。這日，我不再那般不懷好意地凝視小不點了，所以小不點也幾乎忘卻了自己的醜陋，高高興興地跟隨著我。霧很濃，整個城鎮還在寧靜中睡著，我朝往練兵場快步走去。途中，一隻恐怖的紅毛大狗開始對著小不點狂吠。小不點依照往例，表現出高雅的風度。哎，吵什麼吵呀？牠二話不說，朝著紅毛犬輕蔑一瞥，並匆匆地自其面前行過。然而，這頭紅毛相當卑鄙，竟粗蠻地從小不點的背後，朝小不點發冷的睪丸一道疾風似地襲擊。小不點旋即轉身，並一邊若有顧忌地揣度著我的臉色。

「上吧！」我大聲喝令。「卑鄙的紅毛！盡全力幹掉牠！」

遭獲解禁的小不點，此時身軀大大一抖，隨即子彈似地朝紅毛犬的胸膛飛撲而去。頃刻間，一陣狺狺嚎嚎，兩隻狗扭成一團地格鬥了起來。紅毛的體型有小不點的兩倍之大，卻完全敗居劣勢，不久便哀鳴慘吠地撤退認輸了，說不定還傳染上了小不點的皮膚病呢！這混帳傢伙！

打鬥結束，我鬆了口氣。戰況之激猛一如文字所述，我手心冒汗，看得出神。霎時間，我亦彷彿捲入了兩隻狗的搏鬥之中，感受到死亡的氣息，似乎連我也遭到了鬣殺一般。小不點！盡興地打一架吧！一股異樣的力量充盈灌注著小不點的全身……。小不點朝著敗陣的紅毛追上了一會兒後，突然停了下來，再度畏怯地窺探著我的神色，隨之便又無精打采地垂著頭回到了我的身旁。

「很好！很好！」我對牠褒獎了一陣，隨之繼續向前邁步。我們咔噠咔噠地過了橋，已經來到了練兵場了。之前小不點便是被丟棄在這座練兵場的。因此，現在，我們再次回到此處。死在故鄉總沒遺憾了吧！

我立定腳步，將一塊大牛肉啵地擲落腳邊。

「小不點，吃吧！」我心不在焉地站著，不想看小不點，「小不點，吃吧！」腳邊傳來啪茲啪茲嚼食肉塊的聲音。應該不到一分鐘便會死亡。

……我痀著背，踽踽而行。霧氣深沉，鄰近的山陵，盡是一片模糊的黑。什麼南阿爾卑斯連峰、富士山的，都看不著。寒涼的朝露將我的木屐溼透，我的背更加蜷了，緩緩地踩著步伐歸去。過了橋，來到中學校前，我轉頭回望。小不點正好端端地站著。牠滿臉憂容，低著頭，卑怯地迴避著我的視線。

我已經是個成年人了，不再因上天的惡作劇而感傷。是的，藥品失效了，我明白，不由得暗自點了點頭。一切返歸原點，我回到了家。

「不行呀！藥沒效。就饒了牠吧！這傢伙無罪。藝術家原本就該是弱勢者的同伴哪！」我將沿途所想的說辭原封不動地全盤搬出。「正所謂弱者的朋友。做為一個藝術家若能從這點出發，方可屆達最高的境界啊！這麼單純的事情，我竟然忘了。不只是我，大家都忘了呢！我決定帶小不點上東京。如果哪個朋友敢笑牠醜，我就揍他！喔喔，有雞蛋嗎？」

「嗯……」妻子一臉愁容。

「幫小不點塗上吧，如果需要兩個，就用兩個無妨。妳也忍著些吧，皮膚病這種東西啊，很快就會好的！」

「嗯……」妻子依舊一臉愁容。

A Blind Essay 盲目隨筆

什麼都不要寫，什麼都不要讀，什麼都不要想。只要生存，只要活著！

太古的形態是團漫無邊際的混沌蒼穹。可別在這團混沌中迷失。再沒有比人類更殘酷的生命體。你連一個銅板也不曾給我。但即便是死，我也不會求助於你。刷牙、洗臉，然後坐於外廊的藤椅上休憩著，靜靜地端看妻子洗濯衣物的模樣。盆中的水潑灑於庭院的黑色土泥上，四處淌溢，默無聲息。水到渠成。如果有這樣的一部小說，亙古千萬年而不朽，我必定會驚呼盛讚，喟嘆這人類行爲的極致。

目光如炬的主角走出銀座，隨手招來一台百圓計程車（譯註：「円タク」，昭和初期，一種以搭乘趟次計價的小型載客汽車。搭乘一趟收費一百日圓。）。故事由是而生。然而，我們的主角擁有著崇高的理想，要實現理想必須備嘗苦辛。於是乎，「阿修羅」（編註：佛教六道之一。為梵語Asura之音譯，意為「非天」。原指古印度神話中的惡神，追求力量，凶猛好鬥。於佛教中，以其雖屬天界，卻無天人之德，性情諂詐，故而稱其為「非天」。）般忍辱負重的堅毅形影，緊緊扣動著千百讀者的裡心。……就這樣，東扯西扯地，小說的架構逐步成體。——我也很想寫出這種很像小說的小說。

一位打從中學時代便認識的朋友，最近娶了一名喜愛穿著洋裝的妻子。我一眼即看穿，她是狐狸的化身。雖然覺得朋友可憐，卻也不好直言。狐狸精喜歡上我的朋友，我的朋友遭到了狐媚。也許是心理作用吧？

我總覺得他日益消瘦。於是，我佯裝不曉，洋洋灑灑地寫了篇完整的小說，希望得以迂迴隱晦地點醒他。朋友的書櫃裡擺著一本名爲《人生四十才開始》的書，他素來以自己健康的生活態度自豪，附近的鄰居也多認爲我的朋友相當健康。然，若是我的朋友因讀了我的小說而說出一句：「多虧你的小說救了我！」那，我才是真正寫了部有意義的小說。

不過，我已經無法這麼做了！水，無聲地向前流動、延展著。這方是我當前觸目所見。我不能當個騙子。小說，要寫出個上百篇佳作，對我而言，毫無困難（大概花三個鐘頭）。犧牲點睡眠而已。是呀！用諸位的話來說，便是「沈思」片晌。

翻開《枕草紙》（譯註：一作《枕草子》。草紙，文章體製之一，意為隨筆。「枕草紙」即「枕邊隨筆」之意。《枕草子》一作乃平安時代中期的女流作家清少納言之散文集，與紫式部的《源氏物語》齊名。）：

擾亂我心者——走過鳥園，看到平日馴養的鳥雀快活地跳躍；走過庭院，看到小兒高興地戲耍。唯獨我，落寞地點燃薰香，側臥，攬鏡自賞，黯然情傷。

我試著以自己的思維重新織構文字：

眼之所見，日益模糊；耳之所聞，日益稀微；雙手所捧，倏忽自指掌間流逝遁形，再也不同往日。我隱藏著這不安的祕密，莫讓人知。借了三塊錢可以故意不還（因為我是貴族之子）。雪白的裸女偃臥相伴（象徵生靈的可悲）。我想，再沒有同我這般貌容玉樹臨風之人。祭典。

嗯，可以了。

七歲那年，我於村裡的草競馬（譯註：不發放馬券的業餘性賽馬活動，為地方祭典中的儀式活動之一。騎士年齡自小學生至高齡者皆有。）活動上看到優勝馬匹那意氣風發的滑稽模樣，不禁指指點點地嘲笑起牠們。不料，此事竟爲我接下來一連串的不幸開了端。我喜愛祭典，瘋狂般地喜愛。但有一回，卻好巧不巧地由於自己謊稱感冒，而被迫一整日躺於昏暗的房間內不得出戶嬉玩。

呀，一共幾張啦？（我的鄰居松子，一名十六歲的小姑娘，正在記錄著我的獨白。）松子舔了舔指尖，「一張、兩張、三張、四張……，然後再一、二、三、四，四行。」她回答道。「嗯，暫時就這樣囉！謝了。」我從松子手中接過稿紙。平均每張紙稿上皆有三十來個錯別字。不可以生氣，我仔細地從頭校正著。同時也爲自己感到失望，我居然只擠出了五張稿紙來?從前，江戶的番町宅邸裡有個專門數盤子的幽靈，名叫阿菊。但她再怎麼數、如何地算，盤子就總是少了一枚。對於幽靈阿菊的不甘之情，我終於能夠感同身受。

這下子，即便是上床睡覺，我也得握著枝筆，以備不時之需。

此刻，坐於我所躺臥的籐椅旁的這名鄰家少女，正輕輕地倚著桌子，好奇地翻閱著文藝雜誌《非望》。應該來寫點關於她的事。

我是於昭和十年的七月一日移居至此。那年的八月中旬，我為鄰居庭院裡的三株夾竹桃所吸引，十分渴望擁有。因而囑咐妻子前往鄰人家請求，哪一株都好，希望得以廉讓其中之一。妻子一邊穿起和服，一邊說道：「用錢買，有點失禮吧?改天我上東京，再順手買個手提包什麼的當禮物不是比較好嗎?」雖然她這麼說，我依舊如是回答：「用錢買比較好。」並隨手拿了兩塊錢給妻子。

妻子返來後，透過她的陳述，我才知悉，鄰家的主人是名古屋某家私人鐵路的站長，每個月只回家一次。因此，屋子裡常常只有太太及一名十六歲的女兒在家。「談起夾竹桃啊，她也不好說買賣，直說喜歡的話就請不必客氣。」妻子說。真是讓人印象很好的太太。隔天，我馬上從鎮上找來了園藝師同我一道前去鄰人家拜訪。一名四十多歲，有著副細緻五官的婦人出來應門。微微豐腴的體態，加上張可愛的小嘴，令人頗有好感。

我請求她將三株之其一讓予我，接著，我們坐於外廊處聊起天來。印象中，她大致是這樣說著：

「我的故鄉在青森。很難得能看到夾竹桃這類的花。我喜歡夏天的花。合歡、百日紅、蜀葵、向日葵、夾竹桃、蓮花，還有鬼百合、夏菊、莪草，全部都喜歡。就唯獨木槿不愛。」

聽她兀自興奮地點著許多花名，正覺得有些不耐煩。誰知，我可錯了！到頭來她便僅說了這段話，其後再無言語。我準備回家，並對著那名一直動也不動坐於太太身後的小女孩客氣招呼道：「歡迎到我們家來玩喔！」女孩答：「好！」隨之竟真的就靜靜地跟於我的後頭回家，並進到我的房間來坐下。

實在沒想到，原本大好的心情，居然會因自己爲夾竹桃所惑而壞損，我感到有些不甘。栽種夾竹桃的事，就完全交給妻子負責了。我則與松子坐於八疊大的房間內閒談。總覺得，和她聊天，便如同在瀏覽書籍的前二、三十頁般，會有種熟悉、居家（at home）、溫馨的感覺，令我暢然忘情。

隔天清晨，我發現，松子於我家的信箱裡，投入了一封摺疊成四等份的西式信箋。歷經了一夜的輾轉反側，那日，我起得比妻子早。我起身離開床鋪，邊刷牙，邊取出信箱中的報紙，隨之發現了那張紙片。

紙片上如此寫著：

誰都沒有發覺，您是位高貴的人。

您不可以死。

我什麼都可以為您做，赴湯蹈火，在所不辭。

早飯時，我將紙片拿給了妻子看。妻子說，這一定是個好孩子，到隔壁邀請她，請她每天來家裡玩吧！自此之後，松子沒有一天不曾到訪。

「松子的皮膚黑，當助產士比較合適吧？」一日，正爲著某事懊惱的我如此脫口而出。不只是又黑又醜，鼻樑也低，完全稱不上爲美貌。唯獨那兩端伶俐地往上翹起的嘴角，以及一對大而黑的眼睛，勉強算得上是她的優勢。詢問妻子對她儀表的看法，「以十六歲的年紀來說，應該算是比較成熟的吧？」妻子答道。至於衣著打扮上，「感覺無論何時都十分地整潔得體不是嗎？況且，隔壁太太應該也是個端莊的人呀！」妻子說。

我一和松子聊天，時常便忘了時間。

「我十八歲的時候，要上京都去。到茶屋工作。」

「是嗎？已經決定了嗎？」

「聽媽媽說，她有認識的人在那裡經營大型茶屋喲！」所謂的茶屋，其實就是指那種高級料理店。然而，松子的父親身為車站站長，她若從事那樣的行業，恐怕不妥吧？我的心底頗不以為然，於是問道：

「那不是在做女服務生嗎？」

「是呀！不過，據說啊，那是在京都頗具淵源，很了不起的一間茶屋哦！」

「我會去捧捧場的。」

「一定哦！」她很有精神地說。隨之又將視線眺向遠方，喃喃低語著：「只准您一個人來喲！」

「怎麼說呢？」

「嗯。」她停下那雙原先不斷捻著袖緣的手，點了點頭。「因為，人多的話，我存錢的速度就變慢了嘛！」看來，松子打算請客呢！

「目前有在存錢嗎？」

「母親大人幫我買了保險哦！到了我三十二歲的時候，應該會有個幾百塊錢吧？可以領回很多呢！」

有一晚，我忽然想起人家曾這樣說：「膽小懦弱的女孩多半為私生子。」我不覺地擔心起來。但看樣子，松子應該還不算是軟弱的吧？我於是試著探問松子。

「松子，妳覺得妳自己的身體重要嗎？」

方時，松子正於隔壁六疊大的房間內，幫忙妻子整理著該清洗的東西。我的提問彷彿潑出的水似地，消沒於靜默中。又過了一會兒，「當然。」才聽到松子如此回答。

「是嗎？那就好。」倚臥的我翻了個身，依然閉著眼睛。我這才安心。

這段期間，有回，我曾當著松子的面，將煮沸的鐵茶壺朝著妻子丟去。因為我發現了妻子的一封信，寫著要拿金錢資助我一位貧窮的朋友。我說，不要做越矩的事！妻子則理直氣壯地回應，用的可是她自己的私房錢。我勃然大怒，「我必須容忍妳的自作主張嗎？」說著，便將鐵茶壺對準屋頂用力一扔。我氣急敗壞地癱坐於籐椅上。這時，我看見了站立於旁的松子。她的手中緊握著剪刀。準備向我刺過來嗎？還是準備刺向妻子？我是隨時被刺死也無所謂了，因此不以為意地視若無睹。但妻子卻似乎對此渾然不知。

有關松子的事，就這樣吧，懶得再多寫了！其實是不願再多寫下去吧？我可是真心地寶貝著這個孩子哪！

松子現在不在我身邊。因為天色已晚，我要她回家去了。

夜深了，我必須好好睡個覺才行。已經整整有三天三夜，我即便用盡了各種方式仍不得成眠。這樣下來可不行，鎮日恍恍惚惚的。這種時候，妻子比我更難耐。「撫摸撫摸我的身體嘛！一定會好睡點的。」她一邊說話，一邊哭泣著。我試著照做，但是，行不通。此刻，於瞳仁深處，映現起鄰村的森林附近，那恍若薊花般的燈火光影。

現在的我，是非得睡個覺不可的。然而，已經下筆的創作，又不得不做個了結。我於是在枕邊擺放著備好的空白稿紙及3B鉛筆，偕我一同入睡。

每夜、每夜，那宛如落英飄颻，於眉宇間狂飛亂舞的無以數計言語洪水，今宵何故？竟如若歇止降雪的寒空，空蕩蕩然。我一人被孤單地留棄於蒼涼曠野，一種寂寞得寧可變作石頭的鄙瑣念頭，弄人地輾轉於胸。

遠方的天空，水色的翔舞彩蝶，手搆不著。我揚起捕蟲網，兩隻、三隻。雖然，明知這不過是空洞的言語，但無論如何，是抓到了。

夜的語言。

「但丁——波特萊爾——我。一脈絕對而固若金湯的鋼鐵文統。捨我，誰都不配。」「雖死，吾往矣。」「爲永生而活。」「挫折的美。」「只講求現實（**Fact**）。夜晚，徘徊戶外，我清晰地感受到，那些體內的糟糕東西正愉悅地歡呼著。竹杖（我知道附近的人皆稱它作棍子），一旦缺少了它，散步的趣味便大打折扣。定要敲敲電線桿、打打樹幹、撂倒腳邊的雜草，這才叫做散步。這帶漁夫街，因夜深而人靜，由於隔日一大早便得隨即上工了。淤泥之海，我穿著木屐，徑直走入。刷著牙，心裡頭淨想著死亡的事。我一邊大男人似地大聲喝斥（真沒用呀！振作一點！），一邊卻又怯懦低喃（你呀！真是沒用得令人擔心哪！）。船橋的街上，四處蠢動的狗令人嫌惡，一隻隻全對著我吠叫。一輛黑色的人力車自身旁超越駛去，乘坐於內的藝妓自薄紗似的車篷中回望向我。在此般的八月尾聲裡，仔細靜觀，頗有所得。妻子從澡堂回來，聽聞兩個皮膚粗糙的藝妓聊起關於我的閒言閒語。（二十七、八歲的藝妓勢必都有著張討人喜愛的臉蛋吧？下次來幫故鄉的哥哥物色一個，當個小老婆總可以吧？我是說真的哦！）她一面說著，一面坐於梳妝台前，往臉上施著薄薄的白粉。（已經一年了，不，說起來已經快半年了。）屋簷低矮的房內，掛鐘開始匡匡地響。我拖著不靈光的左腳，死命往前跑。不，這個男人是在逃跑呀！在碾米店努力工作，全身給白米的粉末沾得花白。為了妻子和三個還掛著鼻涕的小男孩，為了衣服和紙牌玩具，我努力工作著。我（就算現在可以為人所知，但所被知道的身分，充其量也不過是個努力工作的人罷了吧？依舊沒臉見人，完全沒有。），不過如同碾米機的聲響般，微不足道。」「佐藤春夫（譯註：1892－1964，日本小說家、詩人。號稱弟子三千。太宰治、井伏鱒二、遠藤周作等皆為其門下徒。）有所謂低級趣味的極端。換言之，被誇大其辭的美，是經過策畫的。」——「文人相輕，文人相重。

自古而然。——稱量安眠藥的精緻天秤……，面無表情的護士正粗魯地玩弄天秤。」

早班電車。

天亮，即便東方既白，我依舊難能起身。是個令人不適的早晨，我吩咐妻子，於杯中裝點酒，端來。這種既然起床，就不得不刷牙的強制性思考，讓人感到掃興而悲哀。「快起床呀！」孩子於床畔催促著。對我而言，必須是先按部就班地品完酒，然後才得以起身下床的。我眺望庭院，舒開緊澀的雙眼。院子的中央，多出了一塊一坪左右的扇形花壇。再不久便就是涼秋了，也是身體漸漸難熬的時候。「即使只是庭院，也試著弄得熱鬧些吧！」記得，我曾於妻子面前，喃喃地如此嘟噥著。今晨，於我尚瞑寐之時，妻子在院中栽下了將近二十種草花的球根，並以厚紙板做成的白色名牌，一一寫上花草的名字，亮眼醒目地羅列於花壇之間。

「德國鈴蘭」、「鳶尾」、「爬藤玫瑰」、「君子蘭」、「白色孤挺花」、「西洋錦風」、「流星蘭」、「長太郎百合」、「大眼風信子」、「劉先生」、「鹿子百合」、「長生蘭」、「安拉阿絲姑娘」、「電光薔薇」、「四季牡丹」、「夫人鬱金香」、「西洋芍藥　越雪」、「黑龍牡丹」——我於枕邊以稿紙將這些花名逐一寫下。眼淚奪眶而出。淚水淌落臉龐，於赤裸的胸膛上漫流。此生，我難得如此醜態畢露。扇形的花壇！

然後是風信子！現在看到這些，業已爲時晚矣。所有見到這花壇的人，都一定會發現我那鄉巴佬的本性的。一直被我隱藏於心，視爲祕密，那十足的鄉巴佬本性。扇形、扇形。啊哈！如此赤條條地裸陳於前，如此叫人百口莫辯，對我來說，這簡直是幅殘酷、惡毒，充滿諷刺的圖畫。

松子讀了這篇文章後，大概就不會再到我家來了吧？因爲我讓她受傷了。不僅是現在流淚，她，還會在往後、往後的日子裡，持續地淚流不止吧？

不行呀！扇形與我何干？而松子又如何？爲了讓這篇文章成爲當然的存在，淚水是必須的。就算是死，我也得巧言令色。這是鐵則。

於此，與讀者話別之際，我特此說明：有關這十八張稿紙的文章裡所列舉的十多種自然花草，對於它們的外形、屬性，我並未詳述。其實，是我根本懶得描述。所以，我甚至連一行，不，是一句，也未曾提及。就讓我保有這自我的高傲吧！再見了，一路順風！

「水，因器成形。不是嗎？」

富嶽百景

Several scenery of Mt. Fuji

畫師歌川廣重（譯註：1797－1858，日本浮世繪畫家。）筆下所詮釋的富士山，其峰稜角度爲八十五度；谷文晁（譯註：1763－1841，江戶時代後期畫家。）畫作中的富士山稜，亦呈八十四度之聳。然而，根據陸軍分別依東西與南北向山脈斷面圖所計算製作出的實測表，富士山東西向縱斷面的峰頂角幅乃一百二十四度，南北縱斷面則爲一百七十度。但是，其實也不僅是廣重和文晁，大部分的富士山畫作，幾乎皆是以銳角來呈現山峰，峰頂的稜線細長而高聳，顯得纖麗秀雅。以至於葛氏北齋所繪的富士山，其峰稜角度甚至只有三十度上下，如艾菲爾鐵塔般地俐銳峻拔。事實上，真正的富士峰稜，可是極端地鈍緩。坡度緩柔地向下延展，東西橫觀爲一百二十四度，南北縱面則呈一百七十度，絕對全然稱不上是座挺拔的高山。假若我是個來自於印度或某個國度的異地者，哪天猛然遭大鷲鳥劫持，被咚地擲落日本沼津一帶的海岸，看見這座山，大概並不會備感驚讚吧？除非是業已耳聞市井傳頌，過往便對「日本的富士山」有所憧憬，否則，一顆一無所悉、質樸、粹然的心，究竟能爲其蕩潏出多少感動？不過，即使如此，富士山仍舊是座莫測高深的山陵。即便低矮，卻擁有著美好的輪廓比例；即便低矮，但總覺得擁有著此般美好輪廓的這座山陵，至少應該再比實目所即又高個一・五倍才是。

可是，如果僅是自十國嶺這頭來觀看富士山，富士山是高的，而且相當可觀。先前，因爲雲層掩蔽，我看不著峰頂的所在，於是試著由山麓的坡度去延伸推判，大概某個地方就是山頂了吧？我取雲端的一點做上記號。待雲層散去，一瞧，這可錯了！山頂竟比我所標記之處高了一倍之高，藍色的峰頂正清晰矗立著。與其說感到訝異，倒不如講，這令我格外羞愧，甚而想放聲恣笑。心頭暗想，真有你的！人們一旦遭遇完全可靠的確然之事，便會顯得輕鬆、釋懷而哈哈大笑吧？彷彿全身上下的螺絲都鬆了開來。這樣的形容或許很怪，但總之，就是一種令人開懷大笑的感覺。各位，當您與戀人相逢，若甫一見面，戀人便開懷大笑，那可是可喜可賀的事哪！絕對不要責怪戀人失禮。戀人遇上您，想必是恍若全身沐浴在對您的完全信任之中呢！

從東京的公寓窗口看富士，曾經是痛苦的經驗。冬季裡，那純白的小三角椎體，清晰如繪，有如吭啷一聲自地平線間蹦出來般，那，就是富士。什麼東西也不是，只如若著意妝點的聖誕節甜點；如若左舷微傾、怯生生地自船尾漸漸沒去的軍艦。三年前的冬天，我由某人那聽聞了起令人意外的真實，悵然若失。當晚，我獨自一人於公寓裡睡意全無地大口喝酒。黎明時分，前去小解的我透過公寓廁所四角窗上的鐵絲網，看見了富士。秀小、純白、略爲左傾的，那叫人忘不了的富士。窗外的柏油路上，騎著腳踏車的魚販疾駛而過。哇！今早的富士看得特別清楚呢！好冷喲！……他喃喃私語著。我默默佇立於幽暗中，撫摸著窗緣的鐵絲網，憂傷地哭泣，希望不再有那樣的感覺。

昭和十三年的初秋，心緒紊然，亟思整束，我甩上背包，出門旅行。

甲州。這裡的群山特徵是稜線起伏柔和，再平淡不過。小島烏水（譯註：1837－1948，日本登山家、文藝評論家。）於《日本山水論》中曾有此一說：「山之怪異者眾，斯士一遊，不啻陸地神仙。」然，甲州的山，或許便恰恰屬於那庸俗得不值一提的異數也說不定。我自甲州的市區搭乘巴士，搖搖晃晃一個小時，好不容易抵達御坂嶺。

御坂嶺，海拔一千三百公尺。山上有間名為「天下茶屋」的小茶館，井伏鱒二（譯註：1898－1993，日本小說家。原名井伏滿壽二，曾以《ジョン萬次郎漂流記》獲頒直木賞。）老師自夏初時候便一直住在這裡的二樓。他閉門謝客，專心寫作。悉聞此事的我因而趕了來。為了不打擾井伏的工作，我借宿於隔壁的房內。我亦想暫時於此過過神仙般的生活。

井伏事務纏身，我取獲他的答允，暫得於茶屋落腳。於是乎，每日，即便我再不願意，也不得不與富士山正對相望。該座山嶺，位居起於甲府，迄至東海道的鎌倉往還道之要衝，素為北望富士的代表觀望台。從這兒所見的富士，應就是昔日所謂的「富士三景」之一吧？但是，我並不喜歡，不只不喜歡，甚而還有些嗤之以鼻。因爲，我心目中的富士，另有其態。嶺的正對便是富士，山陵之下，河口湖冰白冷澈地躺臥著，遠近群山環擁清泊，宛若張開兩袖般地靜靜蹲伏其側。此刻的我，看來定是狼狽不堪，赤面潮紅。這樣的畫面，全然似澡堂的油畫，同歌舞伎劇場的舞台布景。再怎麼看，都像極商業味十足的行銷性圖像，叫人羞赧不已。

我來到嶺上的這間茶屋後的兩、三天，井伏的工作終於告一段落。某個晴日午後，我們一道前去登爬三重嶺。三重嶺海拔一千七百公尺，比御坂嶺稍高。我們沿著陡坡攀緣而上，一個小時左右後總算到達山頂。草蔓扶疏，山徑狹細，自己爬山的姿勢絕對不太好看。井伏當天一早便穿上了準備好的登山服，姿態看來輕鬆愉快。但是，我沒有現成的登山服，只好穿著寬袖的和服應急上場。茶屋的和服很短，我那多毛的腿早露出了一尺以上。再加之以向茶屋老闆借來的膠底腳套，又繫上寬面的和服腰帶，戴起茶屋壁上的舊麥桿帽，連自己都覺得一身窘態，真是越看越奇怪。井伏絕不是個會因服著而輕人的人，不過，於此之時，竟連他都露出了些微遺憾的神情。男人呀，不要太在意打扮才好……。他細聲地對我嘟囔道，令我永生難忘。就這樣，我們出發行去。然而，於抵達山頂後，卻忽然起了個大濃霧。霧氣氤氳著，峰頂所臨是座派拉蒙舞台式的斷崖，站於崖邊，一派模糊，什麼也看不見。井伏坐於霧中的岩上，悠然地抽起菸草來，甚至還放起了屁，果是百無聊賴。這座派拉蒙舞台上，並陳著三家茶館。我們擇了其中一家由一對老夫婦經營的樸素小店坐了下來，並要了杯熱茶。茶館的老闆娘爲這來得不巧的濃霧懊惱著，「再過一會兒，也許就放晴了喲！馬上就可以看到富士山了！」她確信且旦旦地說著。隨之，竟從茶房裡搬出了一幅巨大的富士山像，她站上崖邊，兩手高舉著照片爲我們拼命說明。……這地方就在這裡，你們瞧，很大、很清楚喲！就站在這邊都看得到喔！我們喝著粗茶，眺望著這樣的富士，不覺地都笑了。我們的確看到了很美的富士，即便身陷濃霧，也了無遺憾了。

應該便是隔日的事吧？井伏將返回御坂嶺；我則準備前往甲府，前去與某位人家的小姐相親。井伏被我拉著一同來到甲府市郊，相偕拜訪那位小姐的家。井伏穿著那身無懈可擊的登山服；我則依舊紮著寬腰帶，罩著一襲夏季短外褂。小姐的家，庭中種滿了盛綻的薔薇。母親來到客廳裡招呼我倆，這其中，小姐也出來了，我並未正視她的臉。井伏和母親倒是志趣相投，已天南地北地聊了起來。

突然間，「啊呀！富士山！」井伏忽地驚讚喃喃道，視線正揚眉投注於我背後的那根柱間橋木上。我亦隨即轉過身，抬頭望向橋木。是幅富士山噴火口的鳥瞰照，相框中，猶若乍見一朵雪白的睡蓮。我定定地凝望著，然後慢慢地轉回身，那一刻，倏然驀瞥，我看見了小姐。當下，我立下心志，無論遭臨多少困難，一定要同這人結婚。那幅富士，實在是太珍貴了。

井伏於當日返回東京，我則再度歸返御坂。於是乎，經歷了九月、十月……，直至十一月十五，我依舊住於御坂茶屋的二樓，一點一滴地進行著創作。還得和這不討喜的「富士三景之一」筋疲力竭地曠日對談。

有一件挺好笑的事。我的一位朋友，大學講師，同時也是浪漫派的一員，一回於登山途中順道前來拜訪我。那時，我們一齊來到二樓的走廊，看著富士山。

「好庸俗哪！什麼富士女士的。你說不是嗎？」

「看著她，自己反而都不好意思起來了呢！」

我們輕狂地嘻笑調謔著，一邊吞雲吐霧。這時，那以拳頭杵著下顎閒聊打趣著的朋友突然問道：

「咦？那兒有個看起來像和尚的人呢！怎麼回事啊？」

一名年約五十多歲，身披墨色僧衣的矮小男子，正拖著長杖，朝山頂而來，並不時仰望著眼前的富士。

「看他的樣子，大概是要往西邊去，要看看富士的西側吧！」和尚的身影令我感到有些熟悉。「或許是哪個有名的聖僧也說不定。」

「別傻了！是乞丐吧？」朋友冷淡地說。

「不、不！是個超逸凡塵之人哪！從走路的樣子，多多少少都看得出來的不是嗎？從前，那個能因法師（譯註：988－1058，平安時代中期的僧人、歌人。著有歌集《能因集》。）啊，聽說便曾在這個山嶺中寫下歌詠富士的詩呢——」

我的話才說了一半，朋友便已笑了出來。

「喂！你看！不是你說的那樣吧？」

眼前的這位「能因法師」，正遭到茶屋飼養的狗「小八」的吠趕，顯得狼狽不已。那樣子實在有些慘不忍睹。

「果然不是那樣哪！」我有點失望。

乞丐倉皇地左閃右躲，窘態百出，後來甚而連手杖都掉了，最終終於驚慌失措地落荒而逃。所以，完全不是那麼一回事。若說富士庸俗，那法師也庸俗。就是這麼著。現在回想起來，還真是無聊。

新田是名二十五歲的敦厚青年，於山麓下那個狹長的吉田小鎮上的郵局工作。他說，由於分送郵件，因而得知了我來到此處，所以特地前來嶺上的茶屋拜訪我。我們於二樓的房間聊了一會兒，漸漸熟絡了後，新田邊笑著說：「其實呀！我還有兩、三個朋友，大家原本打算一道來打擾您的呢！可是，當我一說：『來吧！』大家卻又畏縮起來了。佐藤春夫老師於小說中曾道，太宰先生是偏激的頹廢派，且是名性格破產者。因此，大家不得不認爲，說不定您是個非常嚴肅的人呢。故而，就連我強拉著大家來，他們也不敢。下回，我帶他們來，沒關係吧？」

「當然沒問題啊！」我苦笑著。「這麼說，你是抱著必死的決心，代表著你們大夥兒來探路的囉？」

「是敢死隊哪！」新田率真地說。「昨天晚上，我是重讀了一遍佐藤老師的小說後，有了充分的了悟才來的。」

我透過房間的玻璃窗，凝望著富士。富士山不發一語，靜默地孑立眼前。真雄偉哪！我想。

「嗯，真不錯哪！富士山的確是座了不起的山。有模有樣的！」富士依舊不動如山，讚美對富士而言，毫不足道。倒是自己，心亂如麻、愛憎交擾，實在不得不令人暗自羞愧。富士還是偉大的，我想。的確有模有樣，我承認。

「有模有樣嗎？」新田重複著我的話，並慧黠地笑了笑。

那之後，新田便常帶著不同的年輕人前來。都是些斯文人，都稱我爲老師。我第一次接受這樣的稱呼。我應該沒有什麼值得誇耀的，既無學問，也沒才能，肉體汙穢，心靈貧乏，剩下的徒有苦惱。苦惱這些青年們老師、老師地聲聲喚，我真的得以擔戴嗎？也許，這僅是同一根稻草挺直了腰桿般的纖弱驕傲。但即便是這樣的一絲微薄驕傲，我也希望能確實擁有。對於此般任性、嬌縱、孩子氣的我，內心的憂惱，知者幾希？新田，還有那個名叫田邊，短歌寫得很好的青年，他們都是井伏的讀者。這一點使我頗爲安心，我和他們兩人最談得來。一回，我們一同前往吉田。那是個狹長得令人訝異的小鎮，的確很有富士山麓的感覺。太陽與風，都爲富士山所絕斷，小鎮如同一脈草莖，幽邃、寒涼地緣壤扶搖直上。清流沿著道路流動著，這大概是富士山麓一帶村鎮的特殊風光。鄰近的三島亦爲相似的景致，一彎水泉自市中心潺潺滑過。當地的人皆說，這是富士山的冰雪融化所成。相較於三島，吉田的泉水略顯乾涸、混濁。

看著水，我說：

「在莫泊桑的小說中，有個姑娘，每晚都游水過河，去與貴公子相會。……但是，那衣服怎麼辦？難不成是裸泳？」

「對耶……」兩個年輕人想了一會兒。「穿泳衣嗎？」

「把衣服用繩子綁好，頂在頭上，就這樣子游泳過去？」

年輕人都笑了起來。

「還是說，就穿著衣服，溼淋淋地去和貴公子幽會，然後兩人坐在火爐邊烤衣服？如果是這樣的話，那回去的時候又怎麼辦？好不容易烤乾的衣服又得溼一次了，但不游泳又不行。真讓人替她煩惱哪！理當應由貴公子游水過來與姑娘相會才對吧？男人的話，即便穿著一條褲裙游泳，也不至於太難看。難不成貴公子是鐵鎚？遇水即沉。」

「不，是姑娘太過痴情了吧？我想。」新田正經地說。

「也許你說得沒錯。外國故事裡的姑娘都相當有勇氣，實在討人喜愛！喜歡上了，就游過河去相會。這在日本，根本不可能。某些戲劇裡不就這樣嗎？劇中的男女為河分隔兩岸，臨川興嘆。那種時候，女主角根本沒必要嘆氣的哪，只要游過河去，什麼事都解決了不是嗎？看來就那麼狹小的一條河，便劈哩啪啦地渡過去吧，有什麼困難？光是長吁短嘆的，一點意義也沒有，完全不值得同情！至於《朝顏日記》裡的「朝顏大井川」（譯註：日本著名人偶劇橋段。關於女子深雪與異鄉學子阿曾次郎相戀的故事，描寫一段屢屢擦肩而過的淒美戀情。故事中的男女主人公幾經波折，女子甚而悲泣失明，並化名「朝顏」唱情人所贈之詩〈朝顏之歌〉。終至朝顏投大井川追覓錯身的情郎而未果。）段，雖說朝顏以盲人之姿出現，多少還能博得點同情。但在劇中，即便不知她究竟會不會游泳，不過光是那樣在大井川中緊抱著浮木不放，徒埋怨天理不昭的，同樣是毫無意義哪！啊！我想到了一個人！日本也有個勇敢的傢伙哪！這傢伙，還真是不簡單。你們可知道嗎？」

「有這樣的人嗎？」年輕人們的眼中皆閃動著光輝。

「清姬！她為了追安珍，跳進日高川，拼命地往前游。這傢伙相當了不起。按照書中的記載，清姬當時才十四歲。」

（譯註：「安珍・清姬傳說」，典出《大日本國法華驗記》。描述失約逃逸的修行僧安珍與含恨抱憤化身大蛇渡日高川追趕愛人的女子清姬的悲戀。故事尾聲，安珍逃入道成寺，藏匿大鐘之內。化為大蛇的清姬至，纏住大鐘吐出火焰將安珍燒死，自己則投水自盡以終。）

我們繼續一邊散步，一邊閒聊著。隨後來到了市郊田邊一間曾造訪過的闃靜老旅店。

一行人舉杯暢飲。當晚的富士真美。晚間十點左右，年輕人各自回家，獨餘我一人留宿於此。夜裡，我睡不著，於是便攬著寬袖和服，走往戶外透氣。難得的月夜，富士山看來格外美麗。淨潔的月光，灑了一山的青瑩，我感覺自己恍若幻化作狐仙一般。富士啊！這蒼翠欲滴的青，猶如燃燒的磷粉，似鬼火、似狐光、似螢火蟲、似芒草及葛葉。我感到自己的雙腳消失，身體正沿著夜路無盡飄馳。木屐的踩踏聲似乎並非來自於己，而像是出於其他生物般，喀啷喀囉、喀啷喀囉，清朗地叫著。我輕悄地回眸，富士還在。那盛燃似的青光浮曳於天。我不禁喟嘆。維新志士、鞍馬天狗，我將自己擬想如斯，裝腔作勢地把手兜在懷裡向前邁步。我也是個好男兒呢！我闊步前行。啊？錢包掉了！裡頭有二十多枚五十錢銀幣呢！太重了吧？所以從懷裡掉出來了。真不可思議，我竟能如此心平氣和。沒有錢的話，也好，就走路回御坂嶺吧！我繼續走著。片時，才頓有所悟，我順著方才的來路，沿途尋索。循著原徑再走一次的話，錢包應該還在那的。我手插於懷，搖搖晃晃地踏索著。富士、月夜、維新志士、失落的錢包，真是叫人興奮的浪漫。錢包正躺於路中灼灼發光著，還在，而且一毛不少。我拾起錢包，歸往住宿處歇睡。

我被富士山蠱惑了嗎？當天夜裡，我同個傻子般，全無意識。那夜的事，現在回想起來，只覺得分外疲憊。

於吉田度過了一夜後，隔日，我一回到御坂，便聽茶屋老闆娘以別有用意的笑說著，十五歲的姑娘，找上門了喲！我開始迂迴曲折地描述起昨日一整天的行程，想拐彎抹角地讓她們知道，自己並非爲了那種事而來。如何？沒有聽說過吧？我零零碎碎地陳說著住宿旅店的名稱、吉田鎭酒的味道、月夜下的富士、掉錢包的事等，一股腦地講上一堆。姑娘的情緒也漸爲緩和了。

「先生！快起來看哪！」某天，茶屋的門外揚起了高亢的響音，姑娘正大聲地叫喚著我。我勉勉強強地起床，走往廊下。

姑娘興奮得臉頰灼紅，她的指端默默地指著天際。一看，是雪。我這才驚覺，富士山降雪了呢！純白的峰頂，正與陽光交映閃爍著。御坂的富士也是不容小覷的哪！

「嗯，不錯！」

聞及我的讚賞，姑娘得意了起來。

「很美吧？」她說著：「御坂的富士，難道就不能這樣嗎？」隨後，她蹲下了身子。我曾經告訴過她，這裡的富士，庸俗而不堪入目。姑娘想必是對此始終耿耿於心吧？

「果然，富士山不下雪的話是不行的哪！」我裝得一本正經地告訴她。

我穿著寬袖和服，於山林間徘徊，兩手捧起滿滿的夜來香種子，種於茶屋的屋後。

「就這樣囉！這是我的夜來香，因此明年我還會再來看她們的。所以呀！可不許將洗完東西的汙水倒在上頭喔！」姑娘點了點頭。

特意選擇了夜來香，是由於確信，夜來香與富士最爲相稱。御坂嶺的這間茶屋，應是山嶺裡唯一的一棟房子，郵件並不直接送達。自嶺上搭乘巴士，亦須搖晃個三十來分，才能到達山麓河口湖畔的河口村。不折不扣的窮鄉僻壤。我的郵件收件地址便設在這個河口村的郵局。大約每隔個三天，我就非得跑一趟郵局取件不可。我會著意選個天朗的好日子前行。這裡的巴士女車掌並不特別爲遊客作風景導覽，不過，卻時常會忽然想起似地，以相當零散的語言，……那是三重嶺，對面是河口湖，是公魚的產地等等，如同在自言自語般地爲大家隨意解說道。

自河口郵局取完件後，我還得再搭巴士一路搖回茶屋。回程中，與我比鄰而坐的，是名身著深茶色服飾，膚色蒼白，容止端莊，長得很像我母親的六十多歲老婦人。此時，女車掌又忽然想起似地說起話來了。各位，今天可以很清楚地看見富士山喲！接著，竟自顧自地陶醉吟詠了起來：「年輕的上班族背著帆布包；一身絲綢的藝妓模樣女人，頂著蓬鬆日式髮髻，以手帕掩著唇。喲喲喲，全部人都轉過身，同自車內探出頭，似乎至今方發現，望向那平凡的三角山兒喲。」隨之，又「呀、呀！」「喲、喲！」地吐著若有似無的讚息。車內一陣騷動。然而，我身旁的這位老婦人，卻宛若曾經滄桑般，遺世獨立著，與其他的遊客不同，她沒看富士一眼，反倒端視著與富士相對的那片斷崖。見到她的樣子，我一陣快意。我也是如此哪！這富士山呀！真是俗氣，見不得人的！我想讓這位老婦人，明白我高貴坦蕩的心。您的苦悶，您的淡泊，我全然心領神會。請您放心吧！爲了表達此番傾慕之情，我撒嬌似地，將身體稍稍朝她貼近。老婦人的姿態不變，漫不經心地眺向懸崖。

不知怎地，片晌，老婦人似乎真染受到了我所欲傳達的安心感，竟突然模糊地喃喃自語道：

「啊呀！夜來香！」

說著，她用瘦弱的指尖，指向路旁的一處地方。唰地一聲，巴士馳駛而過。直至現在，我的眼裡依然殘留著，此驚鴻一瞥的瞬間，那朵金黃色的夜來香。花瓣，鮮明豔麗。

三七七八公尺高的富士山，優雅地屹立不搖。該何以言諭呢？真想稱呼她金剛大力草之類的名字。不過，終是以纖弱卻堅強挺拔的夜來香來比擬之最為合適。夜來香與富士很是相稱。

十月已度過太半，我的工作卻遲遲沒有進展。「人之所以眷戀者，日落之血紅，鴻雁白腹般卷雲……」我於二樓的走廊處，獨自咬著菸桿吞吐著，意欲使眼前的富士若隱若顯。我凝視那一整山滴血般的赤褐紅葉，並對著於茶屋門口掃集落葉的老闆娘大聲呼喊：

「老闆娘！明天，天氣會很好喲！」

聲音尖銳得如同歡叫，連我自己都嚇了一跳。老闆娘停下掃地的手，仰起臉，不解地皺著眉頭。

「明天有什麼事嗎？」

被如此一問，我無言以對。

「什麼事也沒有。」

老闆娘笑了出來。

「很冷清吧？怎麼不去爬爬山呢？」

「爬上了山，又得立刻下山，多無聊啊！不管爬哪座山，都會看到相同的富士，一想到這，就令人輕鬆不起來。」

我的話有點怪吧？老闆娘模稜兩可地笑了笑，繼續掃起枯葉。

睡前，我緩緩地拉開簾子，隔著窗看著富士。月夜裡，富士顯得好是青白，如同水精靈般地靜默延佇著。我不覺嘆了口氣。啊呀，看得見富士呢！星星好大。明天會是個好天氣喲！我攜著這絲微微躍動的喜悅，緩緩拉上窗簾，準備就寢。但是，雖說明天會是這樣的好天氣，自己卻是毫無事做。想到這，獨自呆坐於蒲團上的我，不由得苦笑了起來。我感到憂悶。工作——比起純粹運筆創作這工作還痛苦的，不，能夠運筆創作應該算是我的樂趣，我並非指那樣的事，而是，關於我的世界觀、關於藝術、關於明日的文學的。像是我所進行的一些新東西，還方磨磨蹭蹭地躊躇不前，那種思慮上的紛擾，毫不誇張地折騰著我。

這些素樸自然、簡單鮮明之物，僅須唰地一下，便可透過畫筆，輕而易舉地將其捕捉掌握，然後分毫不差地映現於紙上。可是，除此以外，它卻什麼都不是。當我如是想著時，乍覺映於眼底的富士，亦別有一番韻致了。我所看到的，她所展現的姿態，說不定，到頭來，亦僅只是我個人所認知的「單一表現」的美吧？我想試著與富士稍作妥協，然而，這富士依舊唯是木木然地存在於此，老老實實地一語不發。如果就只是如此，那不過就同尊彌勒佛像罷了。一尊彌勒佛像，有什麼好驕傲的？這樣的東西不能算是很好的表現。這富士的姿態，到底還是該有些不同的，那種不同，使我再度迷惑。

無分白晝、黑夜，我一邊端看著富士，一邊送走陰鬱的日日。十月底的某天，山麓吉田鎮上的一個遊女（妓女）團，分乘五輛汽車來到御坂嶺。大概適逢一年一度的休假日吧？我自二樓凝視著她們。形形色色的遊女們自車輛裡下來，有如一大團被從籠筐中傾倒而出的傳信鴿似的，起先兒徬徨然漫無標的，一票人手足無措地相互推擠、觸撞著。不久，這樣的異常緊張感被釋放了，女子們開始悠適地逛蕩了起來。有的正挑選著茶屋門口所陳列著的彩繪明信片；有的佇足遠觀著富士那鬱暗、孤寂的模糊景色。而二樓的這個男人，胸中唯是無盡的愛憐。對於這些遊女們的幸福，我無法奉獻什麼。我，徒能此般，痴痴地凝睇。痛苦的事依舊痛苦，失落的事還是失落。於我，一切僅似過眼雲煙。只是，這世界上，總有這樣的一些人，硬是佯作清高地蔑視她們，這方使我備爲心疼。

將她們託付給富士照看吧！我突然異想天開。嗯嗯，就拜託囉！我懷著這樣的情致朝山眺看，寒空裡，唯見富士無語地倬立於前。當時的富士，宛如正穿著和服，雙手抱胸般，儼然一副老大哥的桀驁模樣。將女子們寄託給這樣的富士，我非常放心。隨而，我對遊女團釋下了心，輕鬆愉悅地與茶屋裡那名六歲的男童，帶著長毛獅子狗「小八」，一同前往山嶺附近的隧道遊玩。隧道的入口處，有名三十歲左右的削瘦遊女，不知何故，正獨自於此靜靜地採集著毫不起眼的草花。就連我們自其身旁經過，她也頭都不回地專注摘花著。這個女孩也拜託囉！我再次仰起頭，朝向富士許願。我拉著男童的手，一徑地往隧道裡走。岩壁上冰冷的地下水滴落臉頰，滴在頸項。我佯裝不知，大步大步地朝前邁伐。

那時，我的婚事遭遇了挫折。我很清楚地曉得，來自故鄉的資助已完全中斷。我憂惱不已。不禁想，至少也給我個一百圓支應支應吧！這樣，多少還可以舉行個簡單隆重的婚禮。至於其後養家活口的費用，就再由自己靠工作來賺取。然而，經過了兩、三回的魚雁往返，我明白，家裡顯然是完全幫不上忙，我束手無策了。當下便有了這樣的覺悟，就算婚事遭回絕，我也無從置喙。總之，先將這事和對方說個明白吧。我獨自下了山，前往女方家中拜訪。難得小姐也在家。我被請到客廳，對著小姐及母親，將所有的原委告知。我同演說著一般，說說，停停。但是，竟也意外地流露出我言談問的懇摯。小姐傾著頭，十分沉靜地問著我：

「那，家裡反對嗎？」

「不，並不是反對。」我以右手手掌輕輕地壓著桌子。「他們只是覺得，我自己的事，應該由自己想辦法。」

「沒關係呀！」母親說道，一面優雅地笑。「我們，就像您所知道的，並不是什麼有錢人。太拘謹的儀式反而讓咱們不知所措呢。只要你對愛情與工作懷持熱忱，對我們而言，那就夠了！」

一霎時，我連基本的禮節皆已卻忘，呀然不已。我將視線轉往庭院，眼框灼熱莫名。對於這樣的母親，我何能失表孝心。

辭行後，小姐送我往巴士起點站。邊走，我邊扭揑作態地說著：

「妳怎麼想的？需要更多的時間交往嗎？」

「不，這就夠了。」小姐笑著說。

「有沒有什麼問題需要發問呢？」漸漸地，我說話不再那麼正經。

「有！」

不管小姐問我什麼，我都打算老老實實地回答。

「富士山是不是已經下雪了呢？」

這個問題，真是讓人掃興。

「已經下雪——」說還沒說完，當我不經意地抬眼一望，竟就看到了富士。我不禁臉色一改。

「什麼嘛！從甲府不是也可以看得到富士嗎？幹嘛還問我啊？把人當傻瓜嗎？」我的口氣有點像流氓。「小姐，妳問了一個愚蠢的問題喔。把我當傻瓜了。」

小姐低頭竊笑。

「因爲，您從御坂嶺來，不問一問您對富士的觀感，有點對不住呀！」

唉，真是個奇怪的女孩。

自甲府返來後，我竟開始感到呼吸困難，肩膀也嚴重地僵硬起來。

「真好。老闆娘，還是御坂這裡好。好像回到自己的家一樣。」

晚餐後，老闆娘與女孩輪流地替我槌肩。老闆娘的拳頭硬而稜利，女孩的拳則柔軟無勁，全然沒有效果。用力點、用力點，我說。女孩於是拿起燒飯用的薪柴，往我的肩上敲著。不這樣的話，還真沒辦法緩和我肩頸的僵直。那皆是由於我在甲府太過緊張，太過專心努力。

剛回來的這兩、三天，我沒事便定定地發愣，完全提不起勁工作。我坐於案前，不得要領地胡亂塗鴉著，「金色蝙蝠」紙菸一下子便抽掉了六、七包。我時而躺、時而臥，嘴裡哼吟著〈金剛石不經琢磨的話〉（譯註：日本童謠：「金剛石不經琢磨的話，不見其珠光寶氣；人不經學習的話，不顯其文才德行……」意即「玉不琢，不成器；人不學，不知道。」），反覆又反覆地唱著。小說的進度卻連一張稿紙也沒能完成。

「先生，您這回到甲府去，似乎不太順心喲？」

晨間，我杵著臉頰倚於桌旁，闔眼整理著紛亂的思緒。女孩正於我的背後擦著地板。我明白女孩是發之於衷地關心著我，但於我聽來，這話卻變得分外刺耳。我頭也沒回。

「是呀！不太順利哪！」

女孩沒停下手中的工作。

「哎，這樣不好呢！這兩、三天都沒好好用功對吧？我每天早上最快樂的事，就是整理先生您的那堆散亂的稿紙，我按照編號地排列著，見您寫得越多，我就越高興。您知道嗎？昨晚，我偷偷來到了二樓看您呢！先生，正蒙著頭大睡，對不對？」

我感動不已。說誇張點，這是對人類求生存的努力，最純粹的鼓舞，不求一絲回報。這女孩真善良。

一到十月底，山裡的紅葉轉作枯黑，色調顯得髒濁。歷經一夜風雨，眼見整山的生氣化作漆黑的朽木，遊客寥寥可數，茶屋的生意也蕭條了許多。偶爾，老闆娘會帶著六歲的男童，前往山腳下的船津、吉田買東西，徒留下女孩一人。沒有來客的時候，一天裡，便只有我和女孩兩人單獨於闃寂無聲的山中度日。我杵在二樓無聊，來到外頭晃晃繞繞。茶屋的後門處，女孩正洗著衣服，我走近她的身旁。

「無聊呀！」

我大聲地說，然後噗嗤地笑。女孩低著頭。我瞧了瞧她的臉，吃了一驚，怎麼一臉快哭出來的模樣？好嚇人的表情。怎麼搞的？我感到苦悶，於是身子一轉，心情落寞地朝右方那片鋪滿落葉的狹長山路走去，我來來回回地，躞躞地蹬著腳步。

我這才留意到，當僅有女孩一人在的時候，必須盡量克制，不要走出二樓房間。但當茶屋有客人時，我總覺得自己該有守護女孩的義務似的，我會悄悄地走下二樓，找個角落坐下，緩緩地喝茶。曾經，有位新嫁娘模樣的客人，陪著兩名穿著印有家紋的禮服的老先生，一同搭乘汽車來到嶺上，並於茶屋稍事休息。當時亦只有女孩一個人在。我一如往昔地自二樓下來，坐於角落的椅上抽菸。新娘子穿著襲下擺綴有印花的長和服，背上頂著金線織成的錦緞帶花，頭上插著髮簪，一身非常正式的禮服，完全不同於一般客人。女孩也不知該如何接待是好，只是端茶給新娘和兩名老人，然後安靜地躲於我的身後，默默地看著新娘子。一生一次的盛大日子——是要從山嶺對面背山側的船津嫁到吉田鎮去吧？所以中途於嶺上稍作歇息，遠眺一下富士。令人羞澀的羅曼蒂克。這時，新娘子悄悄地走出茶屋，站於屋前的崖邊空地上遠望著富士，她的腿彎曲成X形，好大膽的姿勢。真是個悠閒的人。我於旁欣賞著這樣的新娘、這樣的富士與新娘。忽地，新娘對著富士打了一個大呵欠。

「啊呀！」

我的背後傳來了微小的驚叫聲，女孩大概也眼尖地發現了那個大呵欠了。不久，新娘一行人便坐上候於一旁的汽車，往嶺下駛去。接著，就是新娘風光的時刻囉！

「這對那個女的來說應該早就習以爲常了吧？八成是第二次，不，是第三次嫁人了吧？新郎想必已在山下等著了，竟還有閒情雅致下車眺望富士呢！如果是第一次出嫁的話，根本不可能會做出如此厚臉皮的事的，不是嗎？」

「而且還打呵欠吔！」女孩極力附和著。「嘴巴張那麼大打呵欠，真不害臊哪！先生，如果您娶到這種太太，那可不好喔！」

我還真是白活了，竟然爲之臉紅。我的婚事有了眉目，一位學長願意全盤爲我打點事宜。婚禮上，亦有兩、三位近親接受了邀請，願意到場參與。所以說，雖然尚顯寒酸，但一定是隆重有餘。婚禮將於學長的家中舉行，對於他們的這番人情，我著實如大孩子般地興奮感激。

時序邁入了十一月，御坂嶺的寒氣已凜冽到令人受不了。茶屋本身備有暖爐，「先生，二樓很冷吧？工作的時候可以到暖爐邊來喲。」老闆娘這麼說。不過，要是被人盯著，我是無法工作的。因此，我回絕了。老闆娘對此倒很是掛心，故而特地到山腳下的吉田去爲我買了個暖桌回來。這樣一來，我待在二樓的房間時，便可鑽進裡頭取暖。茶屋的人真的是非常親切，我實在很想由衷地向他們聊表一份心意。可是，眼見已爲雪覆去三分之二的富士，以及遠近的群山，皆已蕭瑟作遍土枯林，若繼續待在這嶺上忍受著刺骨寒風，也是毫無意義。所以，我決定下山。要下山的前一天，我套著兩件棉製和服，坐於茶屋的椅上啜飲著熱茶。那時，有兩名穿著冬季外套、看來伶俐的年輕女孩，應該是打字員之類的身分吧？她們自隧道的方向走來，不知是有什麼好笑的事，邊走邊格格地笑著。乍然，她們發現了眼前純白的富士，於是，便彷彿被釘著於此般，再也不動了。女孩們窸窸窣窣地商量了老半天，其後，當中一名皮膚較白、戴著眼鏡的女孩，笑盈盈地朝我走來。

「很抱歉，可以幫我們照一張相嗎？」

我有些慌張。對於機械，我還真是不熟悉，而且也不喜歡拍照。加之以穿了兩件棉和服，連茶屋的人都認爲我同山賊一般。我這骯髒、簡陋、亂糟糟的一身，竟碰上了來自東京的時髦小姐，還請求我做如此高雅的事，心中實是相當狼狽。但是，再想了想，這樣的打扮，看在別人眼裡，或許就某些角度來說，倒挺俏皮別緻的吧？至少，我還是個可以被請求按個快門的那種男人。我有些興奮地前去幫忙，表面上則佯裝得一派平靜。我接過女孩遞來的相機，淡淡地詢問了操作方式，然後，戰戰兢兢、戰戰兢兢地盯著鏡頭，把大富士山擺中間，底下則是兩個像罌粟花般的小小人兒。兩人穿著相同的紅色外套，相互依偎擁抱著，那一定是最認真的表情。我撐出一副輕鬆自然的模樣，拿著相機的手卻仍不住地微微顫抖。我忍住笑，透過鏡頭，看見了那兩株鮮麗的罌粟。我慢慢地調整著焦距。但無論如何，要對準焦距實在不是件簡單的事。因此，最後，我將眼前的兩人拋諸於鏡頭之外，只留下大大的富士山塞滿整個鏡頭。富士山，再見啦！承蒙您的照顧！卡嚓！

「嘿，照好了。」

「謝謝！」

兩人齊聲道謝。等她們回到家，將相片洗了出來，一定會非常驚訝吧？因爲，相片裡，除了大大的富士山，什麼人影都沒有。

隔天，我下山了。我先於甲府的一家平價旅社內投宿了一晚。翌日清晨，我在旅社的屋簷下，倚著汙損的欄杆，看著富士。甲府這兒所望見的富士，匿於群山之後，僅露出了三分之一的臉龐，如燈籠草般。

（昭和十四年二月十三日）

潘朵拉的盒子
Pandora's Box

作者的話

這篇小說的內容，是由一名在某間被稱為「健康道場」的療養所中與病魔搏鬥的二十歲男子，寫給親友的書信所構成的。我想，在目前報上的連載作品中，以書信形式寫成的小說，可以算是相當罕見的吧！因此，當閱讀開頭的四、五回時，讀者們或許會感到與平常的閱讀經驗有所格格不入；不過，從另一方面來說，書信體的作品自有其濃郁的現實感存在，因此，打從過往開始，不論是在國外也好，或是在日本境內也是，都有不少作者嘗試著依此形式來進行寫作。

關於「潘朵拉的盒子」這個標題，我將在這篇小說明天的第一回連載中加以陳述，故在此請恕我不能預先透露。

雖然用這麼冷淡的方式做為開場白很不應該，但是，以如此冷淡的方式打招呼的男人所寫出的小說，應該也會讓人覺得格外有趣才是吧！

（摘自昭和二十年秋，本作品於《河北新報》始連載之際，作者寄予讀者之語）

開幕

1

您可別誤會了，我一點都不覺得頹喪。事實上，接到您那樣的慰問信，我感到有些徬徨失措，而且不知怎地，整個人羞愧得面紅耳赤，心情莫名地難能平靜。雖然這樣說或許會惹您不快，不過，讀了您的信後，我唯有一種感覺，那就是——「還真古板哪！」您的人生已經揭開了全新的一幕，而且，是我們的祖先在漫長歲月中從未體驗過的，全然嶄新的一幕。

可是，您會擺出這種古板的姿態，倒也不是無法預見之事；畢竟，這些東西大體而言，都不過是種假象罷了。我啊，現在對於胸口的毛病已經不太在意，甚至就連「生病」這件事，也快忘個精光。我之所以進入這間健康道場，不過是因為戰爭結束後，突然開始愛惜起生命，希望從此以後能有個健康的身體，如此而已。為了揚名立萬而汲汲奔走，這樣的事自然與我無緣；相對地，我亦沒有抱持什麼值得讚揚的孝心，意欲讓自己的病情早些好轉，好令父親覺得安心、母親喜極而泣之類的。當然，我更不是因為心裡面萌生某種怪異的、自暴自棄的念頭，所以才來到這麼偏遠的地方的。但其實，試圖對人類的行爲一一加以解釋，應該也算是一種既有陳舊「思想」的謬誤吧？勉強地解釋，至終多半只是以牽強附會的謊言作結罷了。理論的遊戲已經太多了；概念的全貌，豈是可用三言兩語道盡？因此，我想說的是，自己之所以走進這間健康道場，其實完全沒有任何理由。某天、某時，聖靈悄悄地潛入了我的胸口，我不禁潸然淚下，兀自痛哭了起來。於此之時，我的身體倏地顯得輕盈，頭腦也化作沁涼而透明；從那刻開始，我變成了另一個截然不同的男人。我立刻告訴母親，關於那長久以來一直試圖隱瞞的。

「我咯血了。」

於是，父親爲我選擇了這間位於山腰上的健康道場。事情的經過，便是如此單純。至於我所謂的「某天、某時」，究竟是怎樣一回事，箇中情狀，我想您應該也都已經明瞭了吧！事情就是發生在那一天、那一日的正午，也就是我爲了那幾近奇蹟、彷彿從天降臨般的韶音而痛哭流涕、不停懺悔的那個時刻。

那天以來，我總覺得自己彷彿有種坐在新造的大船上，乘風破浪的感覺。這艘船究竟將駛向何處，就連我自己也不知道；然而，直至現在，我卻仍若置身美夢當中。船隻靜靜地駛離海岸；這條航線，大概是全世界任誰都不曾體驗過的，嶄新的處女航線吧？對於這一點，雖然我只是於迷離之中頓有所感，不過，既然已經屆達了現在這樣的地步，那麼，我想，我唯能做的，便僅是坦然地迎接這艘嶄新的大船，朝著天際的那道海流，筆直地漂流前進了吧！

不過，您可別誤解了。我可絕不是像人家所認爲的那樣，落入了絕望盡頭的虛無之中。大凡船隻出航，無論出航性質爲何，皆必然會讓人感受到些許微渺的期待，這是亙古來不變的人性。您應該知道希臘神話中的「潘朵拉之盒」的故事吧？當不該開啓的盒子被開啓，病痛、悲哀、妒忌、貪欲、猜疑、險惡、飢餒、憎恨……所有不祥的蟲子全部一傾而出，嗡嗡地盤旋亂舞，遮蔽了整片天空。自此之後，人們便不得不永永遠遠地，於不幸中苦悶掙扎；然而，聽說，在那盒子的角落處，卻仍殘留著一顆宛若芥子般，熠熠閃動著光亮的小石子。那石子的上頭，被刻著兩個模糊的字——叫做「希望」。

2

或許自遙遠的過往開始，人類便註定了不可能完全陷於絕望之中。人類總是屢屢被「希望」所騙，卻也同樣地，一再爲「絕望」的觀念所欺。事實上，即便被推落到慘鬱深淵的底部，狼狽地翻滾不休，人類終會在某個時候，摸索到一縷希望之絲。那是自「潘朵拉之盒」開啓以來，就連奧林帕斯眾神也無法不遵守的遊戲規則。

不管樂觀論也好，悲觀論也行，那些高聳肩膀做著不知所云的空談、刻意擺出一副盛氣凌人架子的人，就讓我們將他們全都留在岸上吧！屬於我們的新時代之船，業已順利出航，毫無罣礙地揚帆前行。猶如植物的藤蔓不斷向外展伸，是種超越意識、自然而然的向光性，我們的啓航，亦是源於這樣的一種天性。

是的，希望以後不再出現那類裝腔作勢、任意將他人看作非國民的跋扈說話態度了。在這不幸的人世間，那樣強橫的區分法只會平添更多的鬱邑。那些總是恣意責怪他人的人，同暗地裡做壞事的傢伙們，又有什麼兩樣？這次的戰爭雖然敗北了，但那些政客們卻毫無任何反省，只是急急忙忙地想著該如何捏造謊言、欺瞞民眾，好逃避自己該負的責任；這種只會粉飾太平的政客，要是能不存在於這個世上，那該會有多好？像他們那樣恣肆散播膚淺的言論，只會讓日本的未來變得更加惡劣。關於這點，我輩在往後的日子裡，當時時引以爲戒，並認真地自我戒惕，莫再重蹈覆轍，否則世人皆將嗤之以鼻。因此，即便是面對風平浪靜的日子，我們仍當保持著自己的直爽與單純才是。看哪！新造的船已航向大海了！

話說回來，迄今爲止，我可說是從極端痛苦的經歷中一路走過來的。

正如您所知道的，去年春天，當我從中學畢業的同時，因發高燒而引起了肺炎；那時，我於病床上足足躺了三個月，也因而錯過了高中的入學考試。後來，好不容易地，我終於能夠下床走路了，但仍持續不斷有輕微發燒的現象；醫生表示，這可能是由於肋膜炎所致。於我在家中無所事事閒晃終日的這段期間裡，今年的考期也跟著過去了；從那時候開始，我便失去了升學的念頭。可是，這樣下去的話，未來又該如何是好呢？一想到這裡，我便覺得眼前簡直是一片漆黑。再這樣繼續窩在家裡游手好閒的話，不要說對父親過意不去，就算是面對母親，也完全無法交代。我想，您應該不曾有過名落孫山、賦閒在家的經驗吧？那全然便同落入苦痛的地獄當中一般。那段期間，我唯一所能做的，似乎便僅有到田裡除除草，靠著做些農稼之事，勉勉強強地掙回一點面子了——誠如您所知，於我家中有上百坪左右的旱田；這些田地自許久以前，便不知怎地輾轉登記到了我的名下。不過，這並不是我去從事農作的唯一原因；事實上，每當我踏上田間的土地，內心便會有種暫得逃離周遭壓迫感般的愉悅之情不自覺地油然而生。這一、兩年，我幾乎成了那片土地的負責人；除了割草之外，於體力許可的狀況下，我亦會翻翻土，或是爲番茄接上新枝。唉，這樣或多或少也算是爲糧食增產做出了點貢獻吧？雖然，我總是這樣，日復一日自欺欺人地活著，但是，但是哪，您可知道？就算我再如何地自欺欺人，那不安的感覺仍像是無法拂拭的黑雲般，浮蕩於我的心底深處，揮之不去。倘若繼續這般度日，我今後的命運將會變得怎樣呢？大概，會一事無成到底，順理成章地成了個廢人吧！一想至此，我便不由得茫茫然不知所措。到底該怎麼辦才好呢？簡直是全然摸不著頭緒。現在這樣墮落的生活方式，除了徒增他人的困擾外，毫無任何意義可言；畢竟，再怎麼說，我的病痛也還沒惡劣至無法承受的地步吧？「自己的存在，只會平添他人的困擾而已；我，不過是個多餘的累贅罷了……」這樣痛苦的掙扎思索，像您這樣的優等生，必定很難體會吧？

3

然而，即便我此般任性地耽溺於陳腐而無知的煩惱裡，世界的風車卻仍以令人目不暇給的速度，骨碌碌地迅速轉動著。在歐洲，納粹遭到了徹底的殲滅；東亞方面，先是爆發了菲律賓群島戰役，接著則是沖繩島的決戰，以及美機對日本內地的轟炸。對於行軍、作戰等等之事，我是全然沒有任何概念；不過，於我的底心，卻存在著一根年輕而敏感的天線。對於這根天線，我有著相當程度的信賴；無論是潛藏在這個國家當中的憂鬱，或是危機，所有的一切，我都能夠透過這根天線，敏銳地感受到。這並沒有什麼道理可言，純粹就只是種直覺罷了。打從今年初夏，我心中的這根年輕天線，便開始察覺到一種前所未見、猶若大海嘯般的巨大聲音，正激烈地襲捲而來，我爲之震顫不已。但是，對此，我卻束手無策，僅是爲無用的自己憑空增添了幾許慌張而已。我亂無章法地拼命埋首於田間的工作之中，於炎炎烈日下，聲聲低喃地揮動起沉重的鋤頭翻掘泥土，種下番薯藤。爲什麼當時的我會日復一日地投身於如此劇烈的耕作活動之中，直至方今我仍不甚了解；或許正是由於痛恨自己無用的軀體，因此才會不假思索地想狠狠折磨它吧！我懷持著些許自暴自棄的心緒，每揮動一下鋤頭，心中便迸發出一陣宛若呻吟般的低沉叫喊：「死吧！你死了最好！死吧！你死了最好！」就這樣，種下了六百株番薯藤。

「田裡的工作，還是得適可而止才行哪！現在這個樣子，對你的身體來說，有點太過勉強了喲！」某天晚飯時，父親這樣對我說著。三天後的深夜，於半夢半醒之際，我忽然開始不停地咳了起來。那時，我覺得自己的胸臆間，似乎有著什麼東西正在低沉作響著。（糟糕，這樣不行！）意識到這一點後，我立刻睜開眼，整個人清醒了過來。人在咯血之前，胸口會發出低沉的響聲；這事我之前曾在某本書上讀過，所以相當清楚。正當我匍匐挪動試圖離開床鋪之時，某種東西突然一股腦地全湧了上來。含著滿口那腥臭的東西，我小步奔跑地衝往廁所——果然是血沒錯。我在廁所中佇立了好一會兒，不過後來並沒有繼續咯血。我躡手躡腳地走進廚房，以鹽水漱了漱口，並將臉和手都清洗了一遍，接著又回到床上繼續睡覺。有如要忍住咳嗽似地，我屏住氣息，靜靜地躺著，心情竟感到一股不可思議的平靜。感覺，自己似乎從很久以前，就一直在等待這一夜的到來；在我的腦海中，甚至有種「宿願得償」的感受。我告訴自己，明天也要繼續默默地下田工作才行；反正也沒有別的路好走，那麼，像我這種毫無其他生存意義的人，還是得恪守自己的本分才對吧？啊，像我這樣的人，真的是早一日了結，早一日清靜。所以，趁現在還有機會，狠狠地使役一下自己的身體吧！多少生產一些糧食，爲社會提供點貢獻，然後就跟這個世界說再見，減輕一下整個國家的負擔，這樣也未嘗不是件好事。那是像我這樣的無用病人，唯一能爲大家所盡的一份義務。啊，真想早點死去！

隔天早晨，我比平常還要早一個小時起床，我很快地疊好了被褥，連飯也沒吃就到了田裡去；接著，我開始胡亂地、漫無頭緒地做起了田裡的粗活。現在回想起來，當時的我，簡直就如同置身噩夢煉獄當中一般。當然，直到死，我都不打算把自己的事告訴任何人；我想要的是，在不讓任何人知道的情況下，讓自己的病情悄悄地、漸漸地惡化下去。像這樣的心態，大概就叫做「墮落」吧？那天晚上，我潛進廚房，偷偷喝掉了一整碗配給的燒酒，之後，於深夜裡，我又開始咯血了。當時，我乍然清醒了過來，輕微地咳了兩、三聲後，血便一口氣地整個湧了出來。這次，我連跑廁所都來不及，只好打開玻璃窗，光著腳，直接跳進庭院裡，將它給吐出來。血自喉頭深處一個勁兒地奔溢而出，感覺起來，似乎連眼睛跟鼻子都要噴出血般。約莫嘔出了兩大杯左右的血液後，我的咯血總算是停止了。我試著以木棒將染血的泥土翻攪了一番，好不讓人發現。就在這時，寧靜的空氣爲忽然響起的空襲警報所劃破……。現在回想起來，那應該是日本的……不，是世界上的最後一次夜間空襲。

當我意識模糊地自防空壕中爬出時，正爲八月十五日的清晨，天際剛剛泛起魚肚白。

4

不過，那天，我還是照常到田裡工作了。聽我這麼說，您一定也會爲之苦笑吧?可是，您知道嗎?對我來說，這樣的事情一點都不可笑。我已經認定了，自己就只能抱持著這樣的態度活下去，除此之外就再沒有更好的方式了。畢竟，排除萬般迷惑之後，我早就有所覺悟，要以一介凡農的身分死去，在自己親手耕作的土地上，以農民之姿，倒地逝去。這也算是得償宿願了吧?是啊，不管怎樣我都不在乎了，我只想早點死去而已。

暈眩，也算是種一償宿願吧？是啊，什麼都沒關係，我只想早點死去。暈眩、惡寒、冒著黏糊的冷汗，當越過這種種痛苦的煎熬，我感覺自己的意識似乎變得越益遙遠。正當我想就這樣，在茂密的大豆田裡仰躺下來的時候，母親過來叫住了我。

「快點把手腳洗乾淨，然後到父親的房裡去！」平常總是微笑說著話的母親，此刻卻露出了如同是在面對陌生人般的冷漠神情，嚴肅地對我說著。

我面朝父親房裡的收音機，正襟危坐地坐了下來。接著，正午時分，我聽見了那自天端灑落的神聖之音，整個人不禁為之涕泣，淚流滿面；恍若有道不可思議的光線直入身體之中，既像是踏入了另一個截然不同的嶄新世界，又像是登上了一艘搖晃前駛的大船。此時，我乍然驚覺，我已不再是往昔的自己了。

我並非因領悟了「生死一如」的道理而感到自鳴得意；不過，生與死，本來不就是相同的東西嗎？不管選擇了那一邊，終究依然會陷入同樣的痛苦之中。毫無道理急著赴死的人，太半都只是裝腔作勢而已。相同地，我至今為止所呈現出的痛苦，亦不過是辛辛苦苦地在妝點自己的門面罷了，說穿了，仍舊不脫陳腐的裝腔作勢，您說是吧？

雖然您在信中提到了一些諸如「悲痛的決心」之類的話語，但是，悲痛什麼的，對現在的我來說，總覺得像是那些低俗的戲劇裡面，飾演情夫的男角會流露出的表情一般——不管表現得再怎麼痛苦，終究是僞裝出來的。船隻輕快地駛離了海岸；無論多麼微渺，但只要是船隻的啓航，都必然會帶給人某種程度的希望的。此刻，我已不再抱持著沮喪之心，也不再在乎自己胸口的病了。接到您所寫來的那封憐情滿溢的信函，著實讓我感到倉皇失措，不知該如何回應是好。現在的我什麼都不想，只求能將此身徹底地託付給這條船，僅此而已。

當天，我立即將一切告訴了母親，用連自己都覺得不可思議的平靜態度，清楚地告訴母親：

「昨天晚上，我咯血了，前天晚上也是。」

沒有任何理由，亦不是突然愛惜起生命來，不過是那直至昨日爲止，一直逞強作態出的假面具，突然間土崩瓦解罷了。

父親爲我選擇了這間「健康道場」。如您所知，我的父親是名數學教授；他或許對於數字的計算相當在行，卻對金錢方面的往來與收支一無所悉。正因如此，家中的景況一直不是非常富裕，故我自然也不會奢望自己能獲得什麼太過豪華的療養待遇。這是一處簡樸的療養所，光是這一點，便與我的身分頗爲契合，我對此也沒有任何的不滿。聽說，只要在這裡待上六個月，便得以完全康復。事實上，自從住進這間道場後，我便再不曾咯過血了，就連血痰也無——生病之類的事情，幾乎已完全被我拋諸腦後。這裡的院長先生說，「忘掉病痛」，正是邁向痊癒的最快捷法門。真是個有點怪異的人對吧？至於，爲什麼一間結核病的療養所，要掛上「健康道場」這樣的名字呢？據說，那是因爲院長於戰爭中糧食不足、醫療貧乏的情況下，發明了一套對抗疾病的特殊方法，並成功激勵了許多入院患者擊敗病魔之故。總之，這是一間有點奇怪的醫院就是了。我在這裡遇見了許許多多有趣的事情。關於這些事情，就請您容我留待日後，再慢慢地告訴您吧！

關於我的事情，您真的什麼都不用擔心。當然，請您也務必好好珍重自己！

昭和二十年八月二十五日

健康道場

1

今天，依照先前與您的約定，我想在這封信中，大致向您描述一下我所在的這間健康道場的情況。從E市搭乘巴士出發約莫一個小時後，會來到一個名叫小梅橋的地方，從這裡再轉搭其他巴士，便可抵達道場。但其實，到達小梅橋後，實際上距離道場已經不遠了。因此，與其耗費時間等待轉車，倒不如直接走路前往還來得快些；道場的位置便位在十個街區開外之處；前來道場的人，大抵都是這樣步行過來的。我再說得更清楚一些吧！自小梅橋處向那群山疊嶂的右側望去，會看見一條柏油路面的縣道；沿著那條縣道往南走，約步行個十個街區的距離，便會看見一座豎於山麓的石砌小門。小門的後頭，是一排排整齊林立、一徑延伸至山腰的松樹林；於那片松林的盡頭，可以望見兩幢建築物的頂緣，那便是我現在每日仰息期間，被稱作「健康道場」的那間截然與眾不同的肺結核療養所。「健康道場」由新館和舊館兩棟各自獨立的建築物構成；舊館看來雖無任何特出之處，但新館可是一棟相當雅致明亮的建築。通常，當病患於舊館經過一定程度的鍛鍊後，便會被陸續移往新館進行療養。不過，由於我的精神狀態還算不錯，因此院方特別破例，讓我一入院便住進新館。我的房間位於道場正門玄關右側的第一間——「櫻之房」；再過去還有「新綠之房」、「天鵝之房」、「向日葵之房」等病房，每間房都被取了一個秀雅到讓人不好意思說出口的奇怪名字。「櫻之房」是間略呈長方形的十疊大西式房間，房內並排擺放著四張床頭朝南、看來十分堅固的木頭床鋪。我的床鋪位在房間的最裡邊；自床頭的大玻璃窗望去，可看見一個十坪大左右，被稱做「少女之池」（這名字說真的也實在是不怎麼樣。）的水池。池中的水永遠沁涼而清澈，水面下，鯽魚與金魚正悠游其間。總之，對於被安排的這個床鋪位置，我完全沒有什麼可埋怨的；搞不好，這是全院最好的位置也說不定呢！院所所提供的床是特大號的木製床，上面並未鋪上那種粗糙的彈簧床墊，流露著一分穩重而牢靠的氣息。床的兩側附有充足的置物抽屜，就算是將所有的隨身用品全擺進去，都還顯得綽綽有餘。

而現在，請容我向您介紹一下同房的諸位前輩：住在我隔壁床的是大月松右衛門先生；就像他的名字一樣，他是位人品高尚、讓人不敢輕視的中年大叔。聽說他原本是名東京的新聞記者，妻子很早便過世了，徒留下年屆適婚之齡的女兒同他相依爲命。於他入住這裡的同時，他的女兒亦方巧自東京疏散到了健康道場附近的山間，並不時前來探看這位寂寞的父親。這位父親，太半時候皆是一派沉默寡言；但偶爾，亦會突然地搖身一變，成爲一位具有驚人決斷力的人物。他的人格相當高潔，漫身充溢著仙風道骨，讓人備感莫測高深。於他的唇上，留著一撮黑亮的小鬍子，看來十足威嚴。不過，似乎由於深度的近視，致使他匿於鏡片後的那對泛紅小眼，總是顯得些許惺忪。他那渾圓的鼻頭好像很容易滲出汗珠，故而，常見他拿著毛巾，一個勁兒地用力擦拭著鼻子；也因此，不管什麼時候看來，他的鼻頭總是呈現著宛若要滴出血般的赤紅色。然當他閉上了眼，那彷彿若有所思的樣貌，卻予人分外的威嚴。搞不好，他其實是什麼出乎我意料之外的偉大人物也說不定呢！他的綽號是「越後獅子」。關於這個綽號究竟何來，我也不甚清楚；不過，感覺倒是相當恰如其分就是了。

松右衛門先生對於這個綽號似乎也不怎麼討厭，據說，他甚至還會自己向人報出這個名號呢！不過究竟事實的真相如何，這我就不知道了。

2

再隔壁床，住著的是木下清七先生；他是位泥水匠，今年二十八歲，目前尚是單身，號稱健康道場第一美男子。他的膚色顯得異常白淨，鼻樑相當高挺，眼神晶亮而清澈，不管怎麼看，都是一副好男人的樣子。只是，他經常會習慣性的踮起腳尖，輕搖著臀部走路；我常想，要是他能夠改掉這種走路的方式就好了。爲什麼他會用這種方式走路呢?雖然,我認爲這很可能與音樂有關,但真正的原因到底爲何,對我來說至今仍是個謎。他對各種流行歌曲似乎都相當熟悉,但其中,又以「都都逸」(譯註:流行於十九世紀,一種用三弦琴伴奏,以描寫男女間細微心理的歌謠。)尤其拿手。我曾聽他演唱過好幾回;每次,當他演唱之時,松右衛門先生總會閉著眼,默默地聆聽,但至於我,卻唯是感到坐立難安罷了。他唱的全是些諸如「存下像富士山一樣多的金錢呀!每日只花五十文」之類的,愚蠢而又毫無意義的歌曲,聽了真教人瞠目結舌,無法合嘴。不只如此,他還會在「都都逸」裡突然插入些說書的段子,這也挺叫人受不了;每當歌唱到一半,他總愛在裡面夾雜個幾句像是戲劇中的台詞,例如,忽然來個一句「哎呀,兄長啊!」或是其他什麼的,簡直讓人不忍卒聽。慶幸的是,就算他再怎麼唱,一次也無法唱超過兩首歌的。雖然,他總是意猶未盡,還想要再多唱幾首,但松右衛門先生對此可是絕不寬允的;只要兩首歌一結束,「越後獅子」便會隨即張開眼說:「已經夠了。」有時,他還會多加一句「這樣對身體會有不良影響的。」他的意思,究竟是指對歌唱者的身體不好?還是對聽歌者的身體不好呢?這點我並不清楚。不過,這位清七先生倒絕不是什麼壞人,這點是我可以肯定的。他似乎很喜歡俳句,夜裡就寢前,經常見他拿著自己的近作陳示給松右衛門先生看，試圖徵詢松右衛門先生的意見。不過，「越後獅子」卻總是一語不發。於是，清七先生只好老帶著頗受挫折的神情，匆匆地回到床上入睡。說真的，那時候的他，看來實在有點可憐。然而，從這一點亦可看出，清七先生似乎十分尊敬「越後獅子」。至於這位姿態瀟灑的清七先生，他的綽號便是當下流行的一種街頭舞蹈名——「卡波雷」（譯註：漢字寫做「活惚れ」，一種流傳於明治時代，以模仿僧人姿態為主的街頭舞蹈。）。

睡於再過去的那張床位的，是西脇一夫先生；他的年紀約莫三十五，聽說之前似乎是名郵局局長還是什麼的。在所有人當中，我最喜歡的就是他。他那位個性溫柔、身材嬌小的妻子經常會前來院裡探病，然後，那小倆口總會輕聲細語地湊在一塊兒說起悄悄話，一派靜美甜蜜的景象。每當這種時候，無論是「卡波雷」還是「越後獅子」，都會故作視而不見，盡可能地設法迴避。感覺，其實大家都是十分有心的人呢！西脇先生的綽號是「筆頭菜」；之所以會有這樣的綽號，我想大概是因為他身材細長的緣故吧！他雖然稱不上為美男子，卻是個言談舉止相當高雅的人，整體形象予人的感覺，帶著點學生般的青澀。每當他露出了羞怯的微笑，總是充滿著魅力。我經常想，如果能跟這個人比鄰而眠，一定是件很不錯的事情；可是，自從某天深夜，當我聽到他於眠寐中發出奇怪的呻吟聲後，卻又突然覺得，沒睡在他隔壁真是太好了。以上，大致將與我同房的前輩們做了些許介紹。接著，再由我稍微向您報告一下，關於爲配合本道場的特殊療程所訂定的相關起居模式。首先，先行列出我們每日進行的各療程之時間分配表如下：

六點	起床
七點	早餐
八點到八點半	伸展運動
八點半到九點半	摩擦運動
九點半到十點	伸展運動
十點	院長巡房（週日則由指導員巡房）
十點半到十一點半	摩擦運動
十二點	午餐
一點到二點	精神演講（週日則為勵志廣播）
二點到二點半	伸展運動
二點半到三點半	摩擦運動
三點半到四點	伸展運動
四點到四點半	自由活動

四點半到五點半　摩擦運動
六點　晚餐
七點到七點半　伸展運動
七點半到八點半　摩擦運動
八點半　報告
九點　就寢

3

正如我先前約略向您提過的那樣，前陣子，有相當多的醫院於戰亂中慘遭燒毀；即便是能僥倖逃過兵災的，有許多也因物資不濟或人手不足，終而被迫關閉。因此，眾多需要長期住院療養的結核病患者——特別是像我們這樣不太富裕的患者，幾乎可以說是到了走投無路的地步。幸運的是，這一帶地區幾乎沒有什麼敵機空襲；於是，在兩、三名有力的本地慈善家，以及政府當局的協助下，原本位於山腰上的縣立療養所得以進行擴建，並還招聘了現任的院長田島博士前來，逐漸形成了這間不依賴外界物資支援、獨樹一幟的結核療養所。先不說別的，光是大略瀏覽我們每天的日課表，便可以明白地感受到，這裡同一般療養所的作息方式有著相當大的差異。在這兒，傳統的「醫院」或是「患者」等等之類的既知概念，全都有若大破大立似地，經歷了一番徹底的重組。

我們稱呼院長爲「場長」，副院長以下的醫師則爲「指導員」，而護士們則是「助手」，至於我們這些住院的患者，便統一被稱做「學員」。這一切所有的變格，似乎全出自於田島場長的構想。自從田島醫師受聘來到這間療養所後，不僅讓院內的機制爲之煥然一新，同時，他對患者所實施的獨特醫療方式，於成果上也獲得了相當優異的成績；據說，他還因此一躍成爲醫界注目的新星。場長因頭髮幾近全禿之故，看來像是名五十多歲的中年人士，但其實，他不過尚是個三十來歲的單身漢罷了。他的身材瘦高，背有些蜷，臉上總是一徑地不苟言笑。聽說禿頭的人多半有著端正的儀表，田島醫生也不例外；他的皮膚白皙、相貌優雅，同時似乎也帶著那種禿頭者特有的、宛若貓一般的陰柔而難以捉摸的氣質，讓人不由得敬畏三分。每天早上十點鐘，田島場長都會領著指導員及助手們巡視道場內的病房，那段時間，整個道場裡頭完全聽不著任何一絲聲音。學員們在場長面前，也總是誠惶誠恐地表現出一副恭敬的模樣；但是，於背地裡，他們同樣偷偷給場長先生起了個綽號——「清盛」（譯註：平清盛，日本平安時代末期的著名武將；自任太政大臣，以高壓手段建立了屬於平氏一族的獨裁政權。）。

那麼，接下來，我就針對本道場每日的療程，再向您作更詳細的說明吧！所謂的「伸展運動」，一言以蔽之，便是訓練手腳和腹肌的運動。關於訓練方式，若是描述得太過瑣碎的話，您一定會感到無聊，所以在此，我便粗略地陳述一下重點就好。嗯，簡單地說，就是讓自己的身體呈大字形仰躺於床，然後依照手指、手腕、手臂的順序，依次進行運動，接著，再將腹部往內緊縮，慢慢使它膨脹起來。這個動作有點困難，必須經過反覆的練習；同時，它亦是這整套伸展運動中最重要的一個環節。腹部運動結束之後，再來則是腳部運動，於此，必須將足部肌肉做盡可能的伸展，隨後再慢慢地放鬆。當做完腳部運動後，大抵就算是一個完整循環的鍛鍊完畢。接著，一個循環結束後，緊接著便再從手部運動開始，重新進行另一個循環。總之，學員須於有限的三十分鐘內，不停地活動，且按照前面的時程分配表，做早上兩回、下午三回的反覆習演。由於每日都得重複做相同的訓練，所以一點都不輕鬆。以現代的醫學角度來說，讓結核患者做這樣的運動，似乎算是最不具危險性的治療方式了。不過，這也是因於戰時的物資不足，故而才會應運而生此般的一套創新療法吧？我確實如此聽說，曾有熱衷從事此項運動的人，因此而提早恢復了健康。

說完了伸展運動之後，再下來，我想稍稍描述一下關於「摩擦運動」的事情。說起這項療程，大概也是本道場獨一無二的。至於，於其中擔任著重要角色的，便是本道場中那群朝氣蓬勃的助手們。

4

這摩擦時所使用到的刷子，比起理髮廳內的硬毛刷，根本軟不到哪裡去；因此，剛開始的時候，摩擦起來實在是相當疼痛。每當刷子刷過肌膚，總是使我痛到不由得發毛。不過，大約僅經過一個星期左右的時間，我便就對這樣的情形漸能適應以對了。

每當摩擦的時間一到，那些精神抖擻的助手們，便會分頭將全部學員皆依次仔細地輪番摩擦一遍。有關摩擦的過程是這樣的，首先，將毛巾疊放於金屬製的小臉盆內，浸泡水中，然後，再將刷子壓於毛巾上吸滿水分，接著，便可拿起它，開始唰唰地於身體上摩擦。至於摩擦的範圍，原則上是要遍及全身的；但於學員剛進道場的第一週，摩擦的部位會僅先限於手腳。接下來，範圍便會漸漸地擴展至整個身體。學員側臥著，自手開始，再來是腳、胸部、腹部，依序接受刷子的摩擦；待大致摩擦完成，再翻個身，同樣依序地以刷子沿著身體另一側的手、腳、胸部、腹部、背部，以及腰部逐步刷摩。習慣了之後，我反倒覺得這事其實也不錯，特別是在摩擦背部的時候，那種感覺簡直是難以用言語形容。於助手群當中，當然不乏摩擦技巧優良的人，但亦有技術十分拙劣的人存在。不過，關於這些助手們的事情，就請容我於稍後的書信中再敘。

總而言之，道場的生活，幾乎就是日以繼夜地反覆進行著伸展運動和摩擦這兩項活動。縱使戰爭已經結束，但物資貧乏的狀況卻至今仍無任何改變；既然如此，那麼現在藉由這樣的活動來展現自己與病魔對抗的氣魄，未嘗不是件不差的事。除了這兩項主要的療程之外，其他的活動尚有：下午一點開始的演講、四點的自由活動，以及晚間八點半進行的報告等等。演講乃由場長、指導員，或是來道場視察的各方知名人士等，輪流透過麥克風向學員講話。他們的聲音會透過裝置在屋外和廊上各要點的擴音器，傳進我們的房內；而我們則坐於床上，靜靜地聆聽著他們的話語。

戰亂中，亦曾因電力不足致使擴音機無法使用，使得演講一度停止。但一待戰爭終止，電力的供應不再那般吃緊，演講活動便又隨即恢復了。而這回，延續先前未完的課程，場長所講述的主題是「日本科學發展史」。說實在的，場長講的課還真是相當不錯；在這系列的演說中，他用平淡的口吻，將我們先祖的辛勞，以平實又淺顯易懂的方式一一道來。昨天，他所演講的內容是關於杉田玄白的《蘭學事始》（譯註：杉田玄白，日本江戶時期的著名蘭學者。其著作《解體新書》，對日本近代的西洋學術發展史有著極大的貢獻；《蘭學事始》則是他晚年將自己一生接觸西學的經歷彙整成冊的回憶錄。）。當玄白一行人等第一次翻閱西洋書籍之時，究竟該何以適從？該如何將外國的語言引介翻譯？對此，場長是這樣說的：「老實說，他們就像是乘著無舵之船，於大海中揚帆前行。舉目所見，盡是汪洋一片，不知該趨向何處，只得在驚駭與迷惘之中，隨波逐流。」這句話說得真是好極了。關於玄白一行人所費的苦心，中學時候負責教授歷史的木山雁藻老師也曾教示過我，不過，那同現在場長的演說，可說是完全不能相比；雁藻老師只會說些「玄白並不如想像中是那麼嚴重的痲子臉」之類的無聊話題罷了。

總之，場長每天的演講，都讓我有說不出的喜悅感。而到了星期天，演講暫停，取而代之的是唱片播放。雖然我並不怎麼喜歡音樂，不過每個星期能聽上那麼一次，倒也不是件壞事。在播放唱片的空檔間，偶爾，助手們也會來上一段原汁原味的清唱；然而，她們的歌聲，卻非但不會讓人感到喜悅，反倒使人覺得坐立難安，爲之捏上一把冷汗。不過，其他的學員倒似乎都對這樣的插曲大表歡迎，特別是清七先生，每回總是瞇起了眼聽得入神。我想，他大概是巴不得自己那文白夾雜的「都都逸」小調亦能如此公諸眾人地播送一番吧？

5

論及下午四點鐘的自由活動，那倒是段相當安靜的時光。這段期間，正是我們的體溫升至最高之時，身體因而會顯得懶洋洋地完全提不起勁，心情也變得焦躁而惡劣不堪；因爲無論如何居處都令人感到痛苦不已。所以，爲了轉換一下學員們的心緒，道場特於這段時間裡，放任大家去做自己想做的事；換句話說，就是給大家三十分鐘的自由。不過，大部分的學員於這段時間內，通常也只是安靜地側躺於床上歇憩罷了。順道一提，道場裡規定，除了夜間的睡眠時間外，平時於床鋪上是禁止使用任何被褥的，白天也不可蓋毛毯之類的東西，僅能穿著睡袍，於床上和衣而睡。雖然聽來嚴格，但習慣後反倒會有分簡約的清爽感，心情將顯得格外暢適。至於晚上八點半的報告，則是針對每日世界情勢所進行的整理報導。當然，這也是透過走廊的擴音器來傳送。值班的事務員會以一種緊張激切的語調，逐一地將今日的新聞給播報出來。於這間道場內，不要說閱讀書刊了，便連看個報紙也被納於禁止之列；或許，太過沉迷於閱讀，亦是對身體有所害處的吧？總之，縱使我於此只經歷了這般短暫的一段時間，但如得以因之而擺脫雜亂無章的思緒狂潮，並打從心底地對新船的出航使命深信不疑，抱持著素樸的生活方式盡情遨遊，我想，這也未嘗不是件好事吧？

只是，於這種情況下，能寫信給您的時間也相對地顯得貧少，這是美中不足之處。我總是於飯後，匆匆忙忙地拿出信紙來書寫，然而，想寫的事實在太多了，所以，光是寫這封信，便已花了我兩天的時間。不過，隨著對道場生活的逐漸適應，我應該也會越來越懂得如何充分利用短暫的時間才對吧？我似乎已經練就了一種不管面對怎樣的事情，都能用極端樂天的方式加以面對的態度；那些曾令我感到煩惱的種子，業已於我的心中全然消失殆盡——所有的一切，都已經全部被我給遺忘了。接著，我想鄭重地再向您介紹一件事：我在這個道場裡的綽號，叫做「小雲雀」。事實上，這還真是個沒什麼意義的綽號。我想，大家之所以會爲我取了這個綽號，大概不過是由於我的名字「小柴利助」（**Koshiba Risuke**）與「小雲雀」（**kohibari**）的讀音聽來十分相近的緣故吧？這實在稱不上是什麼光榮的事情。一開始時，我覺得這名字不論怎麼聽都非常刺耳，令人相當難爲情，完全無法適應。然而，此時此刻，我卻已變得不管面對什麼樣的事情皆能夠寬心以待了，因此，現在，即便有人叫我「小雲雀」，我也已可以放開心胸，坦然回應。您知道嗎？我已不是昔日的小柴了喲！現在的我，已經變成了棲息於這間健康道場裡的一隻雲雀，成天就是吱吱喳喳、吵鬧不休地啼叫無止。那麼一來，今後讀著我的信的您，將會是如何看待我的呢？「在說什麼啊！真是個輕佻的傢伙！」您可別一邊如此叨唸著，一邊繃著張臉讀信哪！

「小雲雀！」現在，窗外正有位助手在提著嗓子叫喚著我。

「什麼事？」我若無其事地回答著。

「你有在努力嗎？」

「我很努力啊！」

「加油喔！」

「沒問題！」

關於這樣的問答，您知道是怎麼的一回事嗎？其實，這是這間道場內的特有打招呼方式；有如是說定好了般，每當助手與學員們於走廊上擦身而過，都必須以這樣的方式相互照面。至於這樣的招呼方式究竟是自何起始，我並不清楚，不過，這應該並非場長所設下的規範才對。據我個人的猜測，這十之八九定是助手們所想出的點子。這兒的護士小姐們皆有著幾分共通的性情，個個活潑開朗，且都帶著幾許男兒的陽剛之氣。在這裡，無論是場長、指導員、學員，還是事務員等，所有人全被任意取上了個辛辣無比的綽號，這似乎便是那群助手們的傑作。看待她們，實在是不可等閒視之。關於這些助手們的事，就請靜待我於做出更詳細的觀察後，在下次的書信裡，再好好地向您報告一番。

關於本道場的大致情況，我就先行報告至此。如有失禮之處，請多包涵！

九月三日

鈴蟲

1

敬啓者：

近來，一切可好？時序一進入九月，果然一切都截然不同了起來呢！風，彷彿越過湖面而來，讓人感到冷颼颼的；便連昆蟲的鳴叫聲，也明顯地變得高亢了起來，沒錯吧？我不是像您那樣的詩人，所以縱使到了秋日，也沒有特別感受到什麼千迴百轉的愁悶思緒。不過，昨天傍晚時，有位年輕的助手小姐佇立於我窗下的池畔；她一看見我，便對著我笑著說道：

「『筆頭菜』曾經說過，這是鈴蟲（譯註：一種於夏末秋初羽化的鳴蟲。）在鳴叫呢！」

聽聞這句話的瞬間，房裡的人便全都清晰地感受到了那毫不留情直滲肌膚的秋意，呼吸也不由得爲之一窒。這位助手小姐自以前開始，似乎即對與我同寢室的西脇——也就是「筆頭菜」先生，懷持著相當程度的好感。

「『筆頭菜』不在哦！他剛剛到事務所去了。」

聽到我這麼一回答，她的臉上驟然露出了不悅的神色，就連講話的語氣也變得粗魯了起來：

「是哦！他不在又怎樣？『小雲雀』，你討厭鈴蟲嗎？」

被她如此莫名其妙地頂上一句，我一時間滿頭霧水，丈二金剛摸不著頭緒——事實上，我感覺得出自己已有些張皇失措。

從以前開始，我就一直相當注意這位年輕的助手小姐；我總覺得，在她身上充滿了許多不可解的謎團。她的綽號是「小正兒」。

既然提到了她，今天，就讓我順道爲您介紹一下這裡的其他助手們吧！我在上次的信中曾經提及，道場裡的助手們絕對不容小覷；她們替道場內的男士們，全都任意冠上了辛辣的綽號。不過，學員們這邊可也不甘示弱，亦反過來將助手們全給取上了綽號。因此，真要說的話，可以算是勢均力敵吧！話雖如此，但大概是基於對女性的體恤之故，學員們所取的綽號，無論如何，或多或少都還是有些手下留情。「小正兒」因爲名叫三浦正子（Masako），所以才被取了這樣的一個綽號——這還真是個毫無意義的名稱哪！另外一名名叫竹中靜子的助手，則是被學員們取名做「竹子小姐」；這個綽號更是平凡無奇，一點創意也沒有。除了她們兩人之外，還有個戴著眼鏡的助手，由於眼球突出，看來像極了隻凸眼金魚，因而學員們便很含蓄地稱呼她爲「金魚妹」；而那名身材瘦削，整個人看來枯瘦乾癟的助手，便被冠上了個「魚乾女」的名稱；至於那個總是掛著一臉孤寂表情的助手，學員們就呼她爲「再見小姐」。如何？這樣的綽號聽起來好像還不錯吧？可是，老實說，我覺得學員們在起綽號時，有時未免也太過客氣了。比方說，道場裡有個明明相貌奇醜無比，卻老愛將頭髮燙成誇張爆炸頭、眼皮上塗滿怪異的紅色眼影，總頂著層恐怖大濃妝的助手，他們給她取的綽號竟然是「孔雀」？真是愚蠢到不行；被冠上「孔雀」這樣的稱號，當事人應該反倒會覺得非常得意吧？「是嗎？原來我像孔雀啊！」這樣的名號，搞不好會使對方的自信心越來越強，因爲根本於中聽不出任何嘲諷的意味嘛！如果，今天換作是我被人冠上了個「仙女」的外號，我也會在心裡暗想著：「是嗎？原來我像仙女啊！」並樂得飄飄欲仙呢！而除了以上這些，其他尚有像是「馴鹿」、「蟋蟀」、「偵探」、「洋蔥」等等之類的形形色色卻無一不是陳腔濫調的綽號存在。在這裡頭，唯有一名被叫做「霍亂」的小姐，於我感覺是名號較爲貼切的。這位助手小姐的臉部輪廓寬大，雙頰還經常泛著紅光，讓人看了不禁會聯想起童話故事中的「赤鬼」那嚇人的相貌；於是，學員們便毫不客氣地引用「鬼之霍亂」（譯註：日本俗語。字面意思是「連鬼也得了日照病」，引申為「平常百病不侵的人突然生病」之意。此處的「霍亂」指的是日照病，並非我們常謂的腸胃傳染病。）這個俗語，稱呼她爲「霍亂」。真是神來之筆啊！

「喂，『霍亂』！」

「什麼事？」對方滿不在乎地應答著。

「要加油喔！」

「沒問題！」

她的聲音聽來充滿了活力；我想，就算霍亂真的碰上了她，恐怕也得退避三舍吧！其實，也不光是這位「霍亂」，於此的每一名助手，看起來全都一副粗枝大葉的模樣；不過，實際上，她們的個性都相當親切，全是些難得一見的好人呢！

2

在學員當中，最受歡迎的助手是竹中靜子，也就是「竹子小姐」。說真的，「竹子小姐」稱不上是什麼美女；她的身長約五尺二寸（一五八公分），是名胸部豐滿、膚色黝黑，相貌挺為端正的女孩子。我不知她的正確年齡是二十五還是二十六，但總之，大概就是這個歲數上下吧。不過，雖稱不上為美女，但於「竹子小姐」的笑容當中，卻蘊含著股相當獨特的魅力；我想，這或許就是她大受學員們歡迎的主要原因吧！她那對圓圓的大眼，只要一笑起來，眼角便往上挑起，整副眸子同針一般，細細地瞇了起來，再加上一口雪白的牙齒，讓人不禁爽意襲身。由於她的身材較爲高大，因此與護士的白色制服顯得格外相稱。除此之外，她還是個工作相當勤快的人，這應該同樣是她備受歡迎的緣故吧？總之，她不只十分善體人意，而且於處理事情的技巧上，也顯得十分俐落而敏捷。套句「卡波雷」常常掛於嘴邊的話，「竹子小姐」「簡直可以稱得上是全日本最好的太太人選了。」

每到了摩擦的時間，其他的助手不是在與學員天南地北地閒扯，就是在互教對方吟唱流行歌曲。從好的方面來說，這或許可以講得上是「一團和氣」；但從壞的方面來想，她們的動作也因而變得緩慢沒效率。就只有「竹子小姐」，不管學員們開口對她說了些什麼，她都僅是露出淡淡的微笑，曖昧地點點頭，然後，便繼續以熟練的動作，唰唰地替學員摩擦著身體。「竹子小姐」爲學員摩擦的力道，既不太強，也不過弱；不只手法純熟，而且相當周到細心。她的臉上，無論什麼時候，總是默默地掛著一抹明亮的笑容，從不亂發牢騷，也從不說些無聊的應酬話，予人一種宛若抽離於其他助手，遺世獨立般的感覺。那股帶著些微冰冷的孤絕氣質，對於學員來說，正是無與倫比的魅力所在吧！總之，不管怎麼說，「竹子小姐」就是頗受歡迎。「越後獅子」曾說：「能養育出這樣的孩子，她的母親一定是個相當堅強的女人。」或許，事實上也真的便是如此也說不定呢！

聽說，「竹子小姐」是於大阪出生，因此，當她說話的時候，總會帶著幾分關西口音；這對於道場的學員來說，似乎又是個叫人招架不住的要命優點。至於我自己，打從過去，只要我一看到身材壯碩的女性，便會不知怎地總令我直覺想到魚市場裡所見的真鯛，隨之在心中竊笑不已；然而，當我看到這個女孩時，我所感到的卻唯有同情與憐憫，除此之外，再無其他想法。比起氣質高雅的女孩，我更喜歡的是可愛的女孩；而「小正兒」，正是屬於那種嬌小而可愛的類型——沒錯，我還是對充滿謎樣氣息的「小正兒」最感興趣。

「小正兒」今年十八歲；據說，她自東京的府立女校中途退學後，便直接進入了這間道場任職。她有著張白皙而圓潤的臉龐，那對雙眼皮的大眼睛上排列著兩排纖長的睫毛，眼角的部分則微微下垂著。她常常一副十分驚訝似地，將兩眼睜得圓滾滾的；正因如此，她的額頭總是帶著些許細紋，這使得她那原本便不寬闊的前額，愈發顯得狹窄短蹙。她一笑起來便花枝亂顫的，就連口裡的金牙也跟著一同閃閃發光。她總是毫不拘謹地大聲笑著；每逢有趣的話題，便露出一副心癢難耐的模樣，睜大雙眼地問道：「你們在說什麼啊？」極力地想擠進話題中參一腳，然後，於下一個瞬間，她就會旋即發出囂鬧的笑聲，並將身體往前傾，一個勁兒地拍著肚皮，笑得簡直就同快要喘不過氣般。她的鼻形圓潤，鼻樑高挺，纖薄的下唇比起上唇略微突出一些。說起來，她也算不上是個美人，不過卻相當地可愛。至於工作方面的表現嘛……，說真的，她似乎並不是挺用心，摩擦的技術也糟糕得很。可是，不論如何，她就是朝氣蓬勃地可愛到不行，因此，其受歡迎的程度，也絲毫不遜於「竹子小姐」。

3

您知道嗎？就算僅是從取綽號這樣的小事，也得以看出男人是多麼可笑的生物。對於那些自己不喜歡的女人，就隨意地爲她們冠上諸如「霍亂」、「再見小姐」等等之類將人當成傻瓜般的綽號；然而，對於自己有好感的女性，卻亦想不出什麼好稱呼，到頭來實在沒辦法，便只好用「竹子小姐」、「小正兒」這類極其平凡的稱號來喚叫對方。哎呀呀，今天的我還真是不對勁呢！盡說些關於女人的話題。不過，您可知道，爲何我今天都不講些別的嗎？我想，主要還是因爲「小正兒」昨日所說的那句話：

「『筆頭菜』曾經說過，這是鈴蟲在鳴叫呢！」

或許，我是爲那句惹人憐愛的話所陶醉，而至今尙未清醒過來吧？

雖然平時總是那樣地縱情大笑，但或許，真實內在的「小正兒」，其實是個比任何人都還要來得容易感到寂寞的女孩也說不定呢！經常開懷笑語的人，會不會同時也是最經常暗自飲泣的人呢？唉，不知道爲什麼，只要一寫到「小正兒」的事，我的心情就會變得有些奇怪。話說回來，我可以感覺得出，「小正兒」大概是有什麼話想向「筆頭菜」，也就是西脇先生表白，卻無法如願以償，所以才會說出昨天那樣的話。這封信是我於草草吃過午飯後，匆匆忙忙地寫下的；就在我寫信的當下，隔壁的「天鵝之房」傳來了學員們的笑鬧歡語，而夾雜於學員們的聲音其間的，正是「小正兒」那高亢而誇張的笑聲。看樣子，那邊大概又發生了什麼騷亂了吧？真不像話，他們是白痴嗎？不知怎麼來著，今天，我的心情確實有些不太尋常，明明還有很多林林總總的事想寫，卻由於太過在意隔壁的笑語，而顯得完全力不從心。罷了，就暫且休息一下吧！

……好不容易，隔壁的騷動似乎漸漸地平復下來了，於是，我再次提筆，繼續寫起這封信。說起來，「小正兒」還真是個叫人費解的女孩子呢！不，也並非特指「小正兒」；事實上，一般十七、八歲的女孩子，大抵也都同她一個模樣，不管是人品好還是壞的，我都全然摸不透她們的性情。每次遇到她的時候，我總覺得自己彷彿就像是第一次翻開西洋書籍，閱讀著上頭滿滿的橫式文字的杉田玄白那般，陷入了「就像是乘著無舵之船，於大海中揚帆前行。舉目所見，盡是汪洋一片，不知該趨向何處，只得在驚駭與迷惘之中，隨波逐流」的境地之中。雖然，這樣形容或許有點太過誇大其辭，但不管怎麼說，她身上所潛藏著的神祕未知確實讓我感到有些畏怯。啊，我的注意力又被牽引走了；現在的我，因爲她的笑聲，不得不再次中斷這封信的書寫。我丟下鋼筆，整個人躺臥於床上，卻無論如何，始終無法沉住氣。感覺此刻的自己心焦如焚，猶若置身於難能忍受的煎熬之中。於是，我一邊翻來覆去，一邊對起隔壁床的松右衛門先生說道：

「『小正兒』實在很吵耶！」

我帶著溢乎言表的不滿，說出了這句話。不過，松右衛門先生卻只是泰然自若地，盤腿坐於隔壁的床上；他一邊以牙籤剔著牙，一邊嗯地點了點頭，隨後，他拿起毛巾，慢條斯理地擦拭著自己的鼻頭，並對我說：

「這孩子的母親一定不好。」

（爲什麼每件事情都是母親的緣故啊……？）我不禁在心裡這樣問著。

不過，或許「小正兒」真的是被壞心腸的繼母給養大的孩子也說不定呢！雖然這時的她，依舊充滿活力地不停喧鬧著，但於我心中的某處，卻忽然觸及到一個孤寂的身影。究竟是爲什麼呢？總覺得今天的我，似乎對

「小正兒」特別地有好感。

「『筆頭菜』曾經說過，這是鈴蟲在鳴叫呢！」

大概從她說了那句話後開始，我便開始有些不對勁了。

爲了女人這般不登殿堂的無謂之事漫扯了如此之多，煩擾之處還請您見諒！

九月七日

生死

1

昨天寫了那麼一封奇怪的信給您，實在是非常抱歉！隨著季節的更迭，觸目所即的景物亦顯得全然煥然一新；那些曾被當作是愛戀，說什麼喜歡又多喜歡的東西，到最後，亦不過僅是於心底處，落得一場小小的騷動罷了。什麼嘛！這算哪門子的喜歡？一定全是那該死的初秋節候作祟之故。這段期間，我的心一股腦地浮躁了起來，整個人就同隻雲雀般，吱吱喳喳地囂噪不休。倒是早先那分對於自我的嫌惡，以及反覆煎熬著我的強烈悔恨感，業已再無感受到。

剛開始時，我還爲這種憎惡感的消失感到不可思議；但是，再仔細想想，這其實也沒什麼好詫異的，畢竟，我應該已經蛻變成另一個截然不同的男人了，不是嗎?此刻的我，已經成爲了一個嶄新的男人；拋卻離過去的那分自我嫌惡與悔恨心緒，對現在的我而言，無疑是最大的喜悅。我想，這應該可說是件可喜可賀的好事吧！現在的我，擁有著身爲嶄新之人所該具備的爽朗自信。於暫居於道場的接下來這六個月中，我打算什麼都不去想，僅以一個高貴的「人」的身分，好好地享受一下於質樸的環境中生活與嬉戲的資格——就像歌聲千迴百轉的雲雀及清澈流水般，只是透明而輕快地活著！

在昨天的信裡，我如個傻瓜般，不停地誇獎「小正兒」。不過，現在我想稍微收回一些昨天的讚美。事實上，今天發生了一件奇妙的事；爲了填補前一封信中的不足，我想及早將這整件事情的經過向您報告一下。既然我是歌聲千迴百轉的雲雀，也是清澈的流水，那麼，看了信之後的您，可千萬別笑我是個輕浮的人喔！

早上的摩擦時間，輪到許久未替我服務的「小正兒」爲我摩擦身體。「小正兒」的摩擦技巧極差，而且還十分馬虎。如果對象是「筆頭菜」先生的話，或許她會刷得相當仔細也說不定；可是，遇上了我，她便是一貫地手腳粗笨外加十足不親切。像我這樣的人，看在「小正兒」的眼裡，大概只不過同顆路邊的小石子罷了吧？唉，反正事實便是如此，我也無法可想。但是，對我而言，「小正兒」絕對不只是顆小石子而已；所以，每次當她爲我摩擦身體時，我總是感到幾近窒息，整個身體變得無比僵硬，連一句輕鬆的笑話也說不出口。我想試著開點玩笑，但聲音卻若梗在喉嚨裡般發不出來，即便再怎麼努力，也無法順暢流利地說話。結果，到頭來，我徒能沉默著一言不語，看來顯得很不開心似地；而我這樣的態度，亦讓「小正兒」跟著陷入了困窘之中，因此，當她在幫我摩擦身體的時候，不僅臉上不掛一絲笑容，便連話也不會多說上半句。今天早上的摩擦時間也是如此，窘得讓人難受。

特別是於她說了那句「『筆頭菜』曾經說過，這是鈴蟲在鳴叫呢！」之後，每當分配擦身人員時，我的心情便不自覺地緊張起來。這是在我於給您的信上寫了自己「好喜歡、好喜歡「小正兒」」後所發生的事。簡單地說，就是一種再怎麼做都無法實現，笨拙不堪的心情。不過今天，當「小正兒」在幫我刷背的時候，她竟忽然輕輕地對我說：

「『小雲雀』，你人最好了！」

我並不覺得高興；我了解無論我如何去回應都是無濟於事的。就像取綽號一樣，從她口中能說出這樣奉承的話，正足以證明「小正兒」對我只是虛應故事而已。如果她真認爲我「爲人最好」的話，便不可能如此明明白白、毫不羞澀地將這句話脫口而出；這種細微的人性心理，我還不至於看不清楚。於是，我沉默著，一語不發。這時，「小正兒」又再度小聲地開口說道：

「我，有煩惱。」

聽到這句話，我不禁大吃一驚。什麼嘛，到底是什麼糟糕透頂的事情，需要用這種方式說話?真是令人煩厭。此刻，我的腦海中又浮映出了那句「是鈴蟲在叫」的話，但方下思嚼起來，卻全是負面的感受。我忽然開始懷疑，她該不會是智能不足吧？雖然，從過去，我便一直覺得她的笑聲有些白痴愚蠢；而見她現在這個樣子，使我更不禁要懷疑，難道她真的是個貨真價實的白痴嗎？我一邊於心中這般想著，一邊於表面上佯裝出一副漫不經心的模樣。我以斷斷續續的語氣裝傻充楞地問道：

「哦，那是怎樣的煩惱呢？」

2

「小正兒」並沒有回答，只是微微地擤了一下鼻子。我側著頭，偷偷一看；不得了，她竟然哭起來了！我這下是真的完全傻眼了。記得我昨天於書信裡曾向您說過的嗎？「經常開懷笑語的人，會不會同時也是最經常暗自飲泣的人呢？」沒想到，這句荒誕無稽的漫言，竟於我的眼前，如此輕易地化作了真實；這讓我一下子完全失了魂，感覺自己簡直是愚蠢透頂。

「我看，是因爲『筆頭菜』退院的緣故吧！」我以略帶嘲諷的口吻說著。其實，最近在道場裡，關於這件事的流言傳得風風雨雨；大家都說，「筆頭菜」不知是因太太發生了什麼事情，因此不得不轉往故鄉北海道附近的醫院進行療養。這方面的傳聞，自然也傳進了我的耳中。

「別把人當傻瓜！」

聽了我的話，她倏地站起身來，也不管摩擦工作還沒有完畢，便一把抱起臉盆，快步地走出房間。望著她離去的背影，我忽然有種想向她表白一切的衝動，心中不由得蕩動不已。難道說，她是因爲我的事情而苦惱嗎？就算我再怎麼地自我陶醉，也不敢有這樣的想法。只是，平時一向朝氣蓬勃的「小正兒」，這回竟別有意味地在男孩子面前哭泣，隨後又在盛怒之下，倏然起身掉頭離去；或許，於她身上，真發生了什麼重大的事情也未可知。搞不好真的是……，哎，無論怎樣，自己那分自我陶醉的情緒總不免會冒出頭來作祟一下；連帶地，剛才那番對她的輕蔑之想，也隨之不覺地被拋往九霄雲外了。（「小正兒」真的好可愛啊！）我一邊胡思亂想，一邊有股衝動，想要「哇」地大叫出聲，然後跳到床上，伸直雙手於空中用力揮舞。話雖如此，但後來，其實什麼事情也沒發生。實際上，我之後很快便明白了「小正兒」落淚的真正原因——就在我沉浸於妄想之時，正在替隔壁床的「越後獅子」摩擦身體的「金魚妹」若無其事地告訴我說：

「那傢伙挨罵了喲！因爲行爲有點太過放縱了，所以昨天晚上被『竹子小姐』給唸了幾句呢！」

「竹子小姐」是助手中的組長，當然有斥責組員的權力。這下子，所有的事情全都明朗了；我總算徹徹底底地搞清楚了，原來根本不是什麼「重大的事情」嘛！她在搞什麼啊？只不過是被組長罵了幾句，竟擺出一副事態嚴重的樣子，哭哭啼啼地說自己「很煩惱」，這也太不像話了吧！另一方面，其實，我自己也覺得很羞愧。我那可悲的自我陶醉，全都被「金魚妹」跟「越後獅子」給識破了；我幾乎可以感覺得到，他們心底的那分悲憫似的譏笑。就算我已經蛻變成了全新的男人，但面對這樣的情況，我也僅能乖乖地閉上嘴而已。現在，我對一切的事情，都已經清楚看透了；我打算，今後，要把「小正兒」的事情，全都忘得一乾二淨。新男人要懂得死心斷念才行；那種不成熟的感情，新男人根本不需要。我打算從今以後，對「小正兒」來個徹底的不理不睬。那傢伙簡直就像貓一樣，真的是個有夠無聊的女人。啊哈哈哈哈！我在心底獨自大笑了起來。

正午時分，「竹子小姐」端來了飯菜。平時，當她將飯菜置於床鋪旁的小桌後，總會馬上離開，不過今天，她卻停下了步伐，踮起腳尖，眺望起窗外的景象。她走了兩、三步朝窗邊靠去，並將雙手放於窗框上，背對著我默默佇立著；見她的模樣，似乎是在看著院子裡的池塘。我自床上坐直了身，隨即開始吃起飯來。身爲新男人，即使覺得菜色不好，也絕對不得說出挑剔的話語。今日的菜肴是沙丁魚串和燉南瓜。沙丁魚串必須要從頭部開始一點一點地吃起，仔細地嚼、仔細地嚼，無論如何，非得吸收得其全部的養分不可。

「『小雲雀』。」一陣幾乎道不上爲話語，僅如若息吐般的輕柔聲響傳入了我的耳中；我仰起頭，發現「竹子小姐」已不知於何時轉過了身，她將雙手放在身後，斜倚於窗前面對著我。接著，她露出了那無懈可擊的笑容，同樣以猶如呼吸般，極其細微的聲音向我問道：

「『小正兒』哭了嗎？」

3

「嗯。」我以稀鬆平常的語調回應著。「她說，她有煩惱。」說完，我又繼續地仔細、仔細地嚼起了沙丁魚；爲了提供身體製造新鮮的血液，這是必要的。

「真是討厭！」「竹子小姐」皺起眉頭，輕輕地說著。

「我完全不知道發生了什麼事。」新男人應當個性爽直，對女人的糾纏不感興趣。

「其實也沒什麼，我只是覺得十分焦慮罷了。」

說完了這句話後，「竹子小姐」的嘴角揚起了一抹恬靜的笑容，臉頰也隨之泛起了紅暈。

看見她的模樣，我感到有些慌亂，一口飯連嚼都忘了嚼，便直接囫圇地吞進了肚裡。

「你還真能吃呢！」她壓低了聲音，很快地丟下了這句話，隨後便從我的面前走過，離開了房間。

我的嘴巴仍然在無意識地咀嚼著。這是怎麼一回事呀？一點小事就大驚小怪的，這也未免太過頭了吧！也不知為什麼，當時的我對此事相當在意，且非常地不開心。妳不是組長嗎？因為罵人而感到焦慮，天底下哪有這樣的事啊？總之，「竹子小姐」的態度，讓我打從心底地感到不快；我認為，她應該更加振作一點才是。然而，當我盛了第三碗飯後，這下面紅耳赤的人卻換作了我——原因是，當我盛完飯後，我發現於小飯桶裡，竟然還剩下了許多飯。平常時，我只要鬆鬆地盛上三碗，飯桶內應該就空了；然而，今天，當我盛了三碗飯後，小飯桶的底部，竟然還剩下了足足一碗有餘的分量。面對這種情況，我不知自己該說什麼才好。我不喜歡人家用這種形式的親切來對待我；這樣的親切，對我來說完全不會有好吃的感覺。不好吃的飯，既不能化作血，也不能化為肉，它什麼都沒辦法變成，純粹就只是白白浪費掉而已。對於「竹子小姐」這樣的「親切」，若套用「越後獅子」的說話模式來形容，那就是「『竹子小姐』的母親，一定是個思想相當陳舊的人吧！」

我一向都只鬆鬆地盛上三碗飯，因此，這承蒙關照而多出來的一碗份，就這樣被我留在了桶子裡。

不久之後，當「竹子小姐」帶著一副若無其事的澄然表情前來收拾碗筷時，我輕輕地對她說：

「我的飯還有剩喲！」

「竹子小姐」看也不看我一眼，只是逕自地打開飯桶的蓋子，往裡頭望了望。

「真是討厭的小孩！」

她以一種微弱到讓我幾乎快聽不見的聲音說著。其後，她端起了碗盤，帶著同樣若無其事的澄然表情，走出了房間。

「真是討厭」是「竹子小姐」的口頭禪，照道理說應該不會有什麼特別的意義才對；不過，聽到女人說我「真是討厭」，我還是覺得相當不開心——不，老實講，我對於自己被人這樣地批評，其實感到非常地痛惡。要是換作爲以前的我，恐怕早已直接朝著「竹子小姐」的臉，一巴掌地打下去了吧！爲什麼說我是討厭的人呢？真正討厭的人，不正是妳自己嗎？我曾聽說，從前的女傭在爲自己喜歡的學徒盛飯時，常會偷偷地將碗裡的飯給壓實一些；這是多麼無知且令人嫌惡，又是多麼可悲的愛情啊！這麼傻是不行的啊！我以自己身爲一名新男人而自豪；對我來說，吃飯這種事情，就算是飯量不夠，只要擁有開朗的心情，好好地細嚼慢嚥，也一定能夠攝取到足夠的營養的。我想，「竹子小姐」是個很努力的人；但是，身爲女人的她，在某些方面果然還是完全不行。正因爲，她平常總是帶著冰冷的態度，將每件事情俐落地做到最好，所以，當她表演出這種傻事時，就顯得更加引人注目，也更加讓人感到反感；這不能不說是件遺憾的事情。在這方面，「竹子小姐」還得更努力才行哪！如果換作是「小正兒」的話，就算表現得再怎樣失敗，也會反過來讓人覺得可愛，對她更添幾分憐惜之情吧？像「竹子小姐」如此精明能幹的女孩做了這樣的蠢事，只會讓人覺得困擾而已。這一大段的文字，是我利用午餐後的休息時間所寫下的。正當我走筆至此的時候，忽然，自走廊的擴音器中，傳出了一道指令：「新館的所有學員，請立刻至新館陽台集合。」

4

於是，我收拾好信紙，前往位於二樓的陽台。昨天深夜，一名住於舊館，名叫鳴澤糸子的年輕女學員死了；現在，她將默默地退出道場，所以，院方希望，大家都能前來送她最後一程。新館的男學員共二十三人，加之以住於新館別館的女學員共六人，所有人神色凝重地於陽台上排成了四列橫隊，等待著棺木的到來。過一會兒後，鳴澤那覆蓋著白布的棺木，將在秋陽美麗的光芒沐浴下，由親人護送著，自舊館走出；它穿過松林間狹窄的坡徑，緩緩地沿著縣道的柏油路面，一步步地往山下行去。一位應該是鳴澤的母親的人，亦步亦趨地跟隨著棺木前進；只見她一邊哭泣，一邊還不時地拿起手帕擦拭著眼淚。在這整段路程中，身穿白衣的指導員和助手一行人，也都一直低垂著頭，尾隨於送葬隊伍的後方。

我想，這其實算是好事一件吧！人必須依靠死亡，才能使得整個生命歷程變得完整；活著的時候，一切都只不過是個未完成式罷了。昆蟲與鳥禽們活著時，活躍地展現了生命的完美，可是死了以後，也不過就是一具屍骸罷了；跟完成或未完成沒有任何關係，牠們最終的歸宿就只有虛無。與此相較起來，人類的生命歷程，則是完全相反的一條道途；人只有在死亡之後，才能成爲完整的「人」，這個看似矛盾的命題，我認爲似乎是能夠成立的。在鳴澤小姐與疾病奮戰至死，然後覆上美麗潔淨的白布，於高聳的松林間忽明忽隱地沿著坡道緩緩而去的此刻，她那年輕的魂魄，就是最嚴肅、最明確，也最勝於雄辯的事實。從今以後，我絕對不會忘記鳴澤小姐。我對著那發光的白布，誠摯地合十祝禱。

不過，您可千萬別誤解了。我之所以說，覺得「死亡是好事一件」，絕對不是因爲把人命看作是可以任意輕賤對待的事物，當然也不是在無病呻吟地賣弄感性，在那邊以「死亡的讚美者」自居。只是，由於我總是隔著極其微渺的界線，與死亡比鄰而居，因此，對於死亡，我早已不再倉皇失措。關於這一點，還請您千萬不要忘記。

覽信至此，您想必會覺得，現在日本國內的氛圍，正是一片悲憤、反省、憂鬱之時；然我身邊所吸吐的氣息，卻是此般地悠閒而明亮，一點肅然的味道都沒有。話雖如此，但我必須要說，這也是勉強不得的事情哪！不過，我也並非那種毫無感知，終日嘻笑度日的傻瓜，那是當然的！每晚，當我聽完了林林總總的新聞報導，默默地蓋上毛毯，準備入眠，同樣會有輾轉反側的時候。可是，有關這些於夜裡所領悟到的事情，現在的我尚沒有做好心理準備，得以全部告知予您；畢竟，我是一個結核病患者。今晚，我又突然喀血了。或許，我不過是個即將步上鳴澤小姐後塵的人而已；至於我的笑容，亦不過僅是那顆落於「潘朵拉之盒」一隅滾動著的小石子所散發出的微光罷了。對於一名與死亡比鄰而居的人而言，一朵微笑盛開的花朵所帶來的感觸，遠比生死問題還來得深刻許多。現在的我，恍如於幽微花香的引領下，登上了一艘未知的大船，我委身於其間，沿著天際的那道海潮，筆直地漂流前行。這艘所謂的天意之船，究竟將航向哪一個島嶼呢？關於這點，我也一無所知。然而，無論如何，我都必須相信這次的出航。至於生，或者是死，於我的感覺中，那並不是決定人生幸與不幸的關鍵。當我踏上這艘船的時候，我便已清楚地體悟到了這點。當死者變得完整之際，生者唯須站於遠颺的船隻甲板上，雙手合十地默默祝禱。船，漸漸地駛離岸口。

「死亡是好事一件。」

這，不就像是一名面對挑戰駕輕就熟、從容不迫的航海者所會說的話嗎？新男人，是絕對不會爲生死而感傷的。

九月八日

小正兒

1

這麼快就接獲您的回音，令人好生感動！於是，我帶著思念的心緒，立刻拜讀了您的回信。在上回給您寫的信當中，我提到了「死亡是好事一件」這麼一句容易招人誤解的危險言詞；不過，您卻完全沒有將事情給想岔，相反地，您似乎正確地理解了我的感受，這實在是讓我覺得相當高興！果然，時代的差距仍是存在的；像這般平靜面對死亡的心情，若換作是上一個世代的人來看待的話，想必應如何也無法正確理解吧？

「現在的年輕人，無論是誰，都是從與死亡比鄰而居的日子中一路走來的，未必僅限於結核患者。我們的生命早已獻給了某人，不再是我們自己的東西；因此，我們也可以毫不猶豫地，輕鬆委身於所謂的天意之船。這是在全新的紀元裡，勇氣所呈現的嶄新形式。所謂的船隻，一板之隔即地獄，此乃自古便已註定之事；但是，相當不可思議地，我們對此卻一點都不在意。」您信上所寫的這些話，倒是和我的認知不謀而合。還記得於閱讀過您給我寫的第一封信後，我曾冒出「老古板」這樣不禮貌的感想；關於這件事，於此，我非得向您致上最深的歉意不可。我絕對不是那種輕慢生命的人；然而，面對死亡，我們究竟是該徒然感傷而消沉，還是該毫無畏懼地勇敢向前？事實證明，當我目送著鳴澤糸子那覆著白布、閃動著美麗光芒的棺木離去後，「小正兒」和「竹子小姐」之類的事情，皆已全然被我拋諸腦後；現在的我，躺於床上，心境一如此夕的秋空，廣闊而清澈。走廊上，仍不時傳來學員與助手們那千篇一律的招呼聲：

「有努力嗎？」

「有啊！」

「加油！」

「沒問題！」

就如平常一般，在這樣的交互應答中，聽不到半分調侃，唯是清晰可聞的認真意態；那些率直地謹飭喊叫著的學員，亦倒過來給我一種十分健康的感覺。說句有點裝模作樣的話，鳴澤糸子離去的那一整天，整座道場似乎都籠罩在一種神聖的氛圍之中；我因此而深信，死亡絕不會讓人委靡不振。

對於那些完全無法理解我的思考，將我這樣的想法當作是幼稚逞強，抑或視我爲自暴自棄的絕望之徒的舊時代者，我實在是感到頗爲遺憾。話說回來，能夠兼顧舊、新兩個時代的情感，而明辨事理的人，實是相當稀少吧？的確，我們的生命輕如鴻毛，但，這並不意味著我們就應輕賤生命；相反地，正因爲生命輕如鴻毛，所以我們更應好好珍惜，如此，我們才能藉著生命的羽翼，早日飛向更加遙遠的地方。

真的，不管是愛國思想也好、戰爭責任也好，當大人們正在理所當然地議論紛紛、大放厥辭之際，此刻的我們，應當將他們拋於一旁，並遵循著偉人直接闡述過的話語，積極地準備揚帆出航。新日本的特徵，應當於這樣的地方表露無遺。

從鳴澤糸子的死，我竟發展出了如此完全出乎意料的「理論」。但是，我並沒有因這樣的「理論」而感到自鳴得意。新男人原當默默委身於新造的大船，然後將船上不可思議的快樂生活告訴大家，這才是最高興的事。那麼，就請您再繼續聽聽，一則關於女人的故事吧！

2

您於信中，似乎極力地在爲「竹子小姐」辯護對吧？如果您真的那麼喜歡她的話，直接寫信給她也是無妨的。不，與其寫信，倒不如……嗯，跟她見個面如何？過幾天，您不妨抽個空來探視探視我，這樣的話，不只可以見到「竹子小姐」，還可以順便至我們的道場逛逛，感覺起來倒是個不錯的行程。可是，我必須要提醒您，如果您見到她，或許會感到幻滅也說不定喔！爲什麼？因爲，不管再怎麼說，「竹子小姐」總是個「魁梧」的女孩，論起腕力，搞不好她比您還強上好幾倍呢！依照您信上的說法，您認爲「小正兒」哭泣一事，算不上什麼問題，不過，「竹子小姐」那句「我很焦慮」，卻是相當嚴重之事。關於您的這番論調，我倒也曾經想過；就如同「小正兒」跑來跟我說她有煩惱然後哭泣這件事一樣，「我很焦慮」這句話，不正也是「竹子小姐」在我面前吐露真心的證據嗎？只是，這實在是太過自我陶醉的想法，所以我連想都不敢想。「竹子小姐」是個身材高大，半點女性魅力都沒有的女孩，平常又一直被工作追著跑，不管怎麼說，都不像是那種會有時間去考慮其他事情的人。身爲助手們的組長，她總是嚴整地挑起重責大任，然後勤奮地將所有的工作做好。她就只是這樣的一個人而已。在事情發生的前一天，「竹子小姐」斥責了「小正兒」；後來，她透過其他的助手得知，「小正兒」的情緒因此消沉，甚至還哭了。於是，她自覺自己的責罵方式或許過於嚴厲，故此而有所擔憂，所以，她才會在我面前說出「我很焦慮」這樣的話。當然，於那種場合講出這般的話，是顯得十分說不過去；但，這應該算是最爲健康的推論了。難道不是嗎？女孩們無論如何，總還是會以自身的立場爲優先考量的。像我這種新男人，面對女性的時候，是絕不會陷入自我陶醉當中的。我再強調一次，「竹子小姐」對我，絕對沒有所謂的「喜歡」這回事，就連一絲類似的情感也沒有。

的確，當「竹子小姐」說出「我很焦慮」這話之時，她的臉確實是紅了；不過，那是因爲她的焦慮是源自於對「小正兒」的訓斥，因此，當她忽然說出這句話的時候，難免是會讓人覺得另有弦外之音的。她猛然察覺到了這一點，並由是感到有些驚慌失措，故而紅了臉，如此而已，再不會有其他原因——說起來，這還真是個無聊的理由哪！

除此之外，那日，先是「小正兒」到我這兒來哭泣，再有「竹子小姐」的焦慮，以及爲我的多添菜飯等，要解釋於這一天當中所發生的這一連串不尋常的事，還有一件重大的事實非得列入考慮不可，那便是鳴澤糸子的死。

鳴澤小姐的死去，正好爲事件發生的前一晚之事；從這點看來，喜歡誇張大笑的「小正兒」挨罵是可以理解的。助手們與鳴澤小姐相同，都是年輕的女孩子，因此，鳴澤小姐之死所帶給她們的情感衝擊也勢必格外強烈吧？而且，女人似乎極容易陷溺於陳腐的感情桎梏之中。正因爲孤寂、迷惘，故而才會表現出諸如「多添一碗飯」之類的善意。很奇怪的心緒吧？總而言之，那一天，大家都不太對勁，簡直就像是被鳴澤糸子的死給猛烈糾結在了一起似的。因此，不管是「小正兒」也好，「竹子小姐」也罷，根本是不可能對我抱持著什麼特殊情意的，這簡直是開玩笑。

如何？我這樣說，您明白了嗎？即使這樣，您還是喜歡「竹子小姐」嗎？那麼，就請您來我們的道場走訪一遭，實際拜會一下這些人、事、物吧！只是，我還是覺得，比起「竹子小姐」，「小正兒」倒還更有一分清新可人的氣息——當然，這僅是我個人的主觀看法而已。我知道，您似乎很討厭「小正兒」；但是，試著改變一下想法如何？畢竟，「小正兒」也確實有她好的地方存在。事實上，前天的時候，「小正兒」於我的面前，展現出了她本質中相當美好的一面。既然我說過要改變您對她的想法，那麼今天，就讓我藉這個機會，將這件事情的始末好好地向您說明一番；我相信，您聽完了之後，必會也開始變得喜歡「小正兒」才對。

3

前天，跟我同病房的西脇——也就是「筆頭菜」先生，不知是太太出了什麼事情，所以必須離開道場。那天似乎正好也是「小正兒」的公休日，因此，她與筆頭菜約好，要一路送他至E市。聽聞這個消息後，大約從那之前的幾天開始，學員們便開始半開玩笑半強迫地，要求「小正兒」帶些伴手禮回來。「小正兒」像是對此頗有經驗似地，毫不遲疑地便通通應允了。前天一大早，便見她穿著一條用久留米花布做成的青底白花工作褲，興沖沖地跟於「筆頭菜」的後頭出了療養所；然後，到了大約下午三點左右，當我們正開始做伸展運動之時，「小正兒」帶著一臉笑容回來了；見她的模樣，一點也不像是剛同愛慕者分離的樣子。她在房間與房間當中來回穿梭，一一將約定好的伴手禮分送給學員們。

於這個人手不足的時代裡，很多好人家的女孩也必須要外出工作；「小正兒」應該便屬這其中之一。她總是帶著幾分玩樂的心態工作著，加之以荷包滿滿之故，爲人總是十分地慷慨大方，這似乎也是她備受學員們歡迎的另一個主因。說實話，在這樣的時候能收到伴手禮，還真是件相當奢侈的事；「小正兒」這次所帶回的伴手禮，是面大小約一、兩寸的玩具鏡子，於鏡子的背面，還貼有電影女星的照片。不知她是自什麼地方、於什麼情況下入手的？在從前，這種東西都是那種賣糖果餅乾的小雜貨店所贈送的紀念品；雖然在當時都是免費的贈品，不過現在若要買到這些東西，想必絕對不便宜吧？「小正兒」大概是恰巧找到了哪家小雜貨店或玩具店的存貨，因而才能像這樣一次買個好幾十面回來吧！總之，這還真是標準的充滿了「『小正兒』式思維」的伴手禮。學員們對於鏡子背面的電影女星照片似乎特別鍾愛，甚而還因此引發了一陣很大的騷動。在這當中，「卡波雷」也向「小正兒」要了一面；至於我嘛，向來就不喜歡接受女孩子的餽贈，再加上一開始也沒有強要她帶伴手禮回來，所以，若是自己也和大家一樣接受她的恩惠，拿面玩具鏡子回來，那豈不是太無聊了嗎？就在我這樣想著的時候，「小正兒」走進了我們的房間，並親手將一面鏡子交給了「卡波雷」。

「『卡波雷』認識這位女明星嗎？」

「不認識，不過是個美女呢！這麼一說，倒覺得她長得和「小正兒」有點相像呢！」

「哎呀，討厭！這是丹妮兒・達麗絲啦！」

「什麼呀，是美國人嗎？」

「不對，是法國人喲！她之前還曾到過東京呢！很受歡迎的喲！你不知道嗎？」

「不知道！管他法國人還是什麼人的，總之，我還給妳就對了！洋婆子有什麼好的，難道不能換成日本明星嗎？能夠換掉的話我才要。至於這個，我想，就留給旁邊的那個『小雲雀』去用吧！」

「你還真捨得呢！這可是特別要送給你的耶！至於『小雲雀』那傢伙，我才不給他呢！他心眼最壞了，我絕對不給他！」

「是嗎？那麼，這個什麼丹……丹妞的，我就不客氣地收下啦！」

「是丹妮兒，丹妮兒・達麗絲啦！」

一邊聆聽著他倆的談話，我笑也沒笑，繼續做著我的伸展運動；畢竟，他們的對話實在也不怎麼有趣。我就這麼惹「小正兒」討厭嗎？要說到被她喜歡，我當然不敢奢望；但沒想到她竟是如此憎惡、排斥我，這是我連做夢也料想不及的。人類就算身處於最深的谷底，亦還是會期盼於自己的腳下，尚有更深一層的底端存在；畢竟，歸根究柢，人類是不時沉醉於自己所造就的幻影當中的生物。我知道，現實是嚴酷的；可是，我究竟是哪裡不好，能惹得她這般嫌惡？我下定決心，這次定要向「小正兒」問個清楚。不過，沒料到的是，機會竟比我所預想的更早到來……

4

那天下午，四點剛過，療程來到了自由活動時間；我坐於床邊，心不在焉地眺望著窗外的景色。就在此時，換上白衣的「小正兒」忽然拿著洗好的衣物，走到了庭院當中。當下，我立刻不假思索地站了起來，將上身探出窗外。

「『小正兒』！」我輕輕地喚了她一聲。

「小正兒」回過頭，發現是我，不禁笑了笑。

「妳不給我伴手禮嗎？」我有若試探似地如此問著。

「小正兒」沒有立即回答，她流露出一副小心謹慎的模樣，迅速地轉動身子向四周張望著，像是在確定沒有其他人看見。

現在，正是道場中最為安靜的時刻，四下一片鴉雀無聲。「小正兒」僵硬地笑著，並將手輕輕地置於嘴巴旁，似乎是要說聲「啊」似地，將嘴張得大大的；接著，她噘起了嘴，把下顎用力地往前伸，然後，再把嘴巴打開至一半的大小，使勁地猛點頭，最後，她將嘴張開了三分之二，隨之又繼續地使勁點頭。在這過程中，她完全沒有發出任何聲音，完全是透過嘴形來向我傳達訊息。我立刻明白，她所說的是：

「等、我、一、下。」

雖然已經明白了她的意思，但我還是故意地用嘴形傳語反問著她：「等、我？」於是，她再一次一字一字清楚地用唇語對我講道：「等、我、一、下。」她同個小孩子般，一邊對我再三點頭，一邊以可愛的動作傳遞著訊息。她那遮於嘴邊的手掌，就像是在說著「祕密！祕密喲！」似地，正輕輕地擺動著。其後，她便緊緊地縮起了肩膀，踏著小碎步，笑著往別館的方向跑去了。

「等我一下，是嗎？船到橋頭自然直，對吧？」我一直於心中喃喃覆唸著「小正兒」方才所說的話，接著，整個人砰地一聲，跌到了床上。關於我當時心中的興奮之情，我想應該沒有必要於此多作說明；畢竟，聰明如您，應該能夠明瞭的才對。

然後，到了昨天晚上的摩擦時間，我從「小正兒」那裡，拿到了「等我一下」的伴手禮。事實上，自昨早開始，我便不時看見「小正兒」一副若有所思似地於廊上徘徊著；在她的圍裙底下，似乎藏著什麼東西。我想，於她裙下所藏著的，或許正是打算偷偷送給我的禮物吧！只是，我並不能大膽厚顏地直接靠近她，伸手向她討要禮物。畢竟，如果她反過來撂下一句「你要幹什麼？」那可就成了奇恥大辱了！所以，我唯能佯裝出一副什麼都不知道的表情。然而，那果然是要送給我的禮物沒錯。

昨晚七點半的摩擦時間，正好輪到已有一週未爲我服務的「小正兒」替我摩擦；只見「小正兒」左手抱著金屬臉盆，右手藏於圍裙之下，笑盈盈地走了過來。她於我的床邊蹲了下來。

「你還真是壞心眼呢！吶，這是你一直沒過來拿的東西。從早上開始，我就一直在走廊上等你，等了好幾遍呢！」

說著，她拉開床下的抽屜，迅速地將藏於圍裙下的東西塞進裡頭，然後便隨即將抽屜給緊緊關上，連一絲縫隙也沒有留下。

「不可以說哦！對誰都不可以說哦！」她對我如此叮嚀著。

我側躺於床，對她微微地點了點頭。當摩擦開始進行的時候，她對我說道：

「說真的，我好久都沒幫『小雲雀』你摩擦身體了呢！一直都沒有輪到班，想拿個禮物給你，都不知道該怎麼辦才好，還真是傷腦筋呢！」

我抬起手，於自己的脖子附近，做了個打結的動作。（是領帶嗎？）我以無聲的方式向她詢問著。

「不對喔！」她噘起了下唇，並壓低聲音笑著否定，「傻瓜！」

事實上，我真的是個傻瓜沒錯，我連套西裝都沒有，怎麼會想到領帶這種奇怪的禮物呢？關於這點，就連我自己都覺得相當不可思議。或許，是由於那小小的懷中鏡，令人下意識地聯想到領帶也說不定吧？

5

接下來，我用右手做了個寫字的動作，再次向她提出詢問。（是鋼筆嗎？）其實，我是個挺任性的人；大概是因爲目前手上的這枝鋼筆的狀況已經糟到不可收拾的地步，因此於潛意識裡，想要有枝新筆吧？所以在這時，便突如其來地將自己的潛在想法給比畫了出來。我打從心底，對自己的厚顏無恥感到無言。

「不對喔！」「小正兒」果然還是搖著頭，送出了否定的答案。這下子我真的技窮了，完全猜不出那會是怎樣的禮物。

「這禮物或許有點粗俗，不太適合送人也說不定；但，這可是店裡唯一剩下的一個了喲！雖然說，上頭的裝飾也算不得高雅，不過出院後倒是可以隨時帶在身上使用的。因爲『小雲雀』是紳士，所以一定要有一個這樣的東西才行喔！」

她越是這樣說，我越是覺得一頭霧水。難道說是拐杖嗎？

「總之，謝謝妳了！」我一邊翻過身，一邊對她說道。

「道什麼謝啊！你還真是個傻孩子呢！趕快好起來，然後從這裡消失吧！」

「謝謝妳的關照了。不如，就乾脆讓我死在這裡吧？」

「哎呀！不行喲！如果你真的這樣的話，會有人哭泣的喲！」

「喔？是誰呢？難道是『小正兒』妳嗎？」

「別那麼自以爲是！我又不是那種愛哭鬼。再說，我也沒有哭的理由的不是嗎？」

「我想也是。」

「不過，就算我不哭，但會爲『小雲雀』哭泣的，也還是大有人在呀！」「小正兒」露出了有些認真的神情，細細地思索了起來，隨後繼續說道：「三個人……不，至少會有四個人這樣做喔！」

「哭泣這種東西，一點意義都沒有。」

「誰說的？當然有意義啊！」她堅決地如此主張。接著，她將嘴巴貼近我的耳根處，壓低聲音地對我說著：

「『竹子小姐』？『金魚妹』？『洋蔥』？……還是『霍亂』？」

她彎著左手的指頭，一個人名接著一個地數著，說著說著，又不禁「哇喔！」地笑了起來。

「『霍亂』也會有哭泣的時候嗎？」聽到她的話，我也忍不住跟著笑了起來。

那天晚上的摩擦時間很快樂。我已經不再像先前那樣，以僵化的態度來看待「小正兒」了；總覺得，現在的我，對於所有的事情，似乎都已能用一種彷彿站於高處向下俯瞰般的冷靜、從容心態加以對待。所以，跟她自由談笑當然也不成問題了。換句話說，這或許是由於我將這半個月來，那種想要討女孩子歡心、壓得讓自己喘不過氣來的欲望，全部徹底捨卻之故。我深深地感覺到，就在此刻，自己的內心，已十分不可思議地變得無拘無束、悠遊自在了起來。喜歡也好，被喜歡也好，都如同五月的風沙沙吹過樹葉般，雲淡風輕。我不再作繭自縛。身爲新男人，我又往前躍進了一步。

當天晚上，於摩擦時間結束，進行報告播送的時候，我透過擴音機，聽到了美國進駐軍正漸漸地接近本地的消息。我一邊聽著，一邊將手探入抽屜，拿出「小正兒」所送的禮物，解開包裝。

　　那是個三寸大小，外表呈現四方狀的小包裹，裡面所包著的是個香菸匣。

「……出院後可以隨時帶在身上使用。因爲『小雲雀』是紳士，所以一定要有一個這樣的東西才行喔！」「小正兒」先前那些聽來完全不可解的話語，這下子全都一清二楚了。

　　我將香菸匣自包裹中取出，帶著驚喜的心情，反反覆覆地玩弄端看著；就在我看著它的時候，不知何地，一陣強烈的悲傷突然襲來，我整個人悶悶不樂了起來。我想，這應該不全是因爲聽了新聞報導的緣故……

6

　　那是一個以不鏽鋼製成，外表同蛋糕刀般鍍上了層類似鉻的金屬的銀色扁平小匣子。於它的蓋子上，布滿著宛若薔薇藤般的黑色細紋；蓋子的邊緣還被塗了一圈暗紅色如同琺瑯般的物質。如果沒有那圈琺瑯就好多了；正因爲有著這圈毫無必要的琺瑯裝飾，它才會一如「小正兒」所描述的，看起來「有點粗俗」，而且也「不高雅」。但，這可是「小正兒」好不容易買回來送我的，因此再怎麼說，都應該好好地珍惜才對。

　　不過，我雖然心懷感謝，但卻一點也不愉快。實在不該開口要東西的。我，真的一點都沒有高興的感覺。雖然說，從女孩子那裡拿到禮物，對我來說這還是頭一遭，但不知怎地，竟只覺得胸口悶得發慌，感覺自己根本不該收下這份禮物的——收下了它之後，殘留於心的，只有糟糕透頂的感覺。我將香菸匣藏入抽屜裡最深的角落，希望早一點將它忘掉。

關於香菸匣的事，就於此暫且打住。這一大段話雖然有點多餘累贅，但我不過是想透過闡述這整件事的來龍去脈，多少讓您明白一些「小正兒」的好。因此，才會鉅細靡遺地從始至末，對您作出如此一番完整的陳述。您看完之後，覺得如何呢？是否稍微改變了對「小正兒」的看法？又或者，您依然還是認爲「竹子小姐」比較好？關於這點，請務必讓我再聽聽您寶貴的想法。

今天，隔壁「天鵝之房」的「硬麵包」搬遷到了原屬於「筆頭菜」的那張床位。「硬麵包」的原名叫做須川五郎，今年二十六歲，據悉原本是名法律系學生，在道場裡似乎頗受歡迎。他有著一身淡黑色的肌膚、粗密的眉毛，以及一雙轉個不停、閃動著銳利目光的大眼；於他的鷹勾鼻上，始終戴著副圓形的粗框眼鏡。總之，無論怎麼看，都是個很難讓人產生好感的男人。儘管如此，於助手小姐們，他的出現，卻似乎總能掀起一陣巨大的騷動。看樣子，在男人眼中越是討人厭的傢伙，對女人來說反倒越爲趨之若鶩呢！「硬麵包」的出現，使得「櫻之房」原本的氣氛明顯地變得怪異了起來，特別是「卡波雷」，他似乎早先便已對「硬麵包」略懷敵意了。

於今日晚飯前的摩擦時間裡，助手們一如往常地爭先恐後湧向「硬麵包」，向他詢問著英文問題：

「吶，教教我啦！『我很抱歉』用英文怎麼說呢？」

「矮、杯葛、優兒、趴頓。（I beg your pardon.）」「硬麵包」頗爲裝腔作勢地回答著。

「好難記哦！沒有更簡單的說法嗎？」

「非離、說離。（very sorry.）」不管怎樣，他說起話來，就是一副裝模作樣的德行。

「那麼，」另一名助手問道，「『請多保重』該怎麼說？」

「鋪歷史、貼卡、歐夫、優兒謝夫。（please take care of yourself.）」把 take care 唸成「貼卡」，這種怪裡怪氣的語調，聽來實在叫人極度反感。

話雖如此，助手們卻也黑白不分，依舊欽佩不已地圍著他東問西問的。「卡波雷」對於「硬麵包」的英文能力似乎比我更爲不服氣，只聽他小聲地哼起他那一向引以爲傲的「都都逸」小調：

「將來是學者還是大官呀？好個書生兩袖清風……」

「卡波雷」有些神色焦躁地唱著，他刻意哼著語帶嘲諷的歌詞，擺出一副像是要積極牽制「硬麵包」的模樣。

不過，我倒是沒受到什麼影響，精神好得很；今天量體重時，發現自己還胖了將近一公斤半呢！願您也跟我一樣，一切平安順利。

九月十六日

關於衛生

1

最近我老是寫些女人的事情，對於同房諸位前輩們的狀況，卻反而疏於向您報告了；因此，今天，我想首先向您報告一則有關我們「櫻之房」學員的消息：昨天，「櫻之房」發生了吵架事件——「卡波雷」終於公然向「硬麵包」挑戰了。

導火線是因爲一罐梅乾。

關於這件事，說起來實在是有點複雜；簡單地說，「卡波雷」原本有個瀨戶燒（譯註：日本愛知縣產的著名瓷器。）的小罈子，裡面裝著一些梅乾，每當吃飯的時候，他就會從床鋪下的置物櫃裡將罈子拿出，然後夾著梅乾配飯吃。不過，就在某一天，當他一如往常地將罐子取出時，卻發現裡頭的梅乾竟已經開始發霉了。看到這種情況，「卡波雷」不禁猜想，這應該是容器的問題所致；他覺得，一定是小罈子的蓋子不夠密合，讓細菌潛入，方使得裡面的梅乾滋生黴菌。「卡波雷」是個相當愛乾淨的人，所以對此非常在意；也因此，他從很早以前開始，便一直想要找個更適合的容器來替代原本的小罈子。結果，昨天早餐時，隔床的「硬麵包」每次用餐必帶、用來裝辣韭的瓶子剛好空了；「卡波雷」恰巧瞥見了那個空瓶子，認爲那正是最適合拿來裝梅乾的容器。它不僅瓶口大，而且能夠蓋得十分緊密，應該不管是什麼樣的細菌，都跑不進瓶裡去的。而既然瓶子已經空了，那麼「硬麵包」理當會很爽快地答應借給他吧？雖然，要向「硬麵包」低頭，總覺得有些心不甘情不願，但，爲了防止細菌，無論如何，他都需要這個辣韭瓶；畢竟，不重視衛生可是不行的哪！抱持著這樣的想法，「卡波雷」於吃完飯後，戰戰兢兢地去向「硬麵包」央求，希望能向他借用那個空瓶。

聽了「卡波雷」的話後，「硬麵包」直盯著他的臉問道：

「這種東西，要它做什麼用？」

「硬麵包」的這種說話口吻，讓「卡波雷」的情緒不禁地激動了起來。之前，兩人間的關係原就是暗潮洶湧，烏雲著頂。「卡波雷」一向以健康道場第一美男子的身分自居，不過，最近這一陣子，隨著「硬麵包」的評價顯著高漲，「卡波雷」也跟著首當其衝，其於眾人心中的形象業已變得日益薄弱模糊了起來。

「這種東西？須川先生，用這樣的語氣說話好嗎？」「卡波雷」回應著，講話的口氣也變得有些不對勁。

「有什麼不好的？」「硬麵包」笑都不笑地說著。自他說話的語氣可以清楚地感覺出，這個人的的確確是個刻板又裝模作樣的男人。

「你還真能裝傻呢！」「卡波雷」像是在壓抑著怒氣似地，臉色僵硬地勉強笑著說：「難道說，我是在跟你借豬尾巴嗎？『這種東西？』說得那麼不屑，你是把我當成什麼了啊？」說著說著，他口中所吐出的話也變得愈來愈怪異了。

「我從來就沒有說什麼豬尾巴的事。」

「你還真是搞不清楚狀況的人哪！」「卡波雷」的講話態度變得更加激烈，「如果這位先生您說的不是什麼豬尾巴，那麼您幹嘛不直接跟我說，『抱歉，我沒辦法把瓶子借給您。』這樣難道不行嗎？別把人當傻瓜！大學生也好、泥水匠也好，不同樣都是日本國的臣民嗎？然而，你竟把我當作豬尾巴一般地看待！我告訴你，若說我是豬尾巴的話，那麼先生您就是蜥蜴尾巴啦！要是一視同仁的話，就是這樣子啦！對，我是沒學問，不過至少我還懂得注重衛生。人如果不懂得衛生，豈不是跟畜生一樣嗎？」

什麼跟什麼啊？講到最後，根本已經變成了一長串沒頭沒腦的口舌爭辯了！

2

面對「卡波雷」的夾纏不休，「硬麵包」乾脆來個相應不理；他將雙臂交叉枕於腦後，仰面朝天地躺於鋪上，擺出一副十足瀟灑豁達男子漢的模樣。相對地，「卡波雷」則是盤腿坐在床上，身體正左右前後地搖晃著；只見他一下子捲起袖子，一下子又用拳頭砰砰地敲打著自己的膝蓋，頻頻露出焦躁不安的神情：

「欸！喂！那邊的大學生，你有沒有在聽啊！你該不會是想用柔道來對付我吧？聽說大學生經常會來這一招，我好害怕喔！不過，很抱歉，在你面前的這傢伙可是不吃這套的啦！把話給說個清楚明白怎樣？這個道場，既不是柔道道場，也不是修練美男子課程的所在。『清盛』場長不久前在演講中不也是這麼說的嗎？『各位都是選手，是將結核病一定可以痊癒的證據展現於日本全國國民面前的選手啊！』場長接著還說，他『由衷地希望大家善自珍重』呢！那時候，我的眼淚簡直都要流出來了。男子漢見義勇爲，說的就是這樣的道理吧！嚴格講起來，勇，還可以分成大勇和小勇。因此，對一個人來說，這智、仁、勇三者才是最重要的；至於討不討女人歡心，那絕對不是問題所在。」「卡波雷」所講出來的，全是些漫無著地、支離破碎的言語；然而，他對此似乎毫不在意，只見他臉色鐵青，說話的聲音也愈形激昂：

「所以，所以呀！重視衛生，可說是再理所當然不過的事了啊！平常我們所謂的衛生，就是小心火燭；所以，我在這裡想說的就是：這實在是非常無禮！將一個人與豬尾巴相提並論，這絕對是件萬不應該的事情……」

「夠了，夠了。」

就在這個時候，「越後獅子」終於出面打圓場了。於之前兩人爭執的過程中，「越後獅子」一直靜靜地躺於床上；不過這時，只見他驀地翻身下床，來到「卡波雷」的背後，輕拍著他的肩膀，並以帶著點威嚴的語氣對他說道：「夠了，可以停了。」

「卡波雷」迅速地轉過身，一把抱住了「越後獅子」；接著，他一頭埋進了「越後獅子」的懷裡，開始斷斷續續地哇哇大哭了起來。走廊上，有五、六個其他病房的學員們正於外徘徊著，並不時地朝著房裡探頭探腦。

「不要看了！」「越後獅子」對著那些走廊上的學員大聲喝斥著。雖然他仍是一派威嚴，但臉色卻已顯得有些難看。「我們不是在吵架啦！只不過是、不過是，唔唔……，只不過是、不過是，呃……」他支支吾吾了老半天，最後實在是想不出該如何接話，於是便求救似地對著我瞥了瞥眼。

「在演戲。」我小聲地對他說。

「只不過是……」聽了我的話後，「越後」抖擻起了精神，大聲地喊道：「戲劇效果啦！」

他所謂的「戲劇效果」究竟是什麼意思，我想就連「越後」自己也搞不清楚；總之，我想他大概是覺得完全照著我這後生小輩所告訴他的話來說，顯然有失體面，因此才在那一瞬間，講出了「戲劇效果」這般罕見的字眼吧！或許，所謂的「大人」，一直都是在這種不得不保持體面的狀況下勉勉強強地活著的吧！

「卡波雷」依舊像是頭被成年獅子所懷抱著的幼獅一般，臉龐一動一動地不停抽泣著；隨後，他開始以含糊不清、斷斷續續的口吻，絮絮叨叨地向「越後獅子」訴起了苦。

3

「有生以來，我從來沒有被人這樣羞辱過！我的家教也不差啊；至少，我從來都沒有挨我父親打罵過！可是，竟然有人把我跟豬尾巴同等看待，這簡直就像是把我丟到鍋裡跟豬內臟一起煮了般！我可是中規中矩地跟他打招呼，說的都是一等一的好事，還特地挑選了個最妥當的時機說話了啊！真的啊！我本來就只打算講這件一等一的好事啊！不過你看，那傢伙躺在床上，裝得一副沒事人的樣，這是什麼態度嘛！人家要說的可是一等一的好事哪！結果他竟然擺出那種態度！這個無情的世界，是多麼讓人痛恨啊！人家說的明明就是一等一的好事啊……」

就這樣，「卡波雷」一次又一次地，反覆說著相同的話語。

「越後」靜靜地安撫「卡波雷」躺回床上；「卡波雷」背對著「硬麵包」，臥於床上兩手掩面地啼泣了好一會兒後，終於才像是睡著了似地平靜了下來。甚至直至八點鐘的伸展運動時間，他還是一直保持著這樣的姿勢，一動也不動的。

這實在是很莫名其妙的一段爭吵。不過，到了第二天的午餐時候，「卡波雷」便已完全恢復了原來的樣子，而「硬麵包」也將原本那個裝辣韭的空瓶洗得乾乾淨淨地帶了過來。

「請收下吧！」「硬麵包」一邊這樣說著，一邊相當誠懇地將瓶子遞了過去；「真是不好意思！」「卡波雷」也客氣地點點頭，然後將空瓶順手接了過來。接著，午餐結束後，「卡波雷」的梅乾便一顆一顆地從瀨戶燒的小罈子裡喬遷到了辣韭瓶中。我想，這世上的人們如果都像「卡波雷」那樣乾脆的話，那麼，這世界應該會變成一個更適合人安居的地方吧！

關於吵架事件的報告，我想大致就到此爲止；接下來，我還有另外一件事情想向您簡單報告一下。

今日午後的摩擦時間，是由「竹子小姐」爲我服務。在摩擦的過程中，我向她略微提起了您的事：

「有人說，他很喜歡『竹子小姐』喔！」

「竹子小姐」幫人摩擦身體的時候，幾乎從不開口說話；在她的臉上，永遠都是掛著那抹幽靜的、淡漠的微笑。

「他說，『竹子小姐』比起『小正兒』要好上十倍。」

「誰呀？」沉默的女子聽到了這句話，終於也忍不住地小聲開口問道。「勝過『小正兒』」這樣的稱讚方式，似乎在她身上非常受用。女人啊，還真是膚淺的動物哪！

「妳覺得高興嗎？」

「喜歡。」

「竹子小姐」只應了這麼一句，然後就又繼續使勁唰唰地幫我摩擦起身體。我看她皺起了眉頭，表情似乎不太開心，於是我問：

「生氣啦？這個人可是個相當不錯的傢伙喔！他是詩人喲！」

「討厭啦！『小雲雀』，現在這種時候，講這樣的話是不行的啦！」

「竹子小姐」一邊說著，一邊以左手的指甲將自己額上的汗珠拭去。

「是嗎？那我以後就不告訴妳這樣的事情了喔？」

聽了我這麼說，「竹子小姐」忽地變得沉默下來，隨後又開始繼續默默地為我摩擦身體。當摩擦時間結束，準備起身離開的「竹子小姐」突然攏了攏兩鬢垂下的頭髮，然後對我露出了一個微妙的笑容，她開口道：

「委立・收歐立。」

我想，她應該是要說「很抱歉」吧？說起來，「竹子小姐」也的確是個不錯的女孩就是了。怎麼樣？最近您就抽個空到我們的道場來一趟，見見您最喜歡的「竹子小姐」如何？我是開玩笑的，抱歉啦！近來早晚涼意漸濃，希望您和我們一樣，經常注重衛生，小心火燭；也希望您能夠連同我的份一塊兒地加倍努力用功求學。

九月二十二日

大波斯菊

1

感激您的迅速回覆。一接獲您的信，我便立刻帶著愉悅的心情加以拜讀。進入高等學校之後，課業一定相當繁忙吧？要寫這麼長的一封信，肯定十分不容易。因此，我想，今後您不必每次都回那麼長的信了；無論如何，千萬不要讓回信阻礙了您的學習，這點還請您務必留意。

您在信裡指責我，說我向「竹子小姐」提起您的事情「真是豈有此理」。唉，我還真是好心被當成驢肝肺了哪！至於，您在信裡說：「我已經沒辦法過去探望您了。」這句話我就更沒辦法苟同了。您的氣度也實在太小了；要是沒辦法無拘無束地跟「竹子小姐」打招呼的話，就稱不上是新男人了。如果是這樣，那我想您還是乾脆遠離女色吧！古人曾經說過：「詩三百，思無邪。」而關於那些天真爛漫之想，就將它留於心底深處吧！

前些時候，我告訴隔壁床的「越後獅子」：「我有一位好朋友，他是個喜歡研究詩詞的人喔！」結果，一聽聞我的話，「越後」即刻極其武斷地下定論道：「詩人啊，都是些矯揉造作、令人生厭的傢伙呢！」聽了他的評語，我不禁感到有些光火。「但是，自古以來，人們不都說『詩人讓語言煥然一新』嗎？」我不甘示弱地頂了回去。對於我的反駁，「越後獅子」只是淡淡地笑了笑。「或許真是這樣吧？畢竟，像現在這種時候，沒有嶄新的創意還真是不行呢！」雖然他的回答仍然有些不置可否，不過，我可以感覺得出，他的語氣似乎不像剛才那般充滿輕蔑了。儘管聰明如您，應該早就已經注意到了這方面的事情，但是，我還是想要提醒您，從今以後，無論如何，對於詩、文的修習都應當要更加努力才行；不管遭遇什麼事情，都請務必拿出您身爲新男人的本色去面對它，這是我對您誠摯的請求。除此之外，雖然，這麼說或許會讓您覺得我妄自尊大、覺得我擺出一副前輩的架子在教訓您，但我還是要提醒您，不管怎樣，都不要太過在意「竹子小姐」的事。如果還是不行的話，就請您拿出勇氣，拜訪一下道場吧！就算只是看上一眼也好，一看到「竹子小姐」本人，我想，您的幻想應該立刻就會煙消雲散了才對；畢竟，她只是個身材高大，像魚市場架子上的真鯛一樣的女人嘛！不過，儘管我這樣說，但我想您應該還是會繼續在意「竹子小姐」下去的對吧？相反地，即便我於信裡一再地強調「小正兒」的種種可愛之處，您卻這麼告訴我說：

「『小正兒』這樣的女性，就跟成不了氣候的電影明星沒什麼兩樣。」您怎麼可以這麼說呢？對於您一直以來這般不認可「小正兒」，卻總是一味地「竹子小姐」長、「竹子小姐」短的態度，我實在是無言以對。正因如此，所以在這封信裡，我想我必須要暫時擱置一下關於「竹子小姐」的報告；如果因此讓您熱過了頭，因單相思而臥病在床，那可就糟糕了。

今天，就讓我來介紹一段關於「卡波雷」創作俳句的故事吧！在這個星期天的勵志廣播中，將要舉行學員文藝作品發表會；舉凡對和歌、俳句、詩歌有自信的人，一直到明天晚上之前，都可以向道場事務所提交自己的作品。做爲我們「櫻之房」的代表，「卡波雷」也將提出他引以爲傲的俳句進行參賽。所以，打從兩、三天前，他便開始不時地將鉛筆夾於耳畔，在床鋪上正襟危坐地搖頭晃腦認真推敲著字句。就這樣，到了今天早上，他終於像是大功告成似地，將寫在信紙上的那短短十節俳句，展示給同室的我們覽看。他首先將稿子拿給了「硬麵包」，不過「硬麵包」卻只是苦笑連連，直說「對不起，我看不懂」，然後就馬上將信紙塞還給他了。接著，他又去拜託「越後獅子」，請他務必賞臉批評賜教；只見「越後獅子」弓著背，盯著紙張，一字一句地仔細閱讀著，之後，他竟如此說道：

「真是不像樣！」

我想，就算是說聲「不好」或是其他什麼的，恐怕也沒有「真是不像樣」這樣的批評來得強烈吧……

2

聽了「越後」的嚴厲批評，「卡波雷」蒼白著臉，吞吞吐吐地問道：

「不行嗎？」

「你去問問旁邊那位小老師吧！」「越後」一邊說，一邊使勁地以下巴朝著我的方向點指著。

於是，「卡波雷」只好拿著信紙來到我的面前。我不是個風雅之士，對於俳句的奧妙之處當然絲毫不能體會；因此，照道理說，我應該要像「硬麵包」一樣，馬上把信紙退回去，並請求他的諒解才對。但是，看見「卡波雷」一副可憐兮兮的模樣，我又忍不住想安慰安慰他——雖然我自己對這玩意兒也不太理解就是了。總之，我還是拜讀了他寫下的那十行俳句。讀完之後，我感覺，似乎其實也沒有那麼糟嘛！真要說的話，就是句子太過平淡無奇了些；不過，如果換作是我，我想就算是要寫出個普普通通的句子，恐怕也得累癱了一身骨頭吧？

「**枝頭亂開放，幽幽香香少女心，野菊一模樣。**」雖然有點奇怪，不過就我看來，倒也沒有那麼不入流到得要生氣地說出「不像樣」三個字的程度吧？然而，當最後一節俳句映入我的眼中時，我不禁嚇了一跳。看到這段文字，我終於能充分理解「越後獅子」爲什麼會那麼生氣了。

露水之世間，當為露水之世間故，爾等胡不歸？

（譯註：此為名俳人小林一茶的俳句。）

這是從某位俳人的句子裡照抄過來的吧？這樣怎麼行呢？但是，我又不想直接說出實情，讓「卡波雷」羞得無地自容。於是，我只好含蓄地表示：

「整體而言，我覺得還不錯。但是，最後一節如果抽換掉的話，那樣或許會更好也說不定。這是我身爲外行人的想法。」

「是嗎？」聽了我的批評，「卡波雷」不服氣的嘟起嘴巴，「我認爲那句是最好的呢！」

那當然，這是連我這俳句門外漢都知道的名句啊！

「這個嘛……，說好，當然是很好沒錯，只是……」

我實在是有點無話可說了。

「你知道嗎？」「卡波雷」得意忘形地說著，「我感覺得出，自己對現今日本國的真心誠意，全交織在這段句子裡了。關於這點，你不知道吧？」他以帶著些微輕蔑的語氣，對我如是說道。

「哦？是什麼樣的真心誠意呢？」我忍住笑意，向他反問道。

「我就說你不知道吧？」「卡波雷」用一副「你還真是個傻小孩呢！」似的表情看著我，然後皺起了眉頭說：「你認爲，現在日本的命運是怎麼一回事呢？難道不是如同露水般的無常嗎？沒錯，現在的日本，正是宛如草上白露般，處於短暫而虛幻的世道之中。然而，儘管如此，各位卻仍爲了尋求光明而持續不斷地往前邁進著。因此，請千萬不要徒然傷悲。……那段話的意義不就是這樣嗎？而同時，這也就是我對日本表現出的真心誠意。我這樣說，你明白了嗎？」

但是，我並沒有回答；因爲我的內心已經呀然至完全啞口無言了。身爲詩人的您應該知道，這句話，是江戶俳人小林一茶於自己的孩子死後，想要對這露水般無常的世界死心斷念，但卻又斬斷不了沉重的悲傷，故而書寫下了這般哀愁喟嘆，是如此一段擁有深意的句子啊！唉，真是太過分了！竟然將原本意境深遠的詞句給胡弄成這個樣子！或許這就是「越後」所謂的「現代的嶄新創意」也說不定，不過，這還是太過分了！

我固然能夠體會及「卡波雷」的真心誠意，可是，剽竊古人的字句，並曲解原意、任意擺弄，這絕非一件好事。況且，如果就這樣把這俳句當作是「卡波雷」的作品提交給事務所，如此對我們「櫻之房」的名譽也將大有損傷。所以，我決定鼓起勇氣把話說清楚。

「可是，這句話和某位古人的俳句非常相似。也許不是有心剽竊，但被人誤解總是不太好。因此我想，如果能夠用另外的文詞取代，應該會比較好一點才對。」

3

「哦，文句有些相似嗎？」

「卡波雷」瞪大了眼看著我，那眼神就像是鬆了一口氣似地，顯得十分美麗清澄。人在剽竊的時候，總會認為「自己不會被抓到」；然而，這次的事情卻讓我不得不重新考慮，這世上搞不好真有會懲罰剽竊者的俳句天狗存在。不過老實講，「卡波雷」是個讓人感覺不出惡意的罪人，某種程度上來說，這也可以稱得上是「思無邪」了吧？

「那也就是說，我又是毫無意義地白費了一番心思囉？俳句呀，常常會遇到這種情況，真讓人傷腦筋呢！為什麼短短十七個字，偏偏就會有相似的文句呢？」看來，「卡波雷」還是個慣竊哪！

「呃，那就把這句刪掉好了！」說罷，他拿起夾在耳畔的鉛筆，很乾脆地把「**露水之世間**」這整段句子給一筆劃掉。「那麼，要代替的話，用這一句怎麼樣？」他一邊說著，一邊就於我床頭的小桌子上，飛快地振起筆來。

大波斯菊呀，縱情花影翩翩舞，寧為乾草枝。

「不錯啊！」我釋了番重擔似地說著。不管文筆糟糕還是怎樣都沒關係，只要不是偷來的句子，我就放心了。「不過，如果第一句改成『大哉波斯菊』，你認爲怎樣？」大概是安心過了頭，我又忍不住說出多餘的話了。

「『大哉波斯菊，縱情花影翩翩舞，寧爲乾草枝。』是這樣嗎？原來如此，意境完全突顯出來了。好厲害啊！」「卡波雷」說著說著，朝我的背上啪地拍了一下，「哎，真人不露相呀！」

聽到這句話，我的臉不禁整個紅了。

「別戴我高帽呀！」我的心情忐忑不安，「或許『大波斯菊呀』比起『大哉波斯菊』更好也說不定呢！我對俳句完全是外行，只是『大哉波斯菊』對我來說，感覺起來似乎比較容易理解罷了……」

在急急忙忙辯解的同時，我心底也有個聲音一直在吶喊：這種東西，到底哪裡好了？

但是，「卡波雷」卻似乎對我崇拜得不得了。只見他露出一副不像是奉承的認真神情，對我說了聲「今後也請在俳句上多多指教」，然後，便意氣風發地，用他那一貫的走路方式，踮起腳尖、輕搖臀部，彷彿隨著音樂的節拍般，輕輕地走回了自己的床位。

我目送著他的背影，感覺自己實在是完全被打敗了。什麼「在俳句上多多指教」，說實話，我覺得這東西比那文白夾雜的「都都逸」還要更讓我傷腦筋。我感到自己無論如何都無法冷靜，接著，我帶著爲難的表情，想也不想地對著「越後」傻傻地說道：「變成讓人意想不到的發展了哪！」真是的，身爲堂堂的新男人，竟然會被「卡波雷」的俳句給打敗，這算什麼嘛！

「越後獅子」一語不發，只是重重地點了點頭表示認同。

可是，故事至此還沒有結束，接下去尚有更驚人的事實出現……

今天早上八點的摩擦時間，輪到「小正兒」替「卡波雷」服務；方時，我聽見「卡波雷」小聲地與她交談著；然而，他們談話的內容，卻讓我不禁爲之一驚。

「『小正兒』，妳那節『大波斯菊』的俳句，嗯，好像還不錯的樣子。只是，妳要注意喔，『大波斯菊呀』，用起來似乎不太恰當，要修改爲『大哉波斯菊』比較好，知道了嗎？」

太令人詫異了！沒想到，那竟是出自於「小正兒」的俳句！

4

如此一來，我方覺那節俳句似乎真有那麼點女性氣息。這麼說的話，那像是「**枝頭亂開放，幽幽香香少女心，野菊一模樣。**」這些等等的奇怪詞句，應該也都十分可疑。果然，那些也都是「小正兒」或者其他助手小姐們所寫出來的俳句吧？總而言之，「卡波雷」所創作的那十節俳句，一下子全都變得可疑了起來。（實在是個有夠過分的傢伙呢！）我打從心底地大感吃驚。不管是那「**露水之世間**」的俳句，或是那「**大波斯菊**」的俳句，全都攸關著「櫻之房」的名譽呀！就算不講得那麼誇張好了，這也還是關乎「卡波雷」的個人人格哪！事情接下去究竟會如何發展呢？一想到此，我便忍不住提心吊膽了起來。不過，當繼續聽到「卡波雷」和「小正兒」接下來的對話後，我感到安心了許多，情緒也瞬時清朗了起來。

「你說的那節『大波斯菊』的俳句，內容是怎樣的啊？我完全記不得了呢！」「小正兒」悠然地說著。

「……原來是這樣啊。不過，那是我寫的俳句嗎？」「卡波雷」大致描述了一下那段俳句後，「小正兒」簡短地應了這麼一句。

「那麼，該不會是『霍亂』寫的吧？妳不是常常在私底下，偷偷地和『霍亂』交換俳句還是什麼的嗎？……哎呀！這麼說起來，難道真的是『霍亂』的作品嗎？」

聽到這裡，我的心裡總算安定了下來。說是淡然也好，或者說是輕鬆也行，不管用怎樣的形容詞，都難以完全陳述出我當時的心境。

「說是『霍亂』的創作，未免太抬舉她了！那傢伙一定是抄襲的啦！」講到這裡，我想，除了「天衣無縫」這四個字外，再沒有別的詞彙足以形容這一切。

「這次，我要把那些俳句送出去參賽喲！」「卡波雷」接著又說道。

「勵志廣播嗎？那我的俳句也要一起送出去喲！哎呀，就是那句我曾經唸給你聽過，『幽幽少女心』的那節俳句嘛！」

果不其然，那節俳句是她寫的。不過，「卡波雷」並沒有什麼特別反應，只是保持著一貫若無其事的模樣對她說：

「嗯。如果是那句的話，我已經加進去囉！」

「是嗎？你還真是可靠呢！」

聽完他們的對話後，我不禁莞爾一笑。

對我來說，這才是所謂的「現代的嶄新創意」。這群人不在乎作者的名字，大家一起以同心協力的方式進行創作；然後，經由這樣的活動，所有人都充分享受到了一天的快樂。這不是很好嗎？藝術和民眾的關係原本就該是這個樣子的吧？當那些開口閉口就是捧貝多芬、貶李斯特的所謂的「達人」正口沫橫飛地爭辯之際，民眾們早就將這些議論拋諸一旁，取出各自喜愛的音樂來取悅自己的耳朵了。這群人完全不重視作者之類的事情，一茶寫的也罷，「卡波雷」寫的也罷，「小正兒」寫的也罷，只要句子夠有趣，其他都不必計較。同樣地，他們也絕對不會為了諸如社交禮儀，或是提高興致之類的理由，而勉強自己去「學習」所謂的藝術。只要是能打動自己內心的作品，就記憶起來，自成一派，就只是這樣而已。看著他們的表現，我好像被重新上了一課關於民眾與藝術的關係。

在今天的這封信中，我寫了一大堆的歪理。然而，有關「卡波雷」的這段小插曲，我相信，對於您在鑽研詩句的過程中找尋「嶄新的創意」，一定會有所助益才是。趁著我還沒把信紙戳破前，就此擱筆。

九月二十六日

我是悠悠流水，撫慰所有的河岸。

我愛大家！……夠噁心吧？

妹妹

1

對於自己淨是寫些如此差勁又無聊的信件給您，我總不時會有種莫名的罪惡感襲上心頭。每當這樣的時候，我老會一而再、再而三地痛下決心，發誓從此以後絕不再寫這般愚蠢的書信了。可是，於我今日拜讀了某人的「偉大」書信之後，方知人外有人、天外有天，並因之深切感嘆不已。世界上竟會有這般荒唐突梯的寫信者；與他相比，我迄今為止所寫給您的信，大概都只能稱得上為小巫見大巫了吧？這樣一想，我立刻感到放心不少。您知道嗎？世上的新鮮事還真是層出不窮呢！那個人竟然可以把書信寫得如此駭人；這使我不禁深深懷疑，他於落筆之時，是否有什麼神魔相助呢？總之，不管怎麼說，這實在是件非比尋常的事情。

那麼，今天，我就來寫一寫有關這封「偉大」的書信的事情。

今天早上，我們道場舉行了秋季的大掃除。雖然主要的掃除活動在中午前就大致結束了，但午後的既有療程還是都跟著暫停了一天，取而代之的，是兩位前來本道場出差的理髮師——是的，因為今天同時也是學員們的理髮日。大約下午五點左右，我理完頭髮，到洗手間清洗我的和尚頭；

就在這個時候，不知什麼人踏著輕盈的步伐來到了我的身邊。那人開口對我問道：

「『小雲雀』，你有努力嗎？」

是「小正兒」。

「有、有，我很努力呀！」我一邊拿著肥皂往光光的頭上抹，一邊敷衍了事地回應著她的話。真是的，這種時候還得按照規定的打招呼方式一一回答，也實在是太麻煩、囉嗦，太令人受不了！

「那，要加油喔！」

「喂！我的毛巾有放在旁邊嗎？」我沒有回應她的那句「加油」，只是閉上眼睛，朝著「小正兒」伸出雙手。

這時，我感覺有某樣像是信紙般的東西，輕輕地放到了我的右手掌上；我瞇著一隻眼看了一下，果然是一封信。

「這是怎麼一回事啊？」我皺起了眉頭詢問著。

「壞心眼的『小雲雀』。」「小正兒」一邊笑著，一邊盯著我瞧，「爲什麼不回答『沒問題』呢？我聽說，當人家跟你說『加油』的時候，沒有回答『沒問題』的人，病情會加重喔！」

我感到很不耐煩，脾氣也漸漸地大了起來，

「地點不對吧！我正在洗頭不是嗎？話說回來，這封信到底是怎麼一回事啊？」

「這是『筆頭菜』寄來的喔！在結尾的地方，寫了一首和歌對吧？爲我說說它的意思吧！」

我一邊留意著不使肥皂水流進眼睛，一邊勉勉強強地睜開雙眼讀了讀那首寫於信尾的和歌。

人生不相見，相思懊惱日月長，此情託魚雁，伊人安然無恙否？徒掛念心繫吾妹。

我心想，原來「筆頭菜」也喜歡舞文弄墨呢！

「其實，對於這樣的歌曲我也不是很了解耶。我想，這應該是取自《萬葉集》裡面的和歌吧，而不是『筆頭菜』自己寫的。」

實際上，我並非完全不了解其中的含意，只是不知何地有分不太好的感覺，所以忍不住就想先挑剔一下。

「那麼，到底它是什麼意思呢？」「小正兒」一邊低聲說著，一邊更加貼近了我。

「真囉嗦，我正在洗頭耶！等一下再告訴妳啦！現在，妳先把信擱在一邊，去幫我拿條毛巾過來如何？我大概是放在房間裡忘記拿了；如果床上沒有的話，那就一定是放在床頭的抽屜裡。」

「壞心眼！」「小正兒」從我的手裡一把搶過信紙，小步奔跑地朝著房間去了。

2

就像「竹子小姐」經常掛在嘴邊的「討厭」一樣，「小正兒」的口頭禪就是「壞心眼」三個字。以前，每次我聽到她這樣說的時候，心裡總會忍不住地直打冷顫；不過，現在的我已經相當習以爲常了，所以完全不會當一回事。那麼，趁著現在「小正兒」不在，我便來好好研究一下，剛才和歌裡的那句「伊人安然無恙否」，究竟該如何解釋才是。由於這句話的含意確實有點複雜，所以，我才故意請「小正兒」離開去拿毛巾，好避免自己陷入無法立即回答她的窘境。於是，我一直思索著「伊人安然無恙否」該怎樣解釋才對，結果，想著想著，就連頭上的肥皂泡沫都不知不覺地滴下來了。這時，「小正兒」拿著毛巾出現了；她帶著一臉嚴肅的神情，一言不語地將毛巾遞給了我，然後便快步地離開了我的身旁。

我恍然大悟，立刻明白自己做錯事了。老實說，我這一陣子的表現，說好聽點是「磨合順暢」，說難聽些則是「麻木不仁」；總之，不知從什麼時候開始，我已經漸漸習慣了道場的生活，從而也失去了剛來時候的那分緊張感，就連跟「小正兒」她們說話的時候，我也不再像以前那樣，感到相當興奮。簡單說，我的感覺變得相當遲鈍；我把助手們對學員的照顧視作理所當然，不管是特別的好意或是其他的什麼，全都隨隨便便地不當一回事。正因爲抱持著這樣的態度，所以剛剛我才會說出「去幫我拿條毛巾過來如何？」這般輕慢人家的話；也正因爲如此，「小正兒」才會因而感到生氣吧？不久前，我才曾經被「竹子小姐」叨唸說：「『小雲雀』，現在這種時候，講這樣的話是不行的啦！」的確，現在的我，還真是陷入了有點「不行」的狀況之中呢！早上大掃除的時候，爲了迴避室內的塵埃，全體學員都暫時來到新館前的庭院進行活動；託此之福，我終於能夠踏上睽違已久的泥土地。雖然我偶爾也會悄悄地到道場後方的網球場等地走走看看，但是像這樣堂而皇之地得到外出許可，自我來到此地之後，這還是頭一遭。我輕撫著松樹的枝幹；樹幹感覺充滿了生命力，好似有血液流過一般地溫熱。我蹲下身子，腳邊小草的香氣濃郁得逼人；我不由得用手掬起一把泥土，那種沉重而溼潤的觸感，讓我爲之讚嘆。自然界的生氣勃勃，原本就是理所當然之事；然而，泥土的清腥氣息，此時卻帶給了我無比強烈而真實的感受。只是，這樣的驚嘆，亦僅維續了不過十分鐘左右，之後便完全消逝無形，再也感受不到了。我變得麻木不仁、無動於衷。這就是人類的惰性嗎？抑或該稱之爲變通性呢？察覺到這一點的我，不禁爲自己的不可信賴感到無比訝異。最初那分爲新鮮之事而顫抖不已，對任何事物都想持續擁有的熱切感受，是否隨著道場生活的穩定開展，業已漸成隨波逐流、對任何事物皆漫不在乎的冷然心態呢？直至今天不經意地觸怒了「小正兒」，我才猛然領悟到了這一點。「小正兒」自有她的尊嚴在；或許，那不過是同三色堇的花朵般微弱而不足道的小小自尊，但是，正因是如此可悲且微渺的自尊，所以才更非得鄭重其事地加以珍惜不可。我今天這樣的做法，可以說是對「小正兒」的友誼完全視若無睹。她把「筆頭菜」寄來的祕密書信拿給我看，也許正證明了，此刻，於她撲朔迷離的內心底，其實對我有著比「筆頭菜」更深的好感？不，就算不抱持如此自我陶醉的想法，我還是的的確確，背叛了「小正兒」對我的信任。之前，我說我已經不喜歡「小正兒」了，其實，那僅是我的任性在作祟罷了。我不只任意輕賤她的好意，甚至連收下香菸匣的事情也都刻意遺忘了；這不只不應該，而且還非常惡劣。

「加油喔！」今後，當我再聽到這樣的親切招呼聲時，我一定要對這份好意滿懷感激之情，並且大聲回應：

「沒問題！」

3

知錯能改，善莫大焉；身爲新男人，就得抱持著君子豹變的心情，徹底洗心革面才行。相當幸運地，我在離開洗手間回病房的途中，又在煤炭倉庫前遇上了「小正兒」。

「那封信呢？」我馬上向她問道。

像在眺望著遠方似地，「小正兒」以略顯迷離的眼神，默默地搖了搖頭。

「在床鋪的抽屜裡嗎？」

之所以這樣說，是因爲我忽然猜想，「小正兒」於剛才拿毛巾時，會不會便順手將那封信丟入我的抽屜裡？因此才有此一問。不過，她依舊只是直搖頭，什麼話也不答。女人就是這點讓人討厭。總之，現在的她，跟平常完全是兩副模樣，一派溫溫順順的樣子。我對此無可奈何，心想，隨妳高興吧！可是，我有義務，非得好好安撫「小正兒」可悲的自尊心不可；所以，我用像在撫弄貓似的溫柔口吻對她說：

「剛才的事情我很抱歉。那首和歌的意思是……」

「夠了。」

我話還沒說完，她便即彷彿毫不在意地捨棄掉某種渺弱事物般的語氣，對我如此回道，然後便迅速地離開了我的面前。聽見她那異常尖刻的話語，我覺得自己的身體猶如被刺穿了似。女人真是種可怕的生物啊！我回到房間，於床上翻來覆去地翻滾著，心裡頭只有一個聲音，我不停地於衷大喊：「萬事皆休啊！」

然而，不久之後的晚餐時間，為我端來餐點的還是「小正兒」。只見她冰冷而若無其事地將餐盤放於我床頭的小桌子上。離去時，她不知怎地於「硬麵包」的床前停了下來；接著，便突然像是變了個人似地，一派天真地和「硬麵包」談笑了起來。她一邊吵吵嚷嚷地高聲笑著，一邊咚咚地敲著「硬麵包」的背，弄得「硬麵包」連連大喊：「喂！住手啊！」並急急想抓住「小正兒」那隻搞怪的手。

「討厭呀！」她一邊大叫著，一邊逃向我這裡來，然後，她將嘴巴貼近我的耳邊，輕聲說道：

「只給你看。等一下告訴我意思。」她簡短迅速地說完這句話後，便將那張摺成小小一疊的信紙塞進了我的手中，隨後，即又立刻轉過身，朝著「硬麵包」的方向走去，

「喂！『硬麵包』，你還不從實招來！」她大聲地叫喊著，「在網球場唱〈江戶日本橋〉（譯註：一首東京民謠。）的傢伙，到底是誰？」

「不知道！不知道呀！」「硬麵包」面紅耳赤，拼命地否定著。

「如果是〈江戶日本橋〉的話，那我倒知道是誰。」「卡波雷」一邊吃飯，一邊像在發牢騷似地小聲說著。

「不管是誰，你就慢慢地用餐吧！」「小正兒」笑著與病房裡的其他同事打完招呼後，便走出了房間。什麼跟什麼呀？完全搞不懂。我心想，「小正兒」多少又是在戲弄人了吧？真令人不舒服。另一方面，她在我的手裡留下了那封信；說實話，我並不想看別人的信，可是，爲了維護「小正兒」那小小的自尊心，不看一下也不行。（事情越變越麻煩了呢……）我心想著。吃完飯後，我悄悄地展開了那封信閱讀了起來，結果這一看，不得了哪！您知道嗎？那實在是一封偉大的書信。說起來應該算是封情書吧！但是那內容卻是我本先所完全預想不到的。那位知識豐富、看起來就像是位成熟大人的「筆頭菜」先生，私底下竟然會寫出這麼愚蠢的書信，實在是令我相當意外。所謂的「大人」是否都像這樣，於內心中隱藏著愚蠢而天真的一面呢？反正，接下來，我會稍微將這封書信的大意寫出來，再請您過目。我在洗手間時，讀到的不過是這封信最後一張信紙的一小部分而已；然這次，「小正兒」將完完整整的三張信紙全給了我。以下，便是這偉大書信的內文：

4

最令我懷念的地方，還是道場的森林。我倚在窗邊，眺望著來來往往的波濤，靜靜地將人生新的一頁一一刻畫在腦海之中。波浪寧靜地向我靠了過來……，然而，在遠方的海面上，白浪卻依舊洶湧澎湃地咆哮著。我想，那是因為海風狂亂吹拂的緣故吧！

這封信的大致內容便是如此；看起來真是毫無意義可言，不是嗎？我想「小正兒」讀了，應該也會覺得很不知所措吧！

這真是比《萬葉集》還要費解的文章。總之，「筆頭菜」離開了道場，回到故鄉北海道地區的醫院，而那家醫院應該是坐落於海邊。我所能明白的，大概就只有這些了，至於其他的含意，則是完全未知。還真是篇奇特的文章哪！既然如此，那我就稍微地再多摘錄個幾段吧！越到後頭，這封信的脈絡就越是不可思議地不著邊際：

當傍晚的月亮沉入波瀾，黑暗亦從四面八方襲捲而至。引領我的靈魂走向妳的那點點星光，自夜空中明亮地映照著這個世界；它彷彿在告訴我，即便跌倒了，也要為了人生的正確延續而繼續努力！男人呀！男人呀！男人呀！勇敢地向前吧！現在，我能在這裡稱呼妳一聲「小妹」，這真是太感謝上蒼了。對我來說，這可謂上天獨一無二的賜予呢！或應當稱之為什麼呢？唉，果然還是該喚妳一聲「愛人」，才得以盡訴我現在那摯愛的心境哪！

「筆頭菜」究竟在說些什麼，我完全搞不清楚。在接下去的信件內容中，他的思路脈絡顯得愈發離奇荒誕，但，於其中，卻隱隱蘊含著某種宛如怒濤般，洶湧澎湃的事物：

那既非人，亦非物；它自有其學問，自有行動的根源在。那朝朝夕夕令我沉溺的，既是科學，也是自然之美。這兩者共生共存，合為一體；我打從心底熱愛著它，而它也同樣深愛著我。啊，我既得一妹，又得一戀人，何其有幸哉！妹妹啊！我啊！為兄這般的心情與祈願，相信妳一定可以由衷地理解才是。故此，我認定妳是我的妹妹，並希望今後仍能寄信給妳。妳應該能夠明白吧？吾妹啊！

對於寫下如此激切而又強硬的文字，為兄實是深感懷歉。不過，我相信，平日如此關照我的妳，我的妹妹，對於為兄的歉意，定能深刻諒解才是。妳正逢最在乎男女諸事之齡，對此應會倍為敏感，故，還盼妳慎勿過於執著方是！我是個遠離塵世之人。今日天氣晴朗，但風勢強勁。真是偉大的自然啊！遊歷之際，使我不住愴然涕下，深感心領神會！關於今日信中諸多隱約之言，請妳務必再三思讀。感激不盡。正子！加油吧，我可愛的妹妹！

最後，容為兄再送上一言：

人生不相見，相思懊惱日月長，此情託魚雁，伊人安然無恙否？徒掛念心繫吾妹。

此致　正子小姐

兄　一夫謹上

總而言之，以上就是這封書信大致的內容。竟說什麼「兄　一夫謹上」的，在自己的名字前冠了個「兄」字，還真是奇妙的趣味呢！不僅如此，最後還要來上個像是《萬葉集》中的和歌，這又是怎麼一回事呢？其中究竟有著什麼樣的意涵？這點我是全然猜不透；只覺得，這還真是封了不得的信哪！就算我想模仿著寫，恐怕也寫不出來呢！事實上，依我看來，這簡直就是篇破天荒的奇文。然而，西脇一夫先生這個人，絕對不是什麼狂人；相反地，他是名相當靦腆而親切的男子。這樣的好人竟會寫出如此無厘頭的信，這實在是世界上最不可思議的怪事之一。「小正兒」要我告訴她其中意思，確實不無道理。這封信對於接到它的人來說，簡直是場大災難！我想，無論是誰，應該都會感到相當困擾的吧？這幾乎可稱得上為經典名作了呢！或者說，是魔咒？不管如何，錄寫這封偉大的書信，已使我的手腕莫名地痠疼了起來，便連想好好地寫封信給您都沒辦法。故，相當抱歉，就此擱筆吧！下回再聊了。

十月五日

試煉

1

前天，實在是被「筆頭菜」先生的那封「經典鉅作」給打敗了，握筆的手竟不止地顫抖著，連字都寫不好，因而最後變成了一封有頭無尾的書信，實在抱歉！那天晚餐後，當我讀完那封信，正發著愣時，瞥見「小正兒」隔過走廊的窗戶，頻頻地朝我這兒探頭張望的。（讀過了嗎？）她那窺探著的眼神，彷彿正在這樣無語地詢問著我。我輕輕地點了點頭；看見我的反應之後，「小正兒」也露出了一副認真的神情，用力地點了點頭。看她的模樣，似乎相當在意這封信的樣子。（西脇先生真是罪人哪！）此時，於我心中莫名地湧現了如此一股義憤填膺的思緒，並不由得替「小正兒」感到可憐。坦白說，從那一刻開始，我又重新感受到了「小正兒」那清新的魅力；更正確地說，過去那個感覺遲鈍的男人，已經被我徹底地棄絕了。仔細想想，我是從什麼時候開始變成那個樣子的呢？我想，大概是因爲秋天，所以整個人才會變得怪裡怪氣的吧！是啊，原來如此，秋天可是個多愁善感的季節啊！別笑我，我是很認真的呢！

那麼，我就把接下來所發生的事，全都告訴您吧！大掃除後的隔天，早晨八點的摩擦時間一到，「小正兒」便抱著金屬臉盆，突如其來地出現於房間門口，她帶著一副忍俊不住的表情，直接朝著我的方向走來。我連作夢都沒想到，竟然能這麼快又輪到「小正兒」爲我服務了；手足無措之餘，我幾乎是下意識地低聲說了句「真是太好了！」的確，我真是太開心了。「別說些有的沒有的啦！」「小正兒」有些煩躁地丟出這句話後，便馬上開始幫我摩擦起身體，「其實，今天早上本來是『竹子小姐』的班啦！只是因爲『竹子小姐』另有事情要辦，所以才由我來代班。怎樣，不爽嗎？」她的語氣既衝又直接；我聽了之後，感到有些不滿，所以什麼都不回答，只是默默地一言不語；而「小正兒」也跟著沉默以對。漸漸地，氣氛變得有些凝重，猶如陷入了困窘的境地之中。當我剛進道場，第一次讓「小正兒」幫我摩擦身體時，也是一樣沒來由地感到緊張，覺得自己的狀況糟糕到不行；但現在，那種緊張感竟再一次地復甦了，而且窘迫得讓人難能忍受。最後，就在這種氣氛下，摩擦結束了。

「謝謝！」我模模糊糊地對她說。

「信還我！」「小正兒」用著小而尖銳的聲音，於我的耳邊輕聲說道。

「放在枕頭旁邊的抽屜裡。」

我帶著一臉惺忪仰躺於床，皺起了眉頭回答著。透過這樣的應答，我清楚地向她表達著自己的不悅。

「好吧，那午餐結束後到洗手間來一趟行嗎？到時候再把信還給我。」

丟下這句話後，「小正兒」不等我做出回應，便立即起了身，離開了房間。

真是令人不可思議的冷淡哪！我這邊才剛想要表現得親切一點的，她便旋即迎面澆了我一桶冷水。好！既然如此，那我也要重新考慮一下自己的態度才行。我下定決心，非得讓她嘗嘗我的厲害不可。抱持著這樣的覺悟，我等待著午休時間的到來。

我的午飯是「竹子小姐」端來的。於餐盤的角落處，放著一個竹子編成的小人偶。「這是什麼？」我將臉抬起，並注視著「竹子小姐」問道。被我這麼一問，「竹子小姐」皺了皺眉，猛力地搖著頭，然後擺了個手勢，示意要我絕對不能告訴任何人。我帶著不太高興的表情，點了點頭表示答應。至於這到底是怎麼一回事，我還是完全不了解。

2

「因爲早上道場有急事，所以我就到鎮上去了一趟。」

「竹子小姐」用相當平常的語氣說著。

「伴手禮嗎？」我不知怎地，有種失落的感覺，問得有氣無力地。

「可愛嗎？這叫做藤娘娃娃喔！好了，那我走囉！」她以一種像姐姐般的成熟大人語氣對我這樣說著，然後便獨自離開了。

我覺得自己有點神思恍惚，甚至還有點不高興。前天我才想說，要重新開始，對他人的好意要抱持著誠摯的感激之心；但現在，不知怎麼一回事，「竹子小姐」的這番好意，卻使我感到十分難以承受。我想，應是那份從我剛進道場便一直保持著的、至今也未曾動搖過的情感在作祟的緣故。「竹子小姐」是助手們的組長，同時也是個深受全道場信賴的品格優秀之人，因此，她非得比其他人更加堅強不可。她和「小正兒」之類的人，是完全不能以同一個水平去衡量的。但沒想到，她竟然跑去買了這種毫無意義的人偶！什麼藤娘娃娃？什麼好可愛的？她根本不該是這樣的人才對啊！我一邊吃著午飯，一邊端詳著放於餐盤角落的「藤娘」。那是一個只有二寸高的手編竹玩偶，不管橫看、豎看，都是個醜東西，實在讓人喜愛不起來。看樣子，那肯定是擺在站前小賣店裡生灰塵，很久都賣不出去的滯銷品吧！聽說，個性好的人，買東西的本事必定笨拙；這樣看來，「竹子小姐」似乎也不例外。她也跟頗受歪風影響的「小正兒」一樣，看到什麼對眼的東西就會隨便買回來，真是拿她沒辦法呢！那麼，這個竹子做的小人到底該怎麼處理呢?我越想就越覺得爲難。雖然我曾經想過要把它直接退回去，可是，我又想到前天自己所說的，「就算是同三色堇的花朵般微渺的自尊，我也非得鄭重其事地加以珍惜不可」；在這種値得讚許的覺悟驅策下，我只好垂頭喪氣地，將這份伴手禮暫且收進了床鋪旁的抽屜裡。話說回來，萬一我寫了太多「竹子小姐」的事，結果又讓您忍不住腦袋發熱的話，那我的罪過可就大了；所以，關於「竹子小姐」的事，我想就暫時先在此擱下不提了。言歸正傳，總之，當我吃完午飯後，還是按照「小正兒」的指示，到了洗手間去。當我來到洗手間時，「小正兒」正站於洗手間的最裡頭；她的背緊靠著牆，臉朝著我的方向吃吃地笑著。一瞬間，我感到有些不太愉快。

「妳常常做這種事嗎?」我凝視著她，說出了這樣一句連我自己都覺得意外的話。

「咦?什麼事?」「小正兒」一邊笑著，一邊仰起頭，以圓圓的大眼端看著我的臉。我不禁有點目眩神迷。

「常常約學員到這裡……」我用繃得緊緊的聲音說著；然而，話說一半，卻又覺得自己這樣說話未免太過下流，因此隨即又閉上了嘴。

「所以呢?真是那樣的話，那也沒什麼不好的吧?」她輕輕地說著，整個人則同要行鞠躬禮似地，微彎著上身，向我走了過來。

「信拿來了。」我將信紙遞出。

「謝謝。」她一笑也不笑地將信紙接了過去，「『小雲雀』，你果真還是不行哪！」

「爲什麼，我哪裡不行了呢？」我像是在防衛什麼似地反問著她。

「因爲，你把我想成那樣的女人了啊！『小雲雀』，」「小正兒」的臉色青白，直瞪著我的臉。「你難道不覺得很可恥嗎？」

「非常可恥。」話既至此，我於是相當乾脆地卸下了內心的武裝，「事實上，我感到非常嫉妒。」

「小正兒」笑了，口中的金牙閃爍著光澤。

3

「那封信，我看完了喲！」我原本打算好好整她一下的，但是，自從拿了「竹子小姐」那無趣的藤娘伴手禮後，我便可以說是出師不利，對「小正兒」只感到愧疚，已沒有那種意氣昂揚的感覺。懷著這般近乎憂鬱的心情，我來到了洗手間，結果，又看見了「小正兒」那嬌俏不已的模樣，於是，男人最引以爲恥的嫉妒心隨之而起，終於脫口說出了那些不該說的話。然而，這些卻全被「小正兒」給當場戳破了。看樣子，現在的我，還真的是不行哪！

「全部看過了，很有趣。『筆頭菜』是個好人，我很喜歡他呢！」我言不由衷，所說的話，全都只爲了討好她。

「但是，這封信，好讓人意外呀！」「小正兒」像是若有所思似地側著頭，她攤開信紙再度看了起來。

「嗯，我也覺得有點意外。」對我而言，這可以說是相當糟糕的意外了。

「的確，完全出人意料之外呢！」從「小正兒」的神色看來，她似乎真的認爲這件事非常重要。

「妳也寫過信給他吧？」我又說了不該說的話，心裡不禁七上八下、忐忑不安。

「寫過啊！」「小正兒」滿不在乎地回答道。

忽然間，我感到事情變得相當不有趣了。

「這麼說，是妳在誘惑他囉！妳簡直就是不良少女嘛！簡直是糊塗、簡直是輕浮、簡直是小流氓、還簡直是沒救了！妳到底知不知道什麼叫羞恥啊？」我狠狠地破口大罵了起來。不過，奇怪的是，原以爲被我這麼一責罵，「小正兒」應該會十分生氣的，結果，她不但沒有生氣，反而還咯咯地笑了起來。

「妳給我正正經經地聽著！妳要知道，『筆頭菜』是有太太的人哪！這種事可一點都不好笑啊！」

「所以，我才送給他太太一封感謝信啊！當『筆頭菜』離開道場時，我不是送他到鎮上的車站嗎？那個時候，他太太送了我兩雙白襪子。所以，我就寫了一封感謝信給他太太囉！」

「就只有這樣嗎？」

「就只有這樣而已呀！」

「什麼嘛！」聽她一說，我的心情一下子變好了許多，「事情就只是這樣嗎？」

「嗯嗯，是啊！就只是這樣而已，結果他竟然寄來這樣的信。「討厭！討厭！真是折騰死人了！」

「有什麼好折騰的，這也沒啥不好的啊？反正，妳本來應該就很喜歡『筆頭菜』了吧？」

「是喜歡啊！」

「什麼嘛！」我又開始覺得一點都不有趣了，「妳不只愚蠢、討厭，而且還很無聊。喜歡上有婦之夫的話，是什麼事都做不得的吧？他們可是對感情挺好的夫妻呢！」

「但是，喜歡『小雲雀』不也一樣什麼事都做不得嗎？」

「妳在說什麼呀？話不能這麼說吧？」我變得愈發不高興起來，「妳對任何事情都如此輕浮，我又怎麼敢奢望這樣的妳會喜歡上我呢？」

「笨蛋！笨蛋！『小雲雀』你什麼都不知道啊！你什麼都不知道，還……」說著說著，她往後一轉身，哇地一聲痛哭了起來；接著，她痛苦地扭動著身體，勉強地自牙縫間擠出一句話：「你給我閃一邊去！」

4

我進退維谷，噘著嘴緩緩地走進洗手間。不知怎地，於我的心中忽然也湧上一股情緒，想要跟著她一起痛哭失聲。

「『小正兒』！」我呼喊著她的聲音顯得顫抖不已，「妳那麼喜歡『筆頭菜』嗎？我也喜歡他呀！畢竟，他是個那麼親切、善良的人。正因如此，我想『小正兒』喜歡『筆頭菜』，也是相當自然的事情啊！哭吧，哭吧，放聲大哭吧！我會陪妳一起哭的！」

爲什麼我會說出這麼矯揉造作的話呢？直到現在，我想起來，還是覺得一切如夢一般。我想要放聲大哭，可是，唯獨眼眶微微發熱，眼淚卻一滴也出不來。我睜大眼睛，透過洗手間的窗子，默默地眺望著網球場旁開始泛黃的銀杏樹。

「快點，」不知何時，「小正兒」靜靜地站到了我的身邊，「回屋裡去吧！被人看見就不好了！」儘管她的心情很糟，卻還是用冷靜而沉穩的語氣，對我這樣說著。

「就算被人看見了，我也不在乎；反正我們又不是在做什麼壞事！」當我這樣說的時候，我的心裡也莫名地跟著躍動了起來。

「別這麼傻呀，『小雲雀』！」她和我並肩站著，一邊隔著窗子望著網球場，一邊自言自語似地說道：「自從『小雲雀』來了之後，道場也跟著變得不一樣了呢！你什麼都不知道吧？『小雲雀』的父親是個偉大的人喲！場長先生似乎曾經說過，你的父親是世界級的學者呢！」

「論貧窮程度，大概也是世界級的。」說到這裡，我忽然覺得有股強烈的孤獨感襲上心頭。我已經兩個月沒見到父親了；他還是像以前一樣，擤鼻涕的聲音大得連拉門都會爲之顫動嗎？

「不管怎麼說，你的血統還是很優秀的啊！自從『小雲雀』來了以後，整個道場真的好像突然大放光明了起來，連帶著大家的心情也都產生了改變，就連『竹子小姐』也說，『我從沒看過那麼好的孩子。』『竹子小姐』從來都不是個輕易會對人品頭論足的人，不過，就連她也對『小雲雀』你著迷不已。不只是『竹子小姐』，『金魚妹』，還有『洋蔥』，她們也都是一樣的。但是，在學員間，倒是有著不好的流言散布著，他們說，萬一打擾到『小雲雀』，那可就不好了，所以大家還是注意一下，最好不要太過靠近『小雲雀』喔！」

我不覺苦笑了起來。這還真是心胸狹隘的愛情呢！

「對那傢伙，最好敬而遠之，不要喜歡上他喲……，他們的意思就是這樣對吧？」

「是呀，是呀！他們就是這個意思沒錯！」「小正兒」輕輕敲著我的背，並將手安靜地放於其上，「不過啊，我可不一樣喔！我一點也不喜歡『小雲雀』，所以啊，即使只有我們兩個在一起講話，我也不會介意的。你可不要把我的想法給弄擰了喔！我啊——」

當「小正兒」言談至此，我悄悄地走離她的身旁，並打斷了她的話，「充其量只是和『筆頭菜』通通信而已對吧？要我老實說的話，『筆頭菜』的信可是糟糕得讓人爲之瞠目結舌呢！」

「這點我知道啊！就是因爲那是很拙劣的信，所以我才會拿給你看啊！如果是封好信的話，我怎麼可能會拿給別人看呢？我啊，對『筆頭菜』的事情，根本沒有什麼其他的想法。你像這樣把人給當傻瓜看，未免也太過分了吧！」無論是言詞也好、態度也好，此刻的「小正兒」講起話來，簡直就如同是另一個人般，變得既露骨又粗俗。「我已經沒有辦法再忍著了。你一定不知道吧？像你這樣又呆又蠢的，鐵定沒有察覺，關於我和你要好的事，其實已經被大家給傳開了。哪，該怎麼辦呢？任他們說也沒關係嗎？」

她低下了頭，聳起右肩，一面吃吃地笑著，一面以肩頭用力地頂著我。

5

「好啦，好啦！」我急急忙忙地說著。事實上，除了這句話之外，我也不知道這時候該說什麼才好——事情的發展，已經完全出乎我的意料之外了。

「爲難嗎？你是這樣覺得的嗎？吶，比起這，其實你是不好意思吧？昨天晚上的月娘好亮喔，我睡不著，於是就走到了庭院裡。然後，我看見了『小雲雀』枕頭邊的窗簾開了一絲絲的縫，所以就探頭往裡面望了望。你知道嗎？『小雲雀』，我看見你的臉沐浴在月光下，正一邊沉眠一邊帶著笑容。那睡相真是好看呢！吶，『小雲雀』，你說該怎麼辦？」

就在她這麼說的時候，我的身體終於被她給頂到了牆邊。我也不曉得是怎麼一回事，只覺得自己變得同個傻瓜一樣，整個人呆呆地發著愣。

「沒道理，根本沒道理啊！我可是已經二十歲了耶！你覺得困擾嗎？

喂！躲在那邊的傢伙是誰啊？給我滾出來！」洗手間的外頭，傳來了拖鞋啪噠啪噠朝這裡走來的聲音。

「……不行哪，果然這樣是不成的啊！」「小正兒」和我拉開了距離，她仰起臉，把頭髮往上攏了攏，然後哈哈大笑了起來。她的臉彷彿剛洗完熱水澡從浴室出來般，突然一下子變得紅通通的。

「啊，已經是精神演講時間了；我得離開了，抱歉！像遲到這種散漫的行爲，我可是相當討厭的呢！」

話一說完，我便跑著離開了洗手間。就在此時，於我的後頭，傳來了「小正兒」輕弱的叫喚聲：

「不可以和『竹子小姐』太要好喔！」

那聲音，深深地沁入了我的心裡。

唉，秋天實在不是個好季節！

當我回到房間的時候，演講還沒開始；「卡波雷」正於床上翻來覆去的，口中哼著的，仍是那千篇一律的「都都逸」小調。「路旁小草遭踐踏，甫逢朝露又重生……」雖然之前我已經不知聽過了多少次「都都逸」，然而，這時，我卻完全沒有平常那種困擾、爲難的感覺，只是虛心地傾聽著；竟覺也是番奇妙的體驗。或許，是我的心變軟弱了吧？

不久之後，演講開始了；今天的主題是「日中文明的交流」，由一位名叫岡木的年輕老師，以醫學交流爲主軸，舉出種種從古到今的具體事證，簡單明瞭地向我們說明了日本與中國間的文化關聯。日本和中國之間的關係，長久以來一直都是亦師亦友，是兩個彼此提攜並進的國家。然而，這樣的事實，卻要到今日才真正被肯定正視。看來，我們需要反省的地方實在太多了。不過，比起這個，今天所知悉的那個祕密，才是讓我更掛心的事情。我痛定思痛，想要快點把「小正兒」的事忘得一乾二淨，然後，恢復到從前那樣，做個無憂無慮的模範學員。

畢竟……嗯，「小正兒」再怎麼說，也不算是個好女孩。在我的感覺中，她除了偶爾有點小聰明外，其他方面則是無法想像的愚蠢。方才，她雖然於我的面前顯露出了種種令人猜不透的言行舉止，但是，我非常清楚，那其實都是毫無任何意義可言。我並不是那種會愚蠢不堪地陷入自我陶醉中的人。「小正兒」一向都只考慮自己的事情，不管是「筆頭菜」也好，或是我也好，對她來說都不是問題。她只會爲了自己的美麗與楚楚可憐而陶醉；她雖然在外表上裝出一副天真無邪的樣子，不過，她的虛榮心其實非常地強，絕對不想輸給任何人。不只如此，在強烈占有欲的驅使之下，只要是別人擁有的東西，她不管怎樣都會想要拿到手。關於「小正兒」的這套技倆，我已經徹底看穿了。

6

「小正兒」將「筆頭菜」的書信拿給我看，應該或多或少有點示威的意味吧？不過，後來她敏感察覺到了我對那封信的極度輕蔑，因而馬上態度一變，又是哭泣，又是用肩頭頂我的，而且還脫口說出了那堆讓人完全意想不到的話。我想，事情的真相應該就是如此沒錯。隱藏在她心裡的，並不是像三色堇般的微渺自尊；事實上，她的自尊心高傲得如同女王一樣，絕對不是可以輕易撫慰得了的事物。至於「小正兒」所說的，「我和她要好的事，已經在眾人間沸沸揚揚地傳開了」云云，那就更是荒誕無稽了。迄今為止，我還不曾因為「小正兒」的事而被人嘲弄過，就只有「小正兒」自己一個人，在那裡為了這件事情吵吵嚷嚷的。「小正兒」實在是個不怎麼檢點的女孩；我想，這大概是因為基本教養不好所導致的吧？真的，或許正如「越後」所言，她的母親是個德行不好的人也說不定。越是冷靜下來思考，我就越覺得生氣；我想，「小正兒」實在沒資格當道場的助手。道場是神聖的場所，是個大家都一心一意祈求著能夠征服結核病，並為之早晚鍛鍊、不斷努力修行的場所呀！為此，我斷然下定決心，如果「小正兒」再一次表現出過於露骨的言行，我便會毫不猶豫地告訴組長「竹子小姐」，要她將「小正兒」給逐出道場。

下了這樣的決心後，我總算感覺，自己似乎不再那麼爲剛才發生於洗手間的那場噩夢所牽絆了。

那真的是場噩夢呀！所謂的噩夢，就是跟現實人生沒有任何牽連的事物。舉例來說，假設某天夜裡，我夢見自己揍了您一頓，但到了隔天早上，我並不會因此而登門向您請罪。我既不是個帶著感傷眼鏡看世界的宗教家，也沒有一顆詩人的心；我只知道，新男人最不喜歡的，就是那些糾纏不清的事。

雖然，我說自己不打算爲夢中之事所牽絆，但是，就在這洗手間噩夢的隔天，也就是今天清晨的天明之際，我又作了一個夢。那是一個非常美好的夢，是我無論如何都不想忘記的美夢，同時也是個讓我衷心期盼著，能與現實人生相互牽繫的夢。在此，我無論如何都想將這個夢和您一同分享。那是關於「竹子小姐」的夢。「『竹子小姐』真是個好女孩啊！」今天早上，我一直這樣反覆思索著。像她那樣的人，在這世上可以說是鳳毛麟角；因此，您會爲「竹子小姐」而傾心，我認爲這倒也是理所當然之事。說真的，您不愧是詩人，不只直覺相當敏銳，眼光也十分地好，了不起！原本，我還有點擔心，怕您會因太過思慕「竹子小姐」而輾轉反側、相思成疾，所以決定以後關於「竹子小姐」的報告必須有所保留；不過，現在，我明白這樣的擔心已經完全沒有必要了——今天早上，我總算清楚地領悟了這一點。

不論再怎麼喜歡「竹子小姐」，她也絕對不會是一個讓人輾轉難眠、心志墮落的人。因此，就請您更加「用力」地喜歡「竹子小姐」吧！我也不會輸給您，今後將會更加全心全意地信賴她的！如此比較起來，「小正兒」還真是個蠢女孩；跟「竹子小姐」正好相反，她完全就如同您先前所說的一樣，像個「不成氣候的電影明星」。昨天，當洗手間的那件事發生之後，到了晚間八點的摩擦時間，雖然「小正兒」並沒有輪到「櫻之房」的班，但她還是不請自來了。她有若已把白天的事忘得一乾二淨般，和「硬麵包」、「卜波雷」吱吱喳喳地聊個不停。方時，「竹子小姐」正在幫我進行著摩擦；她就如平常一樣，以熟練的手法，唰唰地刷著我的身體；每當聽到「小正兒」他們講著無聊的笑話時，她也會不時地報以一個微笑。見她這個樣子，「小正兒」於是直截不客氣地走到我們的身旁，以語帶嘲諷的粗魯口吻問著「竹子小姐」說：「『竹子小姐』，需要幫忙嗎？」

「謝謝，」「竹子小姐」只是輕輕地點頭招呼道：「不勞操心，我馬上就好了。」她用清澈的聲音這般回答著。

7

我喜歡在這種狀況下依然沉靜自若、端端正正的「竹子小姐」；即使在對我表示拙劣的好意時，她也不曾露出任何醜陋不堪的神態。當「小正兒」往右轉了個圈，再次走向「硬麵包」時，我小聲地對「竹子小姐」說：「『小正兒』真是個做作的女孩子啊！」

「不會啊，她是個本性很善良的孩子呢！」「竹子小姐」以一種悲憫愛憐的語氣，清晰地回應道。

果然，「竹子小姐」的人格比「小正兒」高尚得多了！我於心裡暗自思忖著。「竹子小姐」迅捷地幫我摩擦完身體後，便抱起金屬臉盆，前往隔壁的「天鵝之房」支援那邊的摩擦工作。她離開了之後，「小正兒」即笑盈盈地再次來到我的床鋪前，並以小小的聲音問著我說：「你告訴『竹子小姐』什麼了？快從實招來！我可是都聽到了喔！」

「我說，妳是個做作的小孩。」

「壞心眼！為什麼那樣說呀？」出乎我意料之外地，她竟然沒有生氣，「哪，那個，有收好嗎？」說著說著，她以兩手的指頭，比出了個四角形。

「妳是說匣子嗎？」

「嗯。你把它藏在哪裡？」

「那邊的抽屜裡面。妳要拿回去嗎？我可是無所謂喲！」

「哎呀，討厭啦！我要你一輩子留著它，不管再怎麼麻煩都要留著，知道了嗎？」她以難得的懇切語氣，對我這般說著。接著，她忽然冷不防地大叫了起來：「果然，從『小雲雀』這裡，能夠把月娘的臉看得最清楚哪！『卡波雷』，過來一下！到這裡排排站，拜個月娘吧！吟一首明月呀，還是什麼的俳句吧！好不好？」

真是有夠吵的。

當天晚上，除了這件事外，直至就寢為止，並沒有再發生其他異常的狀況。不過，接近黎明時分時，我忽然清醒了過來。走廊上照明燈的光線映入了房裡，透融著朦朦朧朧的微光。我看了看床頭的時鐘，時間正要接近清晨五點，屋外的景象，似乎還沉落在一片漆黑當中。

這時，我乍然發現，窗外似乎有人正朝著這裡探頭張望著。是「小正兒」嗎？我的腦中瞬時閃現這樣的想法。那是一張白色的臉龐；我確實地看見它笑了一下，然後就立即消失了。我從床上坐起身，掀開窗簾往外張望，不過卻什麼也沒看見，心中不禁感到有些怪異。該不會是我睡傻了吧？「小正兒」就算再怎麼亂來，也不會挑這種時間吧？我暗自嘲笑自己的想法未免太過浪漫，苦笑了一下，隨之又鑽回了被窩裡去。但是，無論如何，我還是覺得無法卸心。不一會兒，我聽見了遠處的洗手間方向，傳來了一陣陣像是在沙沙地洗東西般的微弱水聲。就是這個！我內心想著。至於究竟是什麼理由讓我這樣猜測，就連我自己也不明白。一定是這個！剛才笑著消失的人！現在，那個人確實就在這裡！這麼一想，我便再也按捺不住，於是倏地跳下床鋪，躡手躡足地來到走廊上。

洗手間內明著一盞發著青光的燈泡。我往裡頭偷偷地望了一眼，只見穿著碎花布和服、圍起白色圍裙，蹲踞於地的「竹子小姐」，正在擦拭著洗手間的地板。她將額頭以毛巾包裹，樣子同伊豆大島的姑娘一般。她回過頭，看到了我，但即便如此，她卻依舊繼續默默地擦拭著地板。我凝望著她瘦削而小巧的臉龐；這時候，道場裡所有的人都還在沉靜的睡眠之中；而「竹子小姐」，她總是這麼早就起床開始清潔工作了嗎？我說不出任何讚美之詞，只是伴隨著躍動不已的心跳，注視著「竹子小姐」擦拭地板的身影。坦白說，這是我有生以來，第一次爲自己湧動的驚人欲望而懊惱不已。在黎明前的黑暗中，似乎有種不尋常的感覺，正在蠢蠢欲動著。

8

我總覺得，自己一定是跟洗手間犯沖了。

「『竹子小姐』。剛才……」我想說話，但聲音卻猶如被卡在了喉頭間，我唯能有些氣喘吁吁地說：「妳有到過庭院裡嗎？」

「沒有喔！」「竹子小姐」轉過身面對著我，輕輕一笑，「你是睡迷糊了在說夢話嗎，孩子？哎呀，討厭啦！你怎麼光著腳丫子呢？」

聽她這麼一說，我才驚覺，自己的確沒有穿鞋子。大概是由於剛才情緒太過激動，匆匆而來，因此才會連草鞋也忘了穿。

「真是讓人放不下心的小孩呢！來，腳，擦一擦！」

「竹子小姐」站起來，將抹布放入了水槽裡嘩啦啦地搓了搓，隨後拿著抹布來到我身旁，她蹲下身子，將我的左右腳腳底都使勁地用力擦拭了一番。不光是腳，我感覺，自己彷彿便連心底深處的角落，也都被拂拭得乾淨光潔，而那奇怪、可怕的欲望，似乎亦已隨而消逝無形。我一邊讓「竹子小姐」幫我擦腳，一邊將手擱在她的肩膀上。

「『竹子小姐』，今後還得要麻煩妳多多關照哪！」我故意學著「竹子小姐」的關西腔說話。

「真是孤獨的孩子啊！」「竹子小姐」並沒有笑，她自言自語似地小聲說著，「哪，這雙借你穿，趕快去廁所吧！晚安！」

「竹子小姐」說完後，便將自己腳上穿的拖鞋脫下，整齊地放到了我的面前。

「謝謝。」我裝出一副若無事然的模樣，穿上拖鞋。「我大概真的是睡糊塗了吧！」

「你不是起來上廁所的嗎？」「竹子小姐」又開始一個勁兒地擦拭起地板，並一面以成熟大人般的口吻對我說著。

「我想，應該是吧。」

我總不能跟她說，「自己看到窗外有張女人的臉」這種蠢話吧？也許，是因爲我自己的心地汙濁，所以才會看到那樣的幻影吧？一想到自己竟被猥褻的幻想挑動心緒，甚而光著腳丫從走廊一路飛奔而來，便覺自己真是卑微而可恥；對於一個每日摸黑起床，心無雜念地靜默打掃的人，我竟會產生這樣的念頭。

我倚著牆壁，再次重新注視起「竹子小姐」工作的樣子，宛如正在仔細領悟著人生中嚴肅的那一面。所謂的「健康」，我想應該就是這樣的姿態吧！託「竹子小姐」的福，我感覺隱藏於自己心底的那塊璞玉，似乎因此而變得更加清明透潔了。

您知道嗎？正直的人通常都是好人，而單純的人往往都是最高貴的。一直以來，我對「竹子小姐」善良的個性多少有點嗤之以鼻。但，現在我發現自己完全錯了。確實，您的眼光是正確的；說到底，「小正兒」跟「竹子小姐」不管在哪一方面，根本完全無法相提並論。「竹子小姐」的愛情不會讓人墮落，這樣的愛情，才是値得讓人珍惜的事物。我也想讓自己變成同她一樣，成爲一個擁有著堂堂正正愛情的人。我一天一天地往高處飛，周遭的空氣也日益而冰冷透澈。

男子漢的一生當中，總有千鈞一髮的時刻。新男人總是遊走於險境之間，然後，踏著健快的腳步，穿梭其中、自由翺翔。

這麼一想的話，秋天也不盡然如此糟糕了；雖然它總是帶來寒意，卻也總是予人抖擻。

「小正兒」的夢是場噩夢，讓我忍不住想盡快將它忘掉；然而，「竹子小姐」的夢……，如果那是夢境的話，就算要我永遠沉睡不醒，那也無所謂了。

特別聲明一下，我可不是在談論什麼風流韻事喔！

十月七日

硬麵包

1

敬啓者：

好強勁的暴風雨哪！這大概就是所謂的秋颱吧？話說回來，美國的進駐軍似乎也跟這秋颱一樣，讓人感到驚慌失措；聽說E市那邊一下子來了四、五百人，不過這附近倒是連一個美軍也沒出現過。「不要胡亂地驚慌失措，那樣只會變成他人的笑柄。」由於場長曾經發表過這樣的訓詞，所以道場的大家相較之下，對此也比較能夠處之泰然。唯獨一個人例外，那就是助手「金魚妹」小姐，她整個人因此變得無精打采的，還因而被大家狠狠地嘲弄了一番。大約是兩、三日前的一個下雨天，「金魚妹」因事前往E市；不過，當她回到道場，那晚與大家一同就寢時，竟忽然抽抽噎噎地哭了起來了。「怎麼啦？怎麼啦？」面對大家七嘴八舌的追問，「金魚妹」終才一邊抽泣，一邊吞吞吐吐地說出事情的原委。整件事情的經過大致如下：

原來，當「金魚妹」於城鎮辦完事，來到候車站等待回道場的巴士時，於傾盆大雨之中，突然有一輛美軍的空卡車駛了過來；接著，那輛卡車不知怎地突然發生了故障，於是便在候車站的正前方停了下來。下一個瞬間，自卡車的駕駛座上，跳下了兩名像孩子般的年輕美軍士兵，他們冒著大雨，埋頭修理起車子來，然而，車子卻似乎如何也無法修好；到最後，即便他們已被完全淋成了落湯雞，卻依舊默默地不斷擺弄著機器。不久，「金魚妹」所等待的巴士來了，她於是跑出候車站準備上車；於此之時，她竟突然忘我似地，從自己的布包中取出兩顆梨子，遞給了那兩名年輕士兵。「珊科幽！」背後傳來道謝聲，她則頭也不回地衝進巴士裡，隨後車子便開走了。就只是這麼一件簡單的事而已。可是，回到道場後，待她心情漸漸冷靜，儘管什麼也沒對人說，但她卻感到內心十分惶恐，而且越想就越覺得擔心；到最後，她終於按捺不住了，只好趁著夜裡，一個人蒙著頭，於棉被裡抽抽噎噎地哭泣起來。這條新聞到了第二天早上，便已傳遍了整個道場；認爲「可以理解」者有之；大嘆「不像話者」有之；而急忙趨前打探消息，追問「到底是怎麼一回事」者亦有之。總而言之，眾人聽了之後，莫不大笑一場。至於身爲被嘲笑對象的「金魚妹」本人，倒是絲毫笑意也無，只是搖搖頭地說：「一直到現在，我的心頭還在怦怦亂跳呢！」

除此之外，還有另外一件事，那就是跟我同病房的「硬麵包」，最近一直愁眉不展的。每回看他，不知怎地，總是一副煩悶的樣子，感覺起來，簡直就像是在從事某種奇妙的苦行一般。「硬麵包」這人究竟是個祕密主義者呢，或只不過是單純地喜歡裝模作樣？反正，無論如何，我們全都跟他相處不來，往來時也都像是在對待陌生人般，甚感困窘而格格不入。前天晚上暴風雨來襲的時候，才剛過七點不久，道場裡便停了電。因為這樣，晚上的摩擦運動只好暫停；而擴音機亦由於無電而停擺，因此晚間也沒新聞報導可聽了。學員們沒辦法，只得早早上床就寢。但是，強勁的風聲卻讓所有人皆難以成眠。「卡波雷」小聲地唱起了歌；「越後獅子」則從自己床鋪的抽屜裡找出蠟燭，點亮立於枕邊，然後，便於床上盤起腿，認真地修理起自己的拖鞋。

「好強的風呀！」就在這時，「硬麵包」帶著微妙的笑容，朝我們這邊走了過來。

「硬麵包」會來到別人的床鋪邊，實在是件相當稀奇的事。

2

就像飛蛾會撲向燈火般，人類或許也是一樣的吧？在如此的暴風雨夜，即使只是微弱的燭光，亦會使人無比珍惜，而因之會被不覺吸引也說不定。我在心裡這樣想著。

「哎呀呀，」我欠起身子歡迎著他。「遇到這麼大的暴風雨，進駐軍恐怕也會嚇一大跳吧？」

聽到我的話，他的笑容顯得愈發怪異了。

「不，沒什麼，其實那個嘛……」他用稍微滑稽的語氣說著，「我的問題，就在於那個什麼進駐軍呀！總之，我想請你幫我讀讀看這個。」說完，他將一張信紙遞給了我。

信紙上頭寫滿了英文。

「我不太會讀英文。」我面紅耳赤地說著。

「別這麼說，你應該沒問題才對吧！像你這樣剛從中學畢業的年紀，對外語的記憶力一定最好了，不像我們這把年紀的人，都已經忘得差不多了呢！」他無聲地笑了笑，隨後在我的床頭坐了下來；接著，他用幾近只有我聽得到的低沉聲音，迅速地對我說：

「事實上，這是我寫的英文。因爲文法一定有點不對，所以希望你能幫我矯正矯正。你應該一讀過便能知道問題所在的吧?道場裡的大家似乎總是過度高估了我，把我當成厲害的英語達人來看待；因此，屆時一旦道場裡來了美軍，我想我很有可能被硬推出去當翻譯也說不定。一想到那種情況，我就忍不住擔心得不知如何是好。所以，就拜託你，幫我檢查一下吧！」說著說著，他像是要掩飾自己的尷尬般地嘿嘿笑了起來。

「但是，你的英文真的很不錯不是嗎？」我一面以迷濛的眼神望著那張信紙，一面向他這樣問道。

「別開玩笑了！就憑我這種程度，要當通譯還早得很呢！老實講，我平常之所以常在助手面前動不動炫耀英語的，那實在是有點形勢所逼呀！但如果就這樣硬被推出去當什麼翻譯的，結果讓大家都見識到了我張口結舌、不知所措的模樣，那那些助手們還真不知會如何輕視我呢！我可從來沒有遇過像這樣的窘境啊！這一陣子，我光顧著擔心這件事情，便連晚上也睡不安穩，你可一定要幫我看看啊！」說完之後，他又嘿嘿地笑了起來。

我開始讀起信紙上的英文。裡頭一堆我所不認識的單字，但約略還是可以知其大概的，它所要表達的意思如下：

您千萬不要生氣，請原諒我的失禮。我是個可悲的男人，因為我對於英語，不管是聽、說，或是其他方面，全都跟嬰兒差不了多少；換句話說，我的程度跟您相較起來，實在是遠遠有所不及。不僅如此，我還有結核病，請您務必小心！啊，危險呀！是的，我把病傳染給您的可能性的確非常大。可是，我深深地相信著您，您是一位奉上帝之名的氣質高貴的紳士，而我也從未懷疑，信賴您必定會對於像我這樣的可憐男人抱持著深刻的同情心。我的英文會話能力殘缺不全，只能勉強地讀跟寫。如果您對我有足夠的體諒與耐心，那麼我想拜託您，將今天所要吩咐我的事情，全都記錄在這張紙上。接著，我想請您再忍耐個一小時，我會在這段時間內，關在我私人的房間裡，研究您的文章。然後，我會以我最大的努力，將您所需要的答覆一一書寫出來。

敝人在此由衷地祈求您身體健康。當您看見我這貧乏醜陋的文章時，還請切莫感到嗔怒！

3

相較於「筆頭菜」那封譎詭難解的書信，這封信還算是言之有物；而且，當我認真地閱讀完畢後，倒不覺得這一切有多麼可笑。姑且不論「硬麵包」覺得被拱出來當翻譯這件事情有多恐怖，就另一方面來說，他一直是個好面子的人，因此，萬一被趕鴨子上架的話，他無論如何都不可能希望自己出乖露醜的。於是，爲了不想背叛助手們的期待，他費盡心血，下了工夫多方鑽研。他爲此所做的種種努力，即便只是透過這封英文信，亦已得以充分體察。

「這簡直就像是……呃，某種重要的外交文件一樣，相當正式。」我忍住笑意地說著。

「別嘲弄我了！」「硬麵包」苦笑著，並將我手上的信紙一把搶回去，「哪裡有咪斯爹苦（mistake，錯誤）嗎？」

「沒有。這是一篇非常淺顯易懂的文章，稱之爲『名作』大概也不爲過了吧！」

「相當讓人迷惘的『名作』，對吧？」他以一句無聊的俏皮話回應著我的評論。儘管如此，聽了我的讚賞後，他的心情似乎變好了不少；只見他露出了一副有點得意、顯得理所當然的表情說道：「因爲當翻譯的責任呢！可以說是相當重大，所以我才會希望獲得對方的應允，得以使用筆談。我平常實在是太過賣弄自己的英語知識了，因此，這次或許會真的被拱出去當翻譯也說不定。總之，現在想逃也逃不掉了，還真是件麻煩事啊！」他一臉興致索然地說著，語罷，還故意地輕輕嘆了口氣。

不一樣的個體，都有著各自所憂心的事情吧！我頓然對此深有所感。

不知是因暴風雨的關係，還是由於微弱的燈火之故，總之，當天夜裡，同房的我們四人，圍繞著「越後獅子」所燃點的那盞燭光，很難得地會聚一起促膝長談。

「所謂的自由主義者，那個啊，到底是什麼樣的人呀？」「卡波雷」不知何故，突然壓低聲音地這樣問道。

「在法國呀，」「硬麵包」大概是在英語方面吃到了苦頭，這次改賣弄起有關法國的知識來了，「有一群叫做懷疑論者（libertine）的傢伙，這些人謳歌自由思想，行爲放浪不羈。說起來，那是發生在十七世紀的事情，距離今天大概已有三百年左右之久了呢！」他挑了挑眉，裝模作樣地繼續說著，「這些傢伙主要倡導的是宗教自由，聽說，他們的手段似乎頗爲粗暴。」

「怎麼會？有什麼好粗暴的？」「卡波雷」露出一臉意外的表情繼續問著。

「嗯嗯，這個嘛……事情是這樣的，簡單地說，他們大概就是過著我們所謂的『無賴漢』那樣的生活。於戲劇裡面，不是有位著名的大鼻子西拉諾嗎？這個角色從某方面來說，就是在影射當時的那些懷疑論者。他們總是反抗有權有勢者，並不吝幫助弱者；那時候法國所謂的詩人之流，幾乎都是這個樣子。打個比方的話，這群人就有點近似於我們日本江戶時代被稱爲『男伊達』的那些行俠仗義的俠客們。」

「原來是這麼一回事呀！」「卡波雷」聽了之後，迸出一句話來。「那就是說，幡隨院長兵衛（譯註：日本十七世紀初著名的俠客領袖，被尊稱為「日本俠客之祖」。）也算是個自由主義者囉？」

4

不過，「硬麵包」並沒有因爲這個突梯的問題而發笑。

「硬要這麼說的話，我認爲事實上也沒什麼不可。說得更明確一點，雖然和現代的自由主義者在形式上有點不一樣，不過，十七世紀時候的懷疑論者，大抵上就像你所說的那樣；也就是說，他們搞不好和花川戶的助六（譯註：歌舞伎劇中想像的俠客。），或是怪盜鼠小僧次郎吉之類的傢伙沒什麼兩樣喔！」

「嘿嘿，還有這種事呀！」「卡波雷」聽了之後，露出了一副相當開心的表情說著。

正在縫補破拖鞋的「越後獅子」，也不禁跟著笑了起來。

「大體上，所謂的自由思想，」「硬麵包」的神情漸漸地認真了起來，「其原本的形態，就是一種反抗精神——或者可以這樣說，那是一種破壞思想。它不只是一種爲了去除壓制或束縛而萌發的思想，更是肸於壓制或束縛下油然產生的反作用力，是一種具有鬥爭性質的思想。我舉個例子來說好了，有一天，野鴿子向神明許願說：『我在飛行的時候，總是被空氣這東西所阻礙，讓我不能很快地前進，我真希望不要再有空氣這種東西！』神明如了牠的願望；可是，自此以後，野鴿子不管再怎樣拍打翅膀，也沒辦法飛上天空了。這個故事裡的野鴿子，所比喻著的就是自由思想；鴿子必須藉著抵抗空氣，才能往上飛翔；沒有鬥爭對象的自由思想，就如同在真空管中鼓動翅膀的鴿子一般，不管如何都是飛不起來的。」

「和現在某個知名的男人似乎挺像的嘛？」「越後獅子」停下了縫補拖鞋的手，對「硬麵包」這樣說道。

「哎，」「硬麵包」搔了搔自己的後腦勺，「我沒有這樣的意思啦！這不過是康德（德國哲學家）所舉的例證罷了。我對於現在日本政治界的事，可說完全一無所知哪。」

「但是，不或多或少知道一點的話，那可是不行的喲！聽說，往後所有的年輕人都會有選舉權和被選舉權，所以還是得知道一點才行哪！」

「越後」露出了長者的神態，從容鎮靜地說：「真要說起來的話，自由思想的內容，會因爲每個時代的差異而產生完全不同的意義吧！爲追求真理而奮鬥的天才們，全都可以稱爲自由思想家。我一向認爲，自由思想創始的根源，乃是在於耶穌基督——『把煩惱丟開，看看那空中的飛鳥吧！牠既沒有春耕、夏耘，也沒有秋收、冬藏。』（譯註：原文出自〈馬太福音〉，中文版譯文為：所以我告訴你們，不要為生命憂慮吃什麼，喝什麼；為身體憂慮穿什麼。生命不勝於飲食嗎？身體不勝於衣裳嗎？你們看那天上的飛鳥，也不種，也不收，也不積蓄在倉裡，你們的天父尚且養活他。你們不比飛鳥貴重得多嗎？）這不就是一種令人讚嘆的自由思想嗎？我認爲，西方思想全都是以基督精神爲基礎，或者更加詳盡地闡述，或者更淺顯易了地解釋，或者是加以質疑。總之，各式各樣人物所提出的諸多學說，其實全都可以歸結於一本《聖經》。便連科學，也不能說與它沒有關聯。奠定科學基礎的事物，不管是物理界，或是化學界，全都是所謂的假說。舉凡肉眼所看不見的，都是以假說爲出發點。這種假說就是基於信仰，而所有的科學也都因之而生。因此，日本人研究西洋哲學、科學之前，非得先研究《聖經》不可。只是專注於鑽研西洋文明的表面事物，這就是日本大失敗的真正原因。無論是自由思想或是什麼，如果不懂得基督精神的話，就連一知半解也不可得。」

5

於「越後」說完後，在座的所有人全都陷入了短暫的沉默當中。就連「卡波雷」也露出了一副深思的神色，一言不語地時而點頭、時而搖頭。

「再接著說，自由思想的內容無時無刻不在改變，這種事是有先例可言的。」這天晚上，「越後獅子」異常地雄辯，感覺起來有點像是名不知來自何方的莫測高深的隱士。事實上，他搞不好真的是相當有來頭的人物也說不定；如果身體無恙的話，他現在應該是個爲國家擔負起重大職責的人吧？我在心裡這樣暗自想著。

「從前的中國有個自由思想家，他因反對當時的政權，憤而隱居深山。他認爲，那是世情時局時不我與，一切並非他自己的失敗。他持有一把名刀，他打算，待到時機來臨，便要以這把刀擊殺政敵。故而，他就這樣帶著滿滿的自信，歸隱山林。經過十年，世界整個改變了；他認爲時機來臨，於是下山，向大家宣揚他的自由思想。然而，當他回到這個世界，其十年前所懷持的自由思想，卻業已成了陳腐的投機思維；最後，他只能拔刀明志，向民眾展現自己的意氣。這是個有點悲傷，甚至充滿著蒼涼感的故事。它告訴我們，所謂十年如一日，不變的政治思想，只不過是一種迷思罷了。日本明治以來的自由思想也是這樣的，先是反抗幕府，然後糾彈藩閥，接著攻擊官僚。孔子說：『君子豹變。』（譯註：其實這是《周易》裡的文字，並非孔子所言。）我想，指的也就是這種情況吧？在中國，所謂的『君子』並不同於日本所指，僅爲菸酒不沾、端端正正之人，而是代表著一種精通六藝、近乎天才意味的存在；或者，我們可以更正確地說，君子，就是具有天才般應變手段的人。這就是所謂的『豹變』，它是種展示於眾人面前的美麗變化，而不是醜陋的背叛。基督也這樣說過，『不可背誓。』；同時，祂又說：『不要爲明天憂慮。』其實，這不就是自由思想家的老前輩嗎？『狐狸有洞穴可居，天空的飛鳥有巢可住，只有人子，卻連安枕的地方也無。』（譯註：語出〈馬太福音〉。）這應該正是自由思想家的同聲慨嘆吧！連一日的安居都不被允許，這就讓人非得有一種『苟日新，又日新』的精神不可。今天的日本，還在一味地攻擊昨日的軍閥官僚；那已經不叫做自由思想了，而叫投機。倘若是真正的自由思想家，這種時候，應該要把一切都放下，開始爲了某些撞擊時代的真切事物而大聲疾呼才對啊！」

「什、什麼呀？應該大聲疾呼些什麼呀？」「卡波雷」驚慌失措地問道。

「還不明白嗎？」「越後獅子」正襟危坐地說著，「就是要大聲吶喊『天皇陛下萬歲』呀！昨日之事已然陳舊，但今日之事，必須是最新的自由思想才行。十年前的自由和今天的自由，意義是不一樣的。這絕對不是什麼神祕主義，而是人類原本的愛呀！今天，真正的自由思想家應該拼命這麼大聲疾呼才是。既然美國這個國家以自由爲名，必定可以認同日本的這種自由呼聲的。如果現在的我沒有生病的話，還真想站於二重橋前，大聲高呼『天皇陛下萬歲』呢！」

「硬麵包」摘下眼鏡，哭泣了起來。這個暴風雨夜，使我徹底喜歡上了「硬麵包」。

身爲男人真是一件好事；不管是「小正兒」或「竹子小姐」的事，在這一刻全都不成問題了。

以上，就是以「暴風雨中的燈火」爲題，來自道場的訊息。就此擱筆，抱歉了。

十月十四日

口紅

1

誠摯地感激您的回覆。承蒙您對我前幾天的那封「暴風雨之夜的會談」的深切讚賞，我備感至幸。您表示，依您看來，「越後獅子」說不定是什麼當代罕見的大政治家或知名大學者之類的；然而，我並不這麼想。方今的時代已與過往大不相同，這是個即使是身處街頭巷尾的無名小百姓，亦可邁前大吐正道的時代。不過，國家的領導階層卻依舊徒是驚慌失措，如同無頭蒼蠅似地東奔西竄。如果這種狀況一直持續下去的話，顯然地，他們很快就會被現今的民眾所摒棄。雖然大選的時間已逐步逼近，但他們於演說中所闡述的仍為那些謬論。如此一來，我想結果只有一個，那就是讓民眾漸漸對所謂的「民意代表」感到鄙夷吧！

說到選舉，今天，於道場裡，發生了一件相當奇妙的事。今日正午方過，從「天鵝之房」那遞過來了一份要給全體傳閱的看板，上頭寫著下列訊息：

在對婦女即將獲得參政權一事額手稱慶之餘，我輩必須說，本道場某些助手的濃妝豔抹，不只讓人看了難受，更足以令國民的參政權也為之哭泣。我輩曾有耳聞，美國進駐軍經常將搽著鮮豔口紅的婦女誤認為娼妓；故此，像這般的行為，不僅為道場添上一筆不名譽的陰影，更是全體日本婦女之恥辱。

接下去，「天鵝之房」的傢伙們還鉅細靡遺地將那些他們所認爲最爲濃妝豔抹、看起來最刺眼的助手綽號，一一給列了出來。最後，他們還補上了這樣一句話：

在右記六名助手當中，尤以「孔雀」的妝扮最為醜怪，簡直就同猴子穿西裝一樣，令人作嘔！雖經我輩屢再規勸，然其卻無片毫反省之意。因此，我輩認為，應該將她逐出道場。

隔壁的「天鵝之房」從以前開始就是一些個性強悍的大男人所盤踞的場所；於助手間頗受歡迎的「硬麵包」，便是由於之前在「天鵝之房」待不下去，因此才會在道場的安排下，逃到我們「櫻之房」的。相較起來，我們「櫻之房」拜「越後獅子」深厚的人望所賜，簡直是間如沐春雨般的病房呢！這回傳閱的看板，同樣也是上述這種狀況下的產物。「這簡直是太過分了！」「卡波雷」一看到板子上的內容，便馬上劈頭大喊著：「我完全不能贊同！」「硬麵包」也微微一笑，表示支持「卡波雷」的想法。

「這真的非常過分不是嗎？」接著「卡波雷」又轉過身，尋求「越後獅子」的認同，「既然人類應當一視同仁，那麼，我認爲，將人逐出道場是極度不正確的行爲。不管在什麼情況之下，我們都不該忘記人類與生俱來所固有的愛才對呀！」

「越後獅子」默默地點了點頭表示同意。

「卡波雷」見機不可失，又繼續趁勢尋求我的認同：「吶，我說的沒錯吧？自由思想不應該是這麼小氣的東西啊！喂，坐在那邊的小老師，你覺得怎樣？我想，我的論點應該沒有錯吧？」

「但是，再怎麼想，隔壁的那群人，總不可能真把人給逐出道場吧？依我看來，他們不過是想在大家面前展現一下自己的氣魄罷了。」我笑著說道。

「不，才不是這樣。」我一說完，「卡波雷」隨即否定了我的話語，「婦女參政權和口紅之間，壓根兒沒有什麼致命的矛盾關係；在我看來，那些傢伙平常就挺瞧不起女人，選在這種時候發作，只不過是藉題發揮罷了！」真是一語道破。

2

接著，「卡波雷」又按照慣例地，開始說起了他那番堂堂皇皇的大論點：

「世界上有所謂的大勇與小勇；說起來，那些傢伙就是所謂的『小勇』啦！他們竟敢用『白板（無毛男）』這樣討厭的綽號來稱呼我！我從很久以前便一直覺得十分火大！儘管我也不是太喜歡『卡波雷』這個綽號，但他們竟然還叫我『白板』，這口氣我無論如何都無法嚥下！」「卡波雷」一邊為了毫不相干的事情大感憤慨，一邊從床上跳下來，紮好腰帶說：

「我要把這塊看板敲成碎片，再丟回去給他們！自由思想可是從江戶時代以來就有了哪！人類所不能忘記的智仁勇，統統都蘊含在這裡面啊！大家就放心地把這件事情交給我吧！我現在就到那去，當著他們的面把這玩意兒給敲碎，然後再丟回去給他們！」說著說著，他的臉整個赤紅了起來。

「等等，等等等！」「越後獅子」一邊以毛巾擦拭著鼻頭，一邊對「卡波雷」說：「你不能去。這件事情，就交給坐在那邊的小老師去辦吧！」

「交給『小雲雀』？」「卡波雷」露出一副非常不滿的樣子說著，

「雖然這樣說或許有點失禮，但是對『小雲雀』而言，這樣的負擔未免太過沉重了吧？那些傢伙可不是現在才開始這樣的，他們自老早以前就都是這副德性呀！竟然敢叫我『白板』，這口氣我實在是嚥不下去！所謂的『自由與束縛』，不就是這麼一回事嗎？自由與束縛其間的含意，不也正是『君子豹變』這回事嗎？那些傢伙根本不懂何謂基督精神；照這種情況看來，還是非得讓他們見識一下我的手段不可。總之，派『小雲雀』去，根本不行啦！」

「我去一趟！」我跳下床，動作迅捷地擠上前去，一把將「卡波雷」手上的傳閱看板取了過來，並走出房間。

「天鵝之房」似乎正急不可耐地等待著我們「櫻之房」的回應，當我一踏進房門時，那裡的八位學員全部一擁而上，七嘴八舌地問道：

「如何？是個大快人心的提議吧？」

「櫻之房的小白臉們，你們應該覺得很傷腦筋吧？」

「你們該不會想背叛我們吧？」

「學員要團結一致，向場長提出驅逐「孔雀」的要求。那個猢猻精，給她選舉權還是什麼的，都嫌太浪費了啦！」

只見他們你一言我一語，大聲喧鬧個不停，每個人的樣子，全都幼稚得如同愛搗蛋的小孩般。

「讓我也說幾句話行嗎？」我用比他們更大的聲音，使勁地吼了出來。

被我這樣一吼，他們頓時間變得鴉雀無聲；不過，沒一會兒，他們便又開始重新吵吵嚷嚷了起來：

「少管閒事，少管閒事啦！」

「『小雲雀』，你是來投降的嗎？」

「你們『櫻之房』的傢伙，連一點緊張感都沒有嗎？現在可是日本的關鍵時刻啊！」

「已經淪爲四等國了還不自知，還在那裡光顧對著美女流口水啊？」

「怎樣啦！有話快說，有屁快放啊！」

「今晚就寢時間之前，」我像是要撐破喉嚨似地大聲叫著，「我會給大家一個答案的！如果到時候，我的處理方式還是讓大家覺得不滿意，那就照著各位的意見行事吧！」

房裡頭再度落入一片無聲。

3

「你，反對我們的提議嗎？」沉寂片晌之後，一名有著黃頷蛇般令人望而生畏的眼神的三十歲男子開口問道。

「不，我非常贊成。所以，針對這點，我想出了一個相當有意思的計畫，還請大家務必讓我放手試試。拜託各位了！」

聽了我的話，「天鵝之房」眾人的火氣似乎也平息了不少。

「大家都同意嗎？那麼，謝謝大家了！這塊看板，就麻煩借我用到晚上囉！」我一邊說著，一邊快步走出「天鵝之房」。真是太好了！不很難嘛！接下來的事情，就得要拜託「竹子小姐」囉！

一回到房間裡，「卡波雷」便帶著一副頗不甘心的模樣，不斷對我絮絮叨叨個沒停：

「不行啦，『小雲雀』！我在走廊上都聽見啦！那些道理呢？怎麼連一句都沒有擺出來？就算是把基督精神和君子豹變一次講完也好啊！還有自由跟束縛，說一說也行啊！因爲那些傢伙一點道理也不懂，所以跟他們講清楚這些道理才是最重要的啊！另外，『自由思想就是空氣和鴿子』，我怎麼也沒聽你提到呢？」

「等到晚上吧！請放心交給我吧。」我只說了這樣一句話，隨後便躺回了自己的床上。

唉，這的確有點累人呢。

「就交給他，交給他吧！」原便躺於床上的「越後」，此時以頗具威嚴的聲音說著。既然這樣，「卡波雷」也不好再多說什麼了，他勉勉強強地躺了下來。

我並沒有什麼其他的計畫，因爲，我相信，只要將這塊板子拿給「竹子小姐」看，她必定會想出妥善的處理方法的；我對此充滿樂觀。到了下午兩點的伸展運動時間，「竹子小姐」恰巧經過房前的走廊；一見她稍微望向我這處，我便立即伸出右手，以小小的動作對她比了個「過來、過來」的手勢。看了我的示意，「竹子小姐」輕輕點了點頭，其後隨即進到屋裡。

「有什麼事嗎？」她一臉認真地詢問著。

我一邊做著腳部運動，一邊小聲地說：

「枕頭，枕頭啦！」

「竹子小姐」發現了枕頭上的傳閱板，將它拿起，約略地默讀了一遍。

「這個借我一下。」她以冷靜的口吻說完這句話後，便將那塊傳閱板夾於自己的腋下。

「趕快把有問題的地方改過來，不要猶豫了！越快越好！」

「竹子小姐」露出了若有所悟的神情，微微地點了點頭；然後，她走向床頭的窗戶，默默地眺望著窗外的景色。

過了一會兒後，她忽然將身子探出窗外，以毫無虛飾的自然語氣，輕輕地叫喚道：

「源先生，您辛苦了哪！」

窗戶的下方，打雜的老工人源先生，自兩、三天前開始就不停地於那拔著草。

「唉，盂蘭盆節過後才剛除過草的，」源先生在窗下回應著，「結果現在又長起來了！」

我站在一旁，低聲應和著「竹子小姐」的那句「您辛苦了哪！」，心中充滿了欽敬之情。雖然，她面對傳閱板一事所展現出的莫不改色的冷靜態度同樣令我十分感佩；但，相較起來，她這溫柔體貼、美妙醉心的聲音，更顯氣質動人。那聲音聽來，宛如就同某位大戶人家的夫人，正於走廊邊對著老園丁講話似地，完完全全地一派從容閒適，讓人感到非常有教養。或許就像「越後」曾經說過的那樣，「竹子小姐」的母親一定是個相當了不起的人吧？如果是託付給「竹子小姐」的話，這椿濃粧事件一定能夠輕鬆漂亮地解決的；現在的我，似乎感到更加安心。

4

於事件接下來的發展中，我對「竹子小姐」的信賴，得到了出乎我預料之外、相當驚人的回報。就在下午四點的自由活動時間，忽然，自走廊的擴音器裡，傳來了事務員的聲音：

「請保持原姿勢、保持原姿勢，輕鬆地聆聽這段廣播。長久以來一直引起爭議，有關於本道場助手小姐們的化粧問題，剛剛助手小姐們已經自發性地提議，決定要以今天爲最後期限，進行全面的改善。」

「哇喔！」隔壁的「天鵝之房」響起了一片熱烈的歡呼聲。事務員接著繼續說著：

「今天晚飯後，她們將各自把妝洗掉。然後，最遲於今晚七點半的摩擦時間前，她們將會以不致讓美國人產生奇怪誤解的簡樸打扮出現於各位面前，還請所有學員拭目以待。接下來，請大家聽聽助手牧田小姐的話；她表示，自己想向各位學員表達一點自己的深摯歉意，還請大家務必體諒包涵！」

牧田小姐便是大家一向所稱呼的「孔雀」。只聽「孔雀」輕咳了一聲，清清嗓子開口說道：

「我啊呀……」

她才剛一開口，隔壁的房內便傳來了哄堂大笑。但其實，即便是在我們房裡，大家也已全都笑成了一團。

「我啊呀，」她用一種像是蟋蟀鳴叫般的聲音，帶些楚楚可憐地細聲細氣說著：「向來就很不懂得看時機跟場所；雖然年紀最大，卻總是那樣粗魯無用，專門做些讓人很懊惱的事。因此，我在這裡，向各位深深地致上歉意。今後，無論如何，還希望各位不吝指教！」

「好啊！好啊！」的喝采聲，自隔壁不斷地傳來。

「還真是可憐哪！」「卡波雷」若有所思地說著。然後，他斜斜地瞥了我一眼。聽了這段話，我的心裡也感到有些酸澀。

「最後，」事務員做出了總結，「這是助手小姐們共同的希望：她們希望，大家能夠立刻更改掉牧田小姐一直以來的綽號。關於這件事，還請大家務必多多幫忙。今天的臨時廣播就到此爲止。」

廣播一結束，「天鵝之房」立刻又送來了另一塊傳閱板來。

我們全體對此結果一致表示滿意！「小雲雀」，辛苦你了！另外，我們建議，「孔雀」應該改名為「我啊呀」。

對於這個有關綽號的提議，「卡波雷」立刻大表反對；他認爲，不管再怎麼說，幫她取上「我啊呀」這個綽號，實在是太殘酷了。

「你們不覺得，這樣子未免太悲慘了嗎？她可是拼了命在道歉的哪！

不是都說了，要體諒她那真摯的心意嗎？我們不也曾說，『看那天空的飛鳥』云云嗎？這樣叫做一視同仁嗎？在詛咒別人之前，也要先挖好兩個墓穴呀！（譯註：日本的陰陽師詛咒別人時，因詛咒的迴向，自己也要有死的覺悟，所以必須先挖兩個墓穴。）因此，我絕對反對這個提議——我認為，『孔雀』洗掉白粉後，將會露出本來的黑色肌膚，所以，改名『烏鴉』，可能會好一點。」

（若照你這樣改，反而還更加毒辣殘忍吧！不管怎樣，都萬萬使不得啊！）我於心中暗暗叫道。

「既然『孔雀』要變得樸素了，那麼，我們就把『孔雀』的上一字省去，稱呼她為『雀（麻雀）』吧！」「越後」這樣說完後，呵呵地笑了起來。

「雀」是嗎？聽起來似乎頗有幾分道理，但實在是有點無趣。不過，因為是長老的意見，所以，我還是於傳閱板上這樣寫著：

「我啊呀」太過殘酷了，叫她「雀」比較妥當。

然後，我們請「卡波雷」回傳予他們。據說，當時於「天鵝之房」，正在熱烈蒐集著自各個房間匯聚而來的綽號提案；不過最後，「我啊呀」

似乎還是落選了。話雖如此，但當時「孔雀」那輕咳一聲，然後脫口吐出「我啊呀」這幾個字的情景，無論如何，都令人非常難以忘懷。說句老實話，我個人倒是覺得，除了「我啊呀」之外，其他的綽號，都還有點遜色呢！

5

七點的摩擦時間一到，「金魚妹」、「小正兒」、「霍亂」、「竹子小姐」，每個人手上都各自抱著一個金屬臉盆，來到「櫻之房」。「竹子小姐」若無事然地直接走到了我的身旁。至於「金魚妹」和「小正兒」，她們同樣是這次化粧事件中被點名注意的人物；不過，看她們當晚的模樣，雖然髮型似乎稍微做了改變，但臉上看起來應該還是帶著點淡粧。

「『小正兒』好像還是有搽口紅吧？」於我如此小聲探問著「竹子小姐」的同時，她業已唰唰地開始幫我摩擦起身體了。

「那已經是又擦又洗，折騰了老半天之後的成果了呢！要一次完全糾正的話，畢竟還是太過勉強，還年輕嘛！」

「不過，『竹子小姐』，妳的行動力還真是了不起哪！」

「事實上，對於這件事情，場長先前已經提醒過好幾次了。今天事務所的廣播，場長也聽了，並且覺得相當滿意。後來，他還問我說：『今天的廣播是誰的構想啊？』當我告訴他是『小雲雀』的提議之後，就連一向不苟言笑的場長，竟也不禁淡淡地微笑著說：『真是討人喜歡的小孩哪！』」

或許是今日的口紅事件使她不禁地興奮起來吧？「竹子小姐」今晚不同於平常，顯得相當健談。

「那不是我提的案啦！」對我來說，功過賞罰不分明，那可是絕對不行的。

「就意義上來說是一樣的呀！如果『小雲雀』不說的話，我也不知道該怎麼去做才好。除了眾人喜歡的白臉之外，會被人怨恨的黑臉，也總得有人甘願去承擔才行啊！」

「的確是會遭人怨恨呢！」

「嗯。」「竹子小姐」露出了她那獨特的淡漠笑容，並搖了搖頭說：「其實，遭人怨恨倒也沒什麼大不了的，只不過會有點難過罷了。」

「聽到『孔雀』的道歉，也讓我有點難過。」

「嗯。牧田小姐呢，她是自己主動告訴我，說要出來道歉的。她連一點埋怨都沒有，是個很好的人呢！不過，大概就是不太會化粧吧！你看，其實我也稍微搽了點口紅喔！看不出來吧？」

「什麼嘛，這樣妳也同樣有罪喔！」

「看不出來的話，就沒事啦！」她帶著一副淡然無事的表情，繼續唰唰地為我摩擦身體。

這就是女人哪！我在心裡這樣想著。然後，這是自從我來道場之後，第一次覺得「竹子小姐」似乎很可愛。哎，她可是個像真鯛一樣的女人耶！我想，我還是別做傻事吧！

聽完我的話，您覺得如何呢？我在此誠摯地重新建議您，來我們的道場走走吧！這裡有一位值得尊敬的女性，既不屬於我，也不屬於您；這是現在的日本，唯一值得向世界誇耀的珍貴寶物。說我用近乎小題大作的方式在讚美她也好，或講我是被她給徹底征服了也無所謂，總之，那麼一位毫無欲望、對人始終懷抱著深刻關愛之情的年輕女孩，在這世上確實也是極為罕見的吧？「竹子小姐」對於您而言，應該也已不再只是種欲望之類的存在，而是分單純崇愛的情懷吧？在這裡，存在著我輩新男人的勝利。男女之間，可以只是基於信賴和關愛而成為朋友，我們一定可以辦得到這點。這是只有我輩新男人才能品嘗得的，上天賜予的美味果實。如果，您也想體會那分純淨而深邃的滋味，年輕的詩人啊！請您務必到我們的道場走訪一遭。

話雖如此，但說不定，於您的周圍，早有著更出色、更純淨的果實，等待著您採擷品嘗呢？

十月二十日

花宵老師

1

承蒙您昨日的來訪，我感到十分開心。沒想到這種時候，我竟還能收到您所送的花束；另一方面，沒想到便連「竹子小姐」和「小正兒」也各自收得了一份禮物——一冊紅色的英語小辭典。真不愧是詩人作風，設想十分親切周到，特別是能想到爲「竹子小姐」及「小正兒」帶來禮物這點，更是讓我感佩不已。

自從我收下了她們的香菸匣和竹編藤娘人偶後，即便我什麼都沒說，但其實內心是相當在意的，總覺得若不找機會回送點什麼，似乎說不太過去。而您注意到了這一點，並替我帶了件手禮來，這使我著實鬆了一口氣。就這方面來說，您看來比我更有新派作風的味道呢！對我而言，不管是從女人那裡接受東西也好，或是反過來送東西給她們也好，都只會讓我感到有些絆手絆腳，從而不自覺地生出某種煩厭感。也許，就這點來說，我才是有點老古板的也說不定呢！要做到像您這樣毫不羞澀、乾脆大方地與人進行禮物贈答，我想我還有很多的地方需要修練呢！另外，從您的身上，我感覺到，自己似乎還有另一項相當需要學習的東西；看著您那開朗坦然的德行，我不禁這樣想著。

當「小正兒」說「有訪客喲！」然後帶著您走進房間的時候，您可以感受得到嗎？我的心臟已興奮得如同要噴出血般，一直怦怦地跳個不停。

雖然看到好久不見的您，讓我感到無比喜悅；然而，比起這個，當我看見您與「小正兒」彷彿多年舊識般地微笑並肩走進來時，我更是笑得樂不可支。那種感覺，簡直就像是天方夜譚一樣。那番似曾相識的心情，我於去年春天時也曾經品嘗過。

去年春天，剛從中學畢業之時，我染上了肺炎；由於發高燒的緣故，我終日都是昏昏沉沉的。而就在某天，當我偶然往病床的枕邊望去的時候，我發現，我中學的主任木村先生，正與母親於旁邊十分投緣地說笑聊談著。方時，我感到十分驚訝。學校與家庭，分處於兩個截然不同的遙遠世界當中，而這樣的兩個人，竟會在我的枕邊，宛若多年老友般地契合交談著，這實在是件不可思議的事情，就猶如是在十和田湖看見富士山一樣。那個時候，我感覺到一股紛亂，卻恍若天方夜譚般的幸福感，正於我的胸口中雀動不已。

「你看起來，似乎變得相當有精神了呢！」您一面說著，一面將花束遞給我。正當我遲疑不定，不知該將它置於何處之時，只見您用極其自然的神態，向「小正兒」請託道：

「隨便找個粗花瓶都可以，去幫『小雲雀』借一個，好嗎？」

聽了您的話之後，「小正兒」點點頭，立刻前去拿花瓶；至於我，則是目瞪口呆，感覺自己彷彿如同在作夢一般；對於眼前所發生的這一切，完全一頭霧水，絲毫理不清楚。

「你以前就認識『小正兒』？」我脫口而出，問了一個相當愚蠢的問題。

「你不是有在信裡跟我提過她嗎？」

「這樣啊？」

說完之後，我們兩人都不禁哈哈大笑了起來。

「你一見到『小正兒』，就立刻認出是她嗎？」

「沒錯，我看第一眼就認出來了。比起想像，她實際給我的感覺要好上太多了。」

「喔，怎麼說？」

「豔麗，且充滿著戀愛少女般的情懷。沒有想像中的個性惡劣。的確有點孩子氣。」

「你說得沒錯。」

「不過，並不是個壞孩子。骨架很纖細，給人一種嬌小的感覺。」

「你說得沒錯！」

我感覺得到，自己的心情顯得相當開懷。

2

「小正兒」手中端著一只細長的白色花瓶走了過來。

「謝謝！」您將它接了過去，並隨意地將花往裡頭插去，「等一下再請『竹子小姐』幫忙把花插好吧！」

當您一將這句話說出口，病房裡的氣氛便即刻轉變了。雖然您立刻從口袋裡掏出那本準備好的小辭典送給「小正兒」，但「小正兒」並沒有露出喜悅的神色，她僅默默地禮貌道了謝，便急急忙忙地離開了房間。我只能說，這果然證明了「小正兒」的脾氣並不是太好。「小正兒」絕對不是那種會客客氣氣、小心謹慎地向人致謝的女孩。不過，對您而言，除了「竹子小姐」之外的人，都沒什麼大不了的吧？所以，就隨她去吧！

「天氣不錯，我們到二樓陽台上去聊聊天吧！現在是午休時間，所以沒關係。」

「因爲你信上都寫得很清楚，所以我才刻意挑午休時間過來的。而且今天是星期天，我還可以聽到勵志廣播呢！」

您一邊笑著，一邊同我走出房間，踏上樓梯。這時，我們兩人的表情忽然變得嚴肅起來，接著開始討論暢言起天下國家之大事。這到底是怎麼一回事呢？我們不是都已經有所覺悟，要將自己的生命託付給那尊貴的人，輕快地飛往任何地方了嗎？既然如此，那應該已經沒有任何需要討論的事情才對吧？不過，我想，這應該只是我們彼此間因一時的情緒激動，而針對起所謂的新日本的再建，稍微吐露一點自己內心深處的想法罷了。男人之間，無論彼此的關係如何親密，但臨久違重逢之時，總不免會想向對方陳述自己的遠高志向，好讓自己的進步得到對方的認可。說不定便是因爲如此，我們才顯得焦躁不安。一走上陽台，您又開始爲日本基礎教育的失敗感到憤怒：

「正因爲小時候所接受的教育往往將決定一個人的一生，所以，我認爲，應該要讓更高明的人來主持這件事才對。」

「是呀！由那種光是考慮報酬幾何的人來主持教育，根本不行哪！」

「沒錯，沒錯！在功利主義的虛僞與欺瞞下，孩子們根本沒有良好發展的可能性！畢竟，大人們的討價還價，他們已經看得太多了哪！」

「我完全同意。表面上的故弄玄虛已經過時了；要是現在的話，應該一下子就會被看穿了吧？」

您和我差不多，在議論方面似乎都不怎麼高明。不知怎地，我們的談話，似乎逐漸變成了僅僅是針對相同的事情在一而再、再而三地反覆討論。

接下去的這段時間中，我們那不高明的議論也漸顯斷斷續續了起來。「不過」、「主要是」、「總之」、「終究」，說來說去，好像就只有這幾個字眼不斷地竄出。然而，正於我們已感疲憊不堪之際，「竹子小姐」忽然出現於樓下玄關前的草地上。我想都沒想，立刻對她大喊了一聲：「『竹子小姐』！」就在我呼喊她名字的同時，您將褲子上的皮帶給重新繫緊了些。這有什麼特別的意義嗎？「竹子小姐」一邊以右手貼著額頭遮擋著陽光，一邊抬起臉注視著陽台。

「什麼事呀？」她笑著這般回應。老實講，「竹子小姐」那時的模樣，看來還真是不賴。

「我曾經說過，有個人非常喜歡『竹子小姐』，現在他來了，就在這裡。」

「好啦，好啦！」您急急忙忙地對我這樣說道。事實上，於那種時候，我想，除了連忙地說著「好啦、好啦」之外，您大概也說不出其他什麼了吧——這樣的情況，我也曾經體驗過。

3

「討厭啦！」「竹子小姐」這樣說著，並微微地傾著臉，朝您笑著說：「歡迎光臨！」您的臉整個都紅了，忙不迭地對著她點頭行禮。接著，您像是有點不高興似地對我小聲地說：

「什麼嘛！她明明就是個相當標緻的美女啊！你還真是個笨蛋哪！我可是因聽你在信裡不斷說她只是個『高大壯碩相貌端正的女孩子』，所以才十分放心地誇獎她的；可是，這算什麼嘛！她分明就是個大美人不是嗎？」

「和想像的不一樣是嗎？」

「不一樣、不一樣，非常不一樣！『高大壯碩、相貌端正』，這種形容方式，聽來簡直就像將人給當作了馬來描述一樣。什麼嘛！那明明就是不以『苗條纖細』來形容，還找不出第二個詞彙的玲瓏身段啊！膚色也沒你說的那樣黑不是嗎？這樣的美人……，哎呀，我不行了，危險呀！」就在您又急又快地說著這一長串話的時候，「竹子小姐」輕輕地點了點頭，然後便準備朝舊館的方向離去。您一見狀，不禁當場慌張了起來，

「等一下，你，趕快幫我叫『竹子小姐』稍微留步啊！禮物，我還有禮物呀！」說著說著，您把手伸進口袋，取出了那本小型辭典。

「『竹子小姐』！」就在我大聲呼喊她的同時……

「不好意思，我用丟的囉！這是『小雲雀』託我買的，不是我送的喲！」說時遲那時快，唰地一聲，那本紅色封面的可愛小辭典，便從您的手中飛了出去；它於空中滑行的模樣，看來還真是美麗。我於心中不由得對您感到暗暗佩服。而「竹子小姐」則相當有技巧地，以胸部接住了您那純情的禮物，「謝謝您！」她朝您客氣地道了聲謝。看樣子，不管您再怎麼說，「竹子小姐」依舊知道禮物是您送的。眺望著「竹子小姐」走向舊館的背影，您幽幽地嘆了口氣說：

「危險呀！這真是危險呀！」您露出了十分認真的表情，低聲地喃喃自語著，這使我不禁感到又奇怪、又可笑。

「『竹子小姐』真的有那麼危險嗎？她可是那種即使與之獨處於黑暗的房間內，也不會讓人想入非非的人喔！我可是親身試驗過的喔！」

「你呀！淨說些愚蠢的傻話！」您以帶些憐憫的語氣數落著我說：「難道，你連美女或非美女之間的區別都分不清楚嗎？」

我聽了您的話之後，不免覺得有點生氣。您呀，才真的是什麼事都弄不清楚呢！您所看到的「竹子小姐」之所以那樣美麗，是因爲「竹子小姐」那美麗的心毫無遮掩地直接映照於您的心上之故；但是，如果您冷靜觀察的話，便會發現，「竹子小姐」實在一點也稱不上爲美女的。相對地，「小正兒」可遠遠比她漂亮得多了；只是，「竹子小姐」那因高潔人品所散發出的光芒，會使她的美麗完全地被凸顯出來，就不過是這樣罷了。對於女性的容貌，我可是有著比您更加嚴厲不知多少倍的審美眼光呢！不過，我想，如果那時候就女性容貌的問題向您大發議論的話，似乎是件頗爲低俗下流之事。所以，我選擇了保持沉默。總之，由於「竹子小姐」的事，我們兩人間似乎有點針鋒相對了起來；同時，談話的氣氛似乎也變得有些不愉快的傾向。這真不是件好事情。真的，您應該相信我，「竹子小姐」不是美女，也沒有什麼危險可言。說她「危險」？這不是件很可笑的事嗎？「竹子小姐」事實上跟您差不多，就只是個過度嚴肅的人罷了。就在我們保持著短暫的沉默，靜佇於陽台上時，您忽然告訴我，住在我隔壁床的「越後獅子」，是有名的詩人大月花宵。聽到這句話的瞬間，無論「竹子小姐」還是什麼的事，皆已被我拋諸九霄雲外。

4

「不會吧？」我感覺自己就像是在作夢一樣。

「我想，應該是不會錯的才對。剛才我瞥見他的臉時，一下子突然想了起來。我的兄長們都是他的詩迷，而且，我小時候也曾在照片中看過他的相貌，因此，對他的長相，我可說是相當熟悉。我自己也是他的詩迷。至於你的話，我想，至少也應聽過他的名字吧？」

「是啊！我聽過。」

我對詩實在是相當不擅長；然而，即便如此，關於大月花宵的詩，譬如像他歌詠姬百合或是海鷗的詩句，直至現在，我都大致還可以背誦得出來，所以，對於這個名字，我當然也是耳熟能詳。

這些詩句的作者，這幾個月來竟一直都跟我並肩而臥！我一時之間實在難以置信。您也知道，對於詩這種東西，我雖然一竅不通，但是對於天才詩人的尊敬，我可是不打算落於任何人之後的。

「原來就是他呀！」剎那間，我不禁感慨萬千。

「慢著，事情還不是那麼確定哪！」您看起來顯得有些慌亂，「剛才，我不過是匆匆瞥了一眼而已呀！」

總之，還得更仔細地觀察一下才行。星期日的勵志廣播時間即將結束，於是，我們一同回到了樓下的「櫻之房」當中。「越後」正於自己的床上睡著午覺；在我看來，這時候的「越後」，實在看不出有什麼了不起的地方。不過，他熟睡的模樣，倒的確有幾分像是沉睡中的獅子。我們兩人互望了一眼，暗暗地點了點頭；接著，我們不約而同地，深深嘆了一口氣。由於過度緊張的緣故，我們便連話都說不太出來，徒能背對窗戶延佇，默默地聆聽著擴音器中所傳來的唱片音樂聲。節目繼續進行，終於到了今日最精彩的節目——助手們的二部合唱。當助手們開始唱起〈奧爾良的少女（譯註：即聖女貞德。）〉這首歌時，您以右手肘使勁地頂了一下我的腰。

「這首歌是花宵老師寫的呢！」您露出相當興奮的神情，小聲地對我這樣說道。經您這麼一提，我也跟著想了起來：於我小的時候，這首歌被視爲花宵老師的代表傑作，當時的少年雜誌，還曾特別附上插畫地介紹此歌，可以說是首非常流行的歌曲。我們兩人暗中注視著「越後」的表情；「越後」依舊仰臥於床，輕輕地闔著眼；不過，當〈奧爾良的少女〉的合唱一開始，他立刻睜開了眼，將自己貼於枕上的頭略微抬起，並靜靜地傾聽著。這樣的神情只持續了片刻，旋即，他便又像是筋疲力竭似地闔上了眼，隨之閉眼露出了抹夾雜著感傷般的淡淡微笑。您的右手握起拳頭，做出了一個像是在對空揮擊般的奇妙動作，隨後，您握住了我的手；這一刻，我們誰也沒笑，只是緊緊地將雙手交握。

現在回想起來，我們到底是爲了什麼而握手的呢？其實我也不是太過明白。不過，當時若不那樣一動也不動地緊握著手，我還真想不出其他辦法，得以讓你我洶湧翻騰的心平靜下來；畢竟，不管是您，或是我，那個時候，實在都太興奮了。

「那，我走囉！」您以出奇沙啞的聲音如此說著。我點點頭，送您至走廊上。

「的確是他！」出了房門，我們兩人再也忍不住，同時大叫了起來。

5

至此爲止所發生的事，您應該都相當清楚；不過，我想要告訴您的是，當我接下來和您分手，一個人回到房間時，竟因心情興奮過了頭，導致臉上幾近血色全失，整個人反過來陷入了一種極度恐慌的狀態之中。我刻意不去注意「越後」，對著床鋪便仰頭躺了下去；不安、恐懼、焦慮，所有所有感受，全都奇妙地交揉在一起，心情遲遲無法平復，即便我再如何努力，都無法抵禦這股複雜激沛的巨大情感洪流。最後，我只好以小小的聲音，喚了一聲：「花宵老師！」

他沒有回應。我斷然地用力轉過頭，正對著花宵老師的臉。「越後」依舊不發一語，開始自顧自地做起了伸展運動；於是，我也慌慌張張地跟著做起了運動，將腳張開呈大字型，兩手的手指由小指開始，依序往掌心彎折。

「剛剛那首歌是誰寫的啊?爲什麼您會不知不覺地就跟著唱起來了

呢？」我打破沉默，開口詢問著。

「作者什麼的，忘了也好。」對方一派若無其事地回答著。（果然，這個人的確就是花宵老師沒錯吧？）我在心裡這樣想著。

「一直以來對您失禮了。剛剛經朋友告知，我才始知悉您的身分。不管是我的朋友也好，還是我也好，我們從小開始，便都很喜歡您的詩句。」

「謝謝。」他一板正經地說著，「不過，像現在這樣身爲『越後』，我倒也樂得輕鬆就是了。」

「爲什麼，您現在不再寫詩了呢？」

「因爲時代改變了呀！」他一邊說著，一邊呵呵地笑了起來。

我感覺胸口像是被什麼東西給堵塞了般，半晌說不出適當的言語。接下來，有好一段時間，我們兩人就只是默默地做著運動而已。而突然，「越後」對我憤怒地大聲說著：

「別人的事不要管太多！你啊，這陣子未免太過自大了！」我大吃一驚；從以前到現在，「越後」從沒有用過這麼粗暴的語氣對我說話。總之，還是先道個歉爲上。

「對不起！我以後不會再提了！」

「是呀，什麼都別講！你們根本不懂，什麼都不懂！」

的確，這整件事情的發展，簡直是糟糕到不行。所謂的詩人，真是種可怕的生物。我究竟是哪裡得罪他了?關於這點，我完全不知道。

就這樣，整整一天，我們沒有再說過半句話。就連助手們來幫我摩擦身體，和我天南地北地閒聊之時，我也是直直繃著臉，無法好好回應。我總覺得心裡頭騷癢難耐，非常想告訴「小正兒」她們，隔床的「越後」其實便是〈奧爾良的少女〉的作者，讓她們嚇一大跳；然而，「越後」那一句「什麼都別講！」卻完完全全地堵住了我的嘴。唉，實在沒辦法，昨晚，我就只好這樣，帶著暗自飲泣的心緒入眠了。

不過，今天早上，完全出乎我意料之外，這位憤怒的花宵老師，竟然相當爽快地跟我和解了。這令我不禁鬆了一口氣。今早，「越後」久未謀面的女兒前來道場探視他。她的名字叫做京子，年紀和「小正兒」大概差不多，身材削瘦，眼角略挑，氣色有些不佳；不過，就個性上來說，倒是一位相當溫柔的女孩。她來的時候，我們正在進行早餐；她提了個大包袱來，然後一面解開一面對我們說：

「我弄了一點海味的小菜來。」

「是嗎?現在正好可以配飯吃呢!拿出來吧!對了，順便也分一半給隔床的『小雲雀』吧！」

啊?我一下子愣住了。

迄今爲止，「越後」對我的稱呼，不是「那邊的小老師」，就是「書生」，或是「小柴君」，像「小雲雀」這樣親暱的稱呼，他連一次也沒叫過。

6

女孩拿著海味小菜，朝我這裡走了過來。

「請問您有容器可以裝嗎？」

「啊？呃……」我感覺自己有點手足無措，「在那裡的櫃子裡。」我一邊說著，一邊跳下了床。

「請問是這個嗎？」女孩紅著臉，自我床鋪下的櫥櫃裡，拿出了一個鋁製的便當盒。

「啊，是的。麻煩妳了。」

女孩蹲在床下，一面把海味小菜移至便當盒中，一面問我說：

「請問您現在要吃嗎？」

「不，我已經吃飽飯了。」

聽完我的話，女孩將便當收進原來的櫥櫃中，重新站起身來。

「哇，好漂亮！」

她對著您隨便亂插一通的那叢菊花發出了驚讚聲。您那時候相當不應該地說，「要叫『竹子小姐』來插漂亮一點」，可是，我若真就這樣不假思索地跑去拜託「竹子小姐」的話，一定會讓她感到相當難為情吧！而要是我去拜託「小正兒」，那豈不又顯得太過刻意了嗎？就因爲如此，那些花便這樣地一直被晾在那兒，無人理會。

「這是昨天朋友隨意亂插的，到現在一直沒人再把它好好插整齊。」

聽完這句話，女孩不禁偷偷瞄了瞄「越後」的臉色。

「插好吧！」「越後」似乎吃飽飯了；他一面用牙籤剔牙，一面靜靜地笑著說道。看樣子，今天早上的他，心情似乎異常地好，不過，這反倒令人感到有些怪異。

女孩紅著臉，略帶遲疑地走近我的床頭，將菊花自花瓶裡全數拔出，然後，再開始一根根地重新插好。（總算找到適當的人選來把它插好了！）我不由得感到相當高興。

「越後」在床上剌剌地盤著腿，以一副興味盎然的神情，欣賞著女兒的插花手藝。

「要重新寫詩嗎？」這時，我聽見他喃喃自語地說了這樣一句話。

我默默地一言不語；要是再亂說話的話，搞不好又會引來對方的大聲咆哮呢。

「『小雲雀』，昨天真是抱歉了。」他對我這麼說著，並一面有些狡黠地縮了縮脖子。

「不，我昨天說那些話，的確太自以爲是了。」

就這樣，在我連想都沒想到的情況下，我們十分爽快地和解了。

「要重新寫詩嗎？」「越後」又再次地，重覆對自己問著相同的問題。

「請務必要寫！真的，無論如何，爲了我們，請務必要寫！像老師那般淡雅清純的詩作，是現在的我們最想拜讀的。也許我沒辦法很清楚地加以描述，但是，如果一定要比喻的話，那麼，老師的作品就像是莫札特的音樂一樣，是種輕快、高雅而純淨的藝術，而這，正是此刻的我一直夢寐以求的事物。那些擺著奇怪誇張的姿態，故意賣弄玄奧的東西，都已經陳腐了，早被人徹底看破。即使是歷劫浴火後殘留於角落的一株小草，也可以化作爲一首美麗的詩歌；像這樣的詩人，難道已經不存在於這個世界上了嗎？只是一味地逃避現實，那樣是不行的。痛苦是顯而易見的；然而，我們已經下定決心，不管怎樣，都要從容面對，絕不逃避。我們的生命已然託付給了上天，現在所剩的只是一身輕盈。能跟我們這樣的心情緊緊相扣的，也就只有那宛若與迅疾奔流的清泉相互交融的藝術了。我們現在所希望感受到的，是真真切切的事物。我們是一群可以捨棄性命，也可以毫不猶豫地抛開名聲的傢伙。如果不是這樣的話，我想，是絕對克服不了眼前這艱難的局勢的。就像您所說的一樣，看著那空中的飛鳥吧！主義什麼的根本不是問題。我們不能被這樣的東西所欺瞞。只有透過接觸，才能立即確認人的真實與否。因此，問題就在於接觸。就像音樂一樣，若非高雅、純淨之流，便全爲虛假。」

我講著滿口拙劣的歪理，努力地想說服他；等到話一股腦地說出口後，才自覺相當難爲情。（如果不說的話，或許還好一點吧？）我在心裡這樣想著。

7

「已經是這樣的時代了嗎？」花宵老師用毛巾擦著鼻頭，仰面躺下，「總之，就算想早點離開這裡，也沒辦法哪！」

「是呀，是呀！」

到這個道場以來，這還是我第一次因希盼早日恢復健康而備感焦慮。這簡直是白白蹉跎歲月呀！這一刻，我深深地感受到，通往天際的海流，竟是流動得如此緩慢。

「你們跟我們是不一樣的！」花宵老師似乎十分敏感地察覺到了我這

樣的心情，「急躁不得！只要靜下心在這裡好好休養，一定可以恢復健康的！到時候，你們一定可以堂堂正正地，爲日本國的重建成就一番事業。然而，像我這種已經上了年紀的人，唉……」就在他說話的當下，女孩的所插的花也大致完成了。

「和剛才比較起來，好像更難看了耶！」她以開朗的語氣說著。然後，她走近父親的床邊，壓低著聲音對他說：「老爸！你又在說傻話了哪！這種時候，不可以亂說話啦！」說完之後，她擺出一副怒氣沖沖的樣子，瞪著自己的父親。

「我只是稍微抒發一下自己的心事而已，就連這樣也不可以嗎？」「越後」雖然這麼說著，但臉上卻是滿溢悅容，還不停地呵呵笑著。

我也將方才那些焦慮的負面思緒，全都忘得一乾二淨，跟著幸福滿足地微笑起來。

您知道嗎？新時代確實是來臨了。那是猶若天女羽衣般輕盈，又如同淺淺滑過白沙的小河般清冽刺骨的事物。俳人松尾芭蕉的晚年風格以「輕」著稱，以「枯淡」、「閑寂」、「哀感」爲尚；在我中學的時候，福田法師曾告訴過我，芭蕉傾盡心血，終於晚年屆達此般預期與憧憬中的最高理想心境。然而，回過頭來說，即便我們曾幾何時，已自然而然地達到了這樣的心境，那也沒什麼好值得誇耀的。「輕」絕對不是輕薄。沒有捨棄欲望與生命的決心，就絕對無法了解這種心境。那就同辛苦努力、汗流浹背後所吹來的一陣清風，或同當世界的大混亂結束之後，自令人窒息的空氣中誕生而出的一隻拍動著透明羽翼的輕盈鳥兒。不懂得這番道理的人，應該會被永遠排除於歷史的洪流之外，棄之如敝屣吧？啊啊！不管這或那，全都變得陳腐不堪。您知道嗎？這是完全沒有任何理由可言的啊！讓所有的一切全部失去，將所有的一切全都捨棄，唯有這樣的人所獲得的平安幸福，才是真正的「輕」。

今早，我向「越後」論述了那麼一段極度蹩腳的藝術論之類的東西後，老實說，真是不好意思。不過，我注意到了，「越後」的女兒可是我暗中的支持者喲！這讓我獲得很大的自信，同時，也讓我身為新男人的火焰，再次熊熊燃起。在未來的日子裡，我會試著將早上的這段說辭，漸漸琢磨得更加完善。

在此順道一提，您對道場的批評非常中肯，我也感到十分心悅誠服。雖說您僅拜訪了道場片時，然而，整個道場的氣氛，卻因此而忽然豁然開朗了起來，若說這全是拜您所賜，一點也不為過。最值得一提的，當然是花宵老師，他宛若一下子年輕了十歲；除此之外，不管是「竹子小姐」，或是「小正兒」，都要我代為向您問好。

「小正兒」說：「他的眼睛好漂亮呀！看起來就是一副天才的模樣。

睫毛好長，每次一眨眼，彷彿都可以聽到啪嘰、啪嘰的聲音呢！」「小正兒」的話未免太過誇張，您還是不要盡信比較好。那麼，要不要我向您介紹一下「竹子小姐」的說法呢？在我開始講之前，我還是要提醒一下，請您不要太過緊張，放輕鬆，隨便聽聽就好。「竹子小姐」說：

「跟『小雲雀』，真是一對很好的拍檔呢！」

她就只說了這麼一句而已。不過，當她說這話時，可是紅著臉的喲！

至此擱筆。

十月二十九日

竹子小姐

1

敬啓者：

今天要通知您一件悲傷的事。關於「悲」這個字，與「戀」相同，皆是從「心」而生；古人的造字，還真是讓人倍覺百感交集呢！我要通知您的事情就是，「竹子小姐」要嫁人囉！至於她要嫁給誰嘛……，我告訴您，就是場長先生喲！也就是說，她要嫁進這個健康道場的場長——田島醫學博士的家裡了喔！這件事，是我今天從「小正兒」那裡聽來的。

唉，總之，現在就請您聽我將整件事情細說從頭吧……

今天早上，母親帶著我的換洗衣物及其他一大堆有的沒有的東西來到道場來看我。母親每個月會過來兩次，幫我整理身邊的東西。她盯著我的臉，以戲弄人的語氣問道：

「你啊，差不多也該開始想家了吧？」每次過來，她總是這樣一成不變地問我。

「或許，或許吧！」我也用刻意編出的謊話回應著。這是我們每次見面的例行公事。

「聽說，今天可以外出送老媽到小梅橋喲！」

「妳說誰啊？」

「哎，還有誰呢？」

「我嗎？可以外出嗎？許可下來了嗎？」

母親點點頭，接著又說：

「不過，如果你不喜歡走路的話，那就不用勉強囉！」

「怎麼會不喜歡呢？我現在已經可以每天走上十里路了呢！」

「哦，或許，或許吧！」母親學著我的口吻說道。

相隔四個月之久，我脫下睡衣，再次穿上綴有白色碎花的和服，與母親一同步出玄關。那裡，場長正將雙手放於背後，默默地佇立著。

「如何？能夠走走嗎？」母親像是自言自語似地笑著說道。

「男孩子滿一歲的時候就已經能夠站起來『走走』了吧！」場長面無笑容地說了個不好笑的冷笑話，「我叫個助手作陪吧！」

「小正兒」穿著白色護士服，外面套著一件繡有山茶花圖案的紅色短外褂，從事務所一路小跑步過來；她看來有些慌亂地對著母親笨拙地點了點頭，表示致意。今天，陪伴我的人是「小正兒」。

我穿著簇新的低齒木屐，一馬當先地向外走去。這木屐感覺起來異常沉重，讓我的腳步不覺有點踉蹌。

「哎呀呀！腳丫子很健壯哦！」場長在後面鼓譟著。那語氣，與其說是關懷，倒不如說，給人一種冷拔而決絕的感受。「真是不像樣啊！」感覺，場長似乎正在如此斥責著自己，我的心情不由得有些沮喪。我頭也不回地急急朝前快步行去；當我走了五、六步之後，從後面，又傳來場長的聲音：

「剛開始，慢慢來！剛開始，慢慢來！」這次，他的語氣，倒是直截地展露了嚴肅與斥責。然而，與剛才完全相反地，自他這般謹嚴的話語中，我卻反而感受到一股令人愉悅的關愛之情。

我放慢了腳步走著；母親和「小正兒」一邊小聲地交談著什麼，一邊自我的身後追了上來。就在穿過松林間的小徑，踏上鋪著柏油路的縣道時，我忽然有種輕微的暈眩感，於是停下了腳步，佇於原地。

「好大呀！路好大呀！」雖然，那不過是於秋日柔陽的照耀下，閃動著微弱光澤的柏油路面罷了，但是，對我而言，那一瞬間，卻彷彿看見了一脈茫茫奔騰的浩瀚大河。

「果然還是太過勉強了是嗎？」母親邊笑著邊說：「怎樣？下次送行時還可以再麻煩你嗎？」

2

「沒問題！沒問題！」我故意踩著木屐，讓它喀噠喀噠地大聲響著，「我已經習慣啦！」話還沒說完，一輛卡車以驚人的速度自我的後頭超了過去；我不由得「哇」地一聲，大叫了出來。

「好大呀！卡車好大呀！」母親馬上模仿我的語氣，開玩笑地說著。

「大倒是不大，不過很強。好強大的馬力，我想應該有十萬馬力吧？」

「哦，原來，現在就已經有原子卡車了嗎？」今天早上的母親，還是跟平常一樣愛捉弄人。

我們慢慢地走著；就在快到小梅橋的巴士候車站附近的時候，一件相當意外的消息忽然傳入了我的耳中。那是母親與「小正兒」一路閒聊著的某個話題中所出現的對話：

「我聽說場長最近準備結婚了，是嗎？」

「嗯，和竹中小姐。快了吧！」

「竹中小姐？哦，那位助手小姐啊！」

母親似乎有點驚訝的樣子；然而，我所感受到的驚訝，卻是百倍於她；那番衝擊，就像是被十萬馬力的原子卡車給迎面撞上一般……

母親立刻恢復冷靜，對「小正兒」說道：

「竹中小姐是個好女孩呢！不愧是場長，真有眼光！」說罷，她開朗地笑了笑，也沒有再繼續追問下去，便平靜地將話題轉向了其他方面。

我完全記不得，自己是在怎樣的情況下與母親分別的；只覺得，自己的眼前一片模糊，心臟就像是要跳出胸口似地咚咚作響。那種感覺，簡直無法付諸筆墨形容。

在此，我必須向您坦白一件事：我喜歡「竹子小姐」，從一開始就喜歡著她。「小正兒」什麼的，對我來說根本就不成問題。我一直想設法忘記「竹子小姐」，所以才刻意地接近「小正兒」，努力逼著自己喜歡上她；但是，無論如何，終究是沒辦法。在寫給您的信中，我如數家珍似地說了很多「小正兒」的優點，也寫了許多「竹子小姐」的壞話；那絕非我有意欺瞞您，而是我想藉著書寫下這些話語，讓自己心中的念頭消散無跡。縱使我身為新男人，但每思及「竹子小姐」，還是會使我感到身體無比沉重，飛翔的翅膀萎縮得同豬尾巴般地歪曲而纖小，整個人感覺起來，就有如快化為庸俗無味的男人一樣。察覺到這點後，我告訴自己，為了保持身為新男人的面貌，不管怎樣，我都非得斷然整頓思緒不可。於是，我開始試著讓自己對「竹子小姐」完全不理不睬，於內心深處一遍又一遍地對自己鼓動著：「竹子小姐」只不過就是個好脾氣的女人罷了；她不只長得像真鯛一樣粗粗壯壯，就連買東西的眼光也很糟糕啊！……對於如此屢屢說她壞話的我，於心所隱的那份苦悶，我想您應該也得以體會吧？當時，我總在心裡暗暗期待著，如果您也能贊同我，跟我一同說起「竹子小姐」的壞話的話，或許我真的就能漸漸討厭起「竹子小姐」，從而回復到一身輕快的狀況也說不定。然而，事實完全背離了我的期待，您對「竹子小姐」可謂心醉不已，這讓我愈發陷入了困窘的境地之中。於是，我又改變了戰略，我先是刻意地讚美起「竹子小姐」，然後又向您表示，這是毫無欲望的親暱情感，只是新一代男女的交友方式，千方百計地試圖牽制住您。整件事情的原委，就是如此悲哀的真相。我真的沒有欲望嗎？當然有，而且很大。說得更精確一點，我所顯露出的，正是一副心猿意馬、卑鄙透頂的可憎模樣。

3

儘管當您說「『竹子小姐』是個罕見的美人」時，我拚命地試著否定您的想法；但事實上，我自己打從心底，也認爲「竹子小姐」是個無比標緻的美人。打從來到道場的那一天，我第一眼見到她，便有這樣的感覺。

您知道嗎？像「竹子小姐」這樣的女孩，的確是真正的美人。在洗手間青白燈泡的朦朧映照下，在黎明到來前，那充滿奇異氣息的幽暗一隅，靜默無聲、蹲踞於地擦拭著地板的「竹子小姐」，是何等令人驚異的美麗啊！不是我在嘴上逞強，說真的，那時，遇臨此景的正因是我，故而才得以冷靜把持；要是換作了其他人，一定會忍不住犯下什麼罪過的吧？「女人是魔鬼！」「卡波雷」總是把這句話掛在嘴上。或許，女人真的會於無意識間，褪去人類的外皮，幻化爲充滿魔性的怪物呢！

就在此刻，我想向您明確地表白：我愛戀著「竹子小姐」。不管是以前，或是現在，一直都沒有改變。

和母親分別後，我走在路上，感覺自己的膝蓋嘎啦嘎啦地不停顫抖著。我忍不住想喝口水，於是開口說道：

「我想找個地方稍微休息一下。」當這話一出口，那沙啞的聲音便連我自己也嚇了一跳，感覺起來，彷彿就如同是某個人在遠方低語似地微弱。

「累了嗎？再多走幾步可以嗎？那裡有家我們常去休息的店鋪喔！」

「小正兒」帶著我，來到一家大戰前似乎是在經營食堂還是高級料理店的店鋪裡頭。空闊微暗的泥土地板上，隨意散落著些像是炭爐般的東西，還有一台壞損的腳踏車。於房間的一隅，有張簡陋的桌子，周圍擺著兩、三張椅子；桌旁的牆上，有面大鏡子，裡頭折射出慘白的冷光，那陰森的氣息，讓人不由得印象深刻。就算這裡還有在做生意，大概也只能讓熟識的客人進進出出喝個茶而已。不過，道場的助手們外出的時候，似乎倒常選擇這裡作爲她們忙裡偷閒的地方。「小正兒」從從容容地往屋子裡走去，取來了盛著劣質茶葉的茶壺與杯具。我們於那面大鏡子下的桌子前面對面地坐了下來，喝起了微溫的粗茶。我放鬆似地深深嘆了口氣，心情也稍微平復了些。

「聽說『竹子小姐』要結婚了，是嗎？」我以輕鬆的口吻將自己想說的話說出了口。

「是啊。」這時的「小正兒」不知何故，臉上似乎有著說不出的寂寞。像是感受到了點涼意似地，她輕輕地縮了縮肩膀，直盯著我的臉說：「關於這件事，你什麼都不知道嗎？」

「不知道。」我的眼眶毫無預警地感到一陣灼熱，不由得困窘地低下了頭。

「你知道嗎？『竹子小姐』她哭了呢！」

「妳在說什麼討厭的話啊！」「小正兒」那蕭瑟而落寞的語氣，真討厭！真讓人討厭！叫人聽了就覺得一肚子火！「不要隨便亂說些有的沒的好嗎？」

「我沒有亂說話呀！」「小正兒」也含著淚說：「所以我不是跟你說

了嗎？不可以跟『竹子小姐』太要好啊！」

「什麼要好啊？根本沒有那回事！不要擺出一副自以爲什麼都懂的樣子對我說話，可以嗎？簡直討厭到讓人受不了！『竹子小姐』要結婚是件好事啊！是件可喜可賀的事，不是嗎？」

「別再裝了！我全都知道得一清二楚！不要再這樣自欺欺人了，不要啊！」淚水自「小正兒」大大的眼睛中泉湧而出，盈滿於睫，撲簌簌地順著臉頰不停淌下，「我知道！我全部都知道！」

4

「夠了吧！這樣子連一點意義都沒有，不是嗎？」在這種地方，要是給人看到了，那多尷尬啊！「什麼意義都沒有，對吧？」我不斷不斷地重複著這句話。不管再怎麼樣，我也絕對不能認爲它有意義。

「『小雲雀』，你還真是個漫不經心的人呢！」「小正兒」一邊以指尖擦拭著頰上的淚水，一邊輕輕地笑著說，「一直以來，你真的都不知道場長和『竹子小姐』的事情嗎？」

「那種下流的事，我不知道。」我忽然感到很不愉快，有種莫名的衝動，想把手邊所能拿到的一切東西，全都抓起來用力摔擲。

「什麼叫『下流』啊?結婚是下流的事嗎?」

「不，我不是那樣的意思，」我支支吾吾地說，「只是，從以前開始，他們就一直有什麼……」

「唷，別胡說八道!沒這回事。場長先生是個堂堂正正的人哪!雖然他什麼都沒跟『竹子小姐』說，不過，事實上，他之前就已向『竹子小姐』的父親提過親了。『竹子小姐』的父親由於疏散的緣故，這陣子到了我們這一帶來;然後，直到最近，他才終於將這件事告訴了『竹子小姐』。『竹子小姐』知道了這個事情後，可是連哭了兩、三晚，說她不想嫁呢!」

「那不是很好嗎?」聽到「小正兒」這麼說，我不禁感到有點痛快。

「哪裡好呀?因爲哭，所以好嗎?真討厭呀，『小雲雀』!」她笑著這樣說道。我見她的臉頰微微傾著，眼中散發著生氣勃勃的奇妙光芒;接著，她的右手突然倏地往前伸出，緊緊握住了我放於桌上的手，「『竹子小姐』啊，她是因爲愛戀著『小雲雀』，所以才哭泣的呢!真的!」說著，她的手握得更緊了，而我也下意識地，相同用力地握了回去。這僅是毫無意義的握手罷了。察覺到自己這愚蠢的舉動後，我立刻將手給縮了回來。

「需要幫妳加點茶嗎?」我像是在掩飾自己的羞怯似地說著。

「不，不用了。」「小正兒」低垂著猶若脆弱不堪的眼瞼，她以十分乾脆而不可思議的果決態度，拒絕了我的要求。

「那，我們離開吧？」

「嗯。」

「小正兒」輕輕地點了點頭，仰起臉來。那臉龐，真是美極了。真的，實在是美極了。在她全無表情的臉上，鼻翼兩側因疲憊而泛著細小的皺紋，下顎突出的嘴微微地啓著，大大的眼睛中，流露出一股冰冷、深沉而清澈的氣息；那是一張略微蒼白的臉，散發著異常高雅的氣質。這種氣質，是對一切所有坦然放手，將一切全都捨棄的人才會具有的特質。「小正兒」自痛苦中掙脫而出，開始蛻變爲綻放著透明無欲的嶄新美感的女人；她也成爲了我們的同伴，委身於新造的大船，毫無罣礙地、輕鬆朝著通往天際的海潮揚帆前進。微弱的「希望」之風，輕柔地撫著我的臉頰。那時，我驚覺了「小正兒」臉龐的美，心頭忽然湧上了「永遠的處女」這個字眼。平常的時候，我總覺得那不過是個矯揉造作的詞彙；但此刻，我卻連絲毫作態感也無，而且，確實地觸及到它的鮮活與清新。

「永遠的處女」這麼時髦的話，被我這個粗魯的人一用，或許要讓您笑話了；不過，當時「小正兒」臉上的那高雅的氣息，的的確確地拯救了我。

那一刻，「竹子小姐」的婚事，於我的心裡，亦恍若化作了無比遙遠的往事，而我的身體也隨即變得輕快了起來。那並非什麼「死心斷念」之類的思緒，只是種彷彿看著眼前的景物越飄越遠。猶如將望遠鏡倒過來觀看般的感覺。我的心中已然了無牽掛，剩下的唯有完成了某些事情後的爽快滿足感而已。

5

晚秋澄澈的青空中，一架美軍的飛機正於中盤旋著；我們站在那間像是食堂的屋子前，抬起頭向上仰望著。

「真是無聊的飛行哪！」

「嗯。」「小正兒」微微笑了一下。

「不過，飛機這東西的模樣，也可以算是一種嶄新的美；因爲在它身上，完全找不出半點多餘的裝飾呢！」

「的確呢！」「小正兒」輕輕地說著，如同個純真的孩子般，目送著天上的飛機漸形遠去。

「沒有多餘裝飾的姿態，總是最美麗的。」

我說的不只是飛機，同時亦是針對「小正兒」那完全無我般的純真姿態，於心所暗自抒發的感懷。

我們兩人靜靜地走著。對於在路上所遇到的女孩，我一一仔細端詳著她們的面容。當然，美醜的程度一定有所差別，但是，現代女性的臉龐幾乎都是同樣地、如「小正兒」般，流露出一種無欲而透明的美。女人當然存在著女人該有的樣子，然而，要回復到大戰之前的女人模樣，基本上是不可能的了。這便是經歷了戰爭的苦悶洗禮後，從而展現出的嶄新「女人味」吧！至於這種氣質，究竟該用什麼方式來形容好呢？就宛若出谷黃鶯之音般地美妙吧？如果這樣形容的話，我想您應該也能夠明瞭吧？換句話說，這其實也就是一種「輕」。

我在將近中午的時候回到了道場。因爲往返走了足足超過了半里路，我感到相當疲倦，就連換個睡袍去嫌麻煩；因此，我連短外褂也沒脫，便往床上一攤，就這樣昏昏沉沉地睡著了。

「『小雲雀』，吃午餐囉！」

我稍稍睜開了眼，只見「竹子小姐」手裡端著餐盤，正站於我的面前微笑著。

啊啊！場長夫人！

我立刻從床上跳了起來。

「對、對不起！」說完之後，我想也不想地，對她輕輕點了點頭。

「睡迷糊啦！貪睡鬼。」她像是自言自語似地說著，然後將我的餐盤放於床頭。

「哪有穿著和服就這樣睡著的人呀！現在感冒的話，後果可是很嚴重的喲！得快點換上睡袍才行！」她皺著眉，一邊不高興地說著，一邊自床鋪的抽屜裡取出睡袍，「還真是需要人照顧的小少爺呀！來，我來幫你換！」

我走下床，解開了和服腰帶。這是一如平時的「竹子小姐」啊！什麼跟場長結婚的事情，一定是胡說的吧！我忍不住地這樣想。什麼嘛！原來這一切全是我剛才昏沉沉睡著時所作的夢嘛！母親來看我是場夢，「小正兒」在那間像食堂的房屋裡哭泣也是作夢。一瞬間，我忽然有這樣的感覺，而且不自覺地高興了起來。然而，事實並非如此。

「很好看的久留米花布哪！」「竹子小姐」幫我脫下和服，「很適合『小雲雀』穿呢！剛才，「小正兒」一副很開心的樣子喲！我聽她說，你們回來的時候，一起在老婆婆那裡悠閒地喝了杯茶呢！」

果然，那不是夢呀！

「『竹子小姐』，恭喜！」我對她說了這樣一句話。

「竹子小姐」沒有回答，只是默默地自後頭幫我把睡袍穿上，她從睡袍的袖口中將自己的手給伸了進去，然後，緊緊地、很用力地，擰著我手臂上的肉。我咬緊牙關，忍受著這樣的疼痛。

6

接著，「竹子小姐」繼續若無事然地幫我換好了睡袍。當我吃飯的時候，她便於旁爲我摺疊著那件碎花布和服。我們之間，彼此連一句話也無。過了好一會兒，「竹子小姐」才以極輕、極細微的聲音，於我的耳邊低語著：

「你要忍耐喔！」

我感覺得到，「竹子小姐」所有的心意，似乎全都包含在這句短短的話語之中。

「過分的傢伙！」我邊吃飯，邊學著「竹子小姐」的關西腔，也輕輕地低聲說著。

我也想在這樣的一句話中，道盡自己所有的心意。

「竹子小姐」吃吃地笑著，對我說了聲「謝謝！」

我們終於相互取得了諒解。現在的我，打從心底，由衷地爲「竹子小姐」的幸福祈禱著。

「妳準備在這裡待到什麼時候呢？」

「這個月底吧！」

「舉行個歡送會吧？」

「哎呀，討厭啦！」

「竹子小姐」誇張地抖了抖身體，很快地將疊好的和服放入抽屜內，然後，又擺出一副若無其事的表情，離開了房間。爲何我身邊的人都能如此地率真爽朗呢？我想，那是因爲，他們都是很好的人吧！這封信是利用午後一點的演講時間邊聽邊寫而成的。您知道今天的演說是由誰主講嗎？高興一下吧！是大月花宵老師喔！最近這段時間，大月老師在我們道場可是大受歡迎的人物呢！至於「越後獅子」那麼失禮的綽號，早就被大家給不知拋到哪裡去了。

您應該猜得到，在那之後，我忍耐了兩、三天，對誰也沒有說；不過，到最後，我終於還是忍不住了，便偷偷地告訴了「小正兒」。這一下，消息立傳遍了整個道場。總之，一聽到〈奧爾良的少女〉的作者，所有人全都無條件地肅然起敬。就連場長巡房時，也爲自己的後知後覺向花宵老師表示自己的失禮。我想，這其中大概也有點道歉的意味在吧？

現在，新館當然不用說了，但就連舊館的學員，亦接連不斷地有人拿著自己所做的詩、和歌、俳句等，登門拜託老師協助修改、訂正。然而，花宵老師卻絲毫沒有表現出任何趾高氣昂或其他之類的淺薄舉止。不過，他到底還是不愛說話的「越後獅子」，因此，有關修正學員的詩歌等等的任務，大部分皆交由「卡波雷」一手包辦。

說到「卡波雷」，他這陣子可得意啦！他以花宵老師的大弟子自居，動不動就擺出一副高高在上的模樣，對別人苦心作成的作品大肆修改。今天，他應事務所的請求，居中促成了花宵老師的第一次演講。當這場以「獻身」爲題的演說透過擴音器播出的時候，我們全都像是在聆聽著一位高貴的偉人在教誨著般，充滿了肅穆的心情。事實上，那的確是穩重而富有威嚴的聲音。聽了他的演說，我內心不禁想著，花宵老師或許是遠比我想像中還更偉大的人物也說不定。演講的內容十分不錯，完全沒有陳腐之氣：

「獻身，絕非是因絕望與感傷而盲目自戕。那是大錯特錯的。所謂的獻身，是種讓自己的生命以最爲燦爛的方式永遠生存下去的行動。人類正是依靠著這種單純的獻身，得以持續不滅。然而，獻身並不需要任何準備。就在今天，就在此刻，以現在這樣的姿態，將自己全心全意地奉獻出去。拿鋤頭者，就應該以拿鋤頭的農夫姿態，徹底奉獻自己。完全不需要冒充僞裝，僅要保持著自己原來的姿態。獻身不必猶豫；人類在生命的每一分、每一秒，都必須奉獻自己。若只是想著要如何華麗地獻身，並因此而費盡心思，這是最沒有意義的事情。」

花宵老師用強而有力的語氣，這麼諄諄告誡著。我一邊聽，一邊不覺地感到面頰灼熱。迄今爲止，我一直在那裡強調「新男人」，未免有點過度流於自我宣傳的意味了。將過多的意識投注在爲獻身而做的準備上，就好似濃妝艷抹一般，毫無意義。因此，關於新男人的招牌，我就在此斷然地將之撤除吧！此刻，於我周圍的景象，已同我一般充滿著光亮。也許，在我們出現的任何地方，都會有著這樣一道明亮的光芒，引領著我們不斷前行吧？再也不必多說什麼，無論遲，或早，就順著那極其理所當然的步調，筆直地前進吧！這條路將通往哪裡呢？或許，就問問那不斷綿延的藤蔓吧！我想，藤蔓它會如是回答：

「我也不知道呀！但是，我所到之處，必然陽光普照。」

再會了，日後再聊。

十二月九日

解說

墮落頹廢與善良溫柔

——談太宰治小說之男性角色塑造

歐宗智

一　作品歷久不衰

日本文壇有不少大作家以自戕了結一生，如芥川龍之介、太宰治、三島由紀夫、川端康成等，令人喟嘆、懷念之餘，作家與作品更添神祕感與吸引力，其中，日本「無賴派」（又稱「頹廢派」、「破滅型」）作家太宰治（本名「津島修治」，1909－1948），一生即充滿傳奇色彩。

二〇〇六年春，到日本東京都自由行，從新宿驛搭乘橙色中央線電車往西行，至郊區藝文氣息濃厚的三鷹市，尋訪禪林寺中，以小說〈斜陽〉與〈人間失格〉聞名於世的作家太宰治之墓，發現其墓碑前除鮮花之外，尚供奉多瓶開了的清酒、燒酒，顯然是忠實讀者前來憑弔所留下的。先前，已拜讀其作品，欣賞太宰治猶如低吟古老美好日本的輓歌，那引起廣大共鳴迴響的「毀滅美學」，內心充滿淒美與悲涼之感。現場憑弔之時，如見其人，感慨萬千。此行，亦親身見識，直至二十一世紀，太宰治依然受到讀者重視的程度。

二　以自殺結束傳奇一生

太宰治本家爲青森縣數一數二的大地主，其父曾任眾議院、貴族院議員，並經營銀行及鐵路。太宰治家境富裕，許多作品都可以看到其貴族生活的描述。太宰治求學過程成績優異，對芥川龍之介、泉鏡花的文學作品十分欣賞，於中學時代即開始創作生涯。一九三〇年入東大法文科，奉文學名家「井伏鱒二」爲終身之師。他出身貴族，卻以無法融入大眾生活爲恥，甚至於參與反壓榨的社會運動，然失望之餘，終而沉迷在酒、菸、藥物與女人之中。

他先前已有因無法獲得心靈安寧而自殺數次的紀錄，後雖在井伏鱒二作媒下結婚，生兒育女，有一段穩定的生活與創作期，但他還是不改冶遊之習，有了外遇，還生下孩子。在開始創作〈斜陽〉之時，他認識了女讀者「山崎富榮」。一九四八年，其〈如是我聞〉震驚文壇，並著手撰寫猶如公開遺書的〈人間失格〉。未久，隨著結核病的惡化，竟與愛人山崎富榮於同年六月十三日深夜，在東京都三鷹市「玉川上水」連袂投水自盡，結束其燦爛、傳奇、多感而淒美的一生。

三　沒落貴族的墮落與頹廢

由太宰治的作品與其生平比對印證，不難發現小說中的無賴作家，往往就是太宰治本人的化身，《維榮之妻》此部短篇集作亦可作如是觀。不過，關於書中男性角色之塑造，除了有著沒落貴族的墮落、頹廢、厭世，另有善良溫柔，乃至奮鬥向上的一面，呈現其內心的矛盾與掙扎，值得省思與同情。

《維榮之妻》一書中諸作的男性角色，多爲家世好卻已沒落，學歷佳而喜歡或從事寫生，大男人主義但有女人緣，然經濟困窘，飽受生活之苦，乃至厭世悲觀，逃避於酒色。〈盲目隨筆〉的作家因是貴族之子，竟向人借了三塊錢可以故意不還；〈富嶽百景〉的「我」，爲了來自故鄉的資助完全中斷而非常困擾；〈黃金風景〉的「我」說：「比起工作，錢的事向來更令我惱煩。」〈雪夜的故事〉的哥哥是小說家，怪胎一個，年近四十，毫無名氣，且一貧如洗。〈潘朵拉的盒子〉裡，父親是世界級學者的「我」，挖苦自己：「論貧窮程度，大概也是世界級的。」〈維榮之妻〉的無賴詩人，阮囊羞澀，卻膽敢花天酒地，賒欠酒錢不說，還偷小飲食店的錢，簡直窩囊透了。〈櫻桃〉的小說家一出門，經常整個禮拜沒回家，總是藉口工作、工作，實則一天寫不到兩、三張稿紙，其餘時間每每耽於酒色，之後再去煩惱金錢的事；而且他窮得恐怕連家中孩子都沒看過「櫻桃」這種奢侈品，一方面心想帶回去給他們吃到的話，一定很高興，然而差勁的是，身爲父親的他，面對一大盤櫻桃，竟又一顆也不放過，自己吃個精光！

生活對這些男性角色而言是艱辛痛苦的，思想充滿了厭世悲觀的色彩，〈維榮之妻〉的詩人丈夫大谷，告訴在小飲食店打工代夫還債的妻子：「在男人的生命裡，除了永不消絕的『不幸』外，再無他物。終此一生，盡是恐懼，以及無止盡的鬥爭。」又抱怨道：「我呀，說起來或許有些矯揉造作，但我想死，卻沒辦法。打從出生以來，我便一直想著死亡這件事。為了大家好，死掉算了。我很想這樣做，可是實際上呢，卻再怎麼也死不了。奇怪哪，似乎有什麼可怕的神明存在似地，牽絆著我的死亡。」〈櫻桃〉中，生活得「大汗如雨」的作家丈夫，注視胸前有著「淚之谷」的妻子，心想：「活著是件相當辛苦的事。每個生命的環節間彷彿皆被繫上了沉重的鎖鏈，彼此緊緊牽絆著，稍一拉扯，便致傷見血。」既然家裡讓人喘不過氣，也就想逃避現實了，而「酒」與「色」正好提供了逃避的天地，〈盲目隨筆〉的作家，早晨感到不適，得邊品酒才能邊起身；〈維榮之妻〉對家庭可說完全不負責任的天才詩人，根本是醉茫茫的酒徒；〈櫻桃〉的小說家，也老是喝悶酒，然後才又煩惱起道德、自殺的事。

四　大男人與女人緣

這些酒徒，卻是大男人主義者，〈盲目隨筆〉的作家因妻子自作主張，拿私房錢資助一位貧窮的朋友，令他勃然大怒，憤而將煮沸的鐵茶壺朝妻子丟過去。〈維榮之妻〉的詩人丈夫非但不顧家，更我行我素，全然不將外遇當一回事。後來妻子至小飲食店打工，反而經常能在店中見到不愛回家的丈夫，為此私心覺得幸福，丈夫卻澆她冷水，說：「女人家，沒什麼幸福、不幸福可言的。」結果，妻子在一個雨夜之後，遭送她回家的年輕客人（也是崇拜詩人丈夫的讀者）輕易佔有了身體，這無疑是對大男人主義的丈夫之一大譏諷。隔天，丈夫渾然不知，還邊看報紙，邊指責有人寫他壞話，說他是享樂主義的假貴族，罵他是衣冠禽獸，根本不了解妻子內心的痛苦，妻子淡然回應：「衣冠禽獸也罷，我們哪，只求能夠活下去就不錯了。」怎不悲哀！

可怪的是，這些男性角色頗具女人緣，甚至女性會主動投懷送抱。〈盲目隨筆〉的鄰居，十六歲的松子，幫心儀的作家謄稿，說：「誰都沒有發覺，您是位高貴的人。您不可以死。我什麼都可以為您做，赴湯蹈火，在所不辭。」〈櫻桃〉的小說家幾乎是左擁右抱，身旁不乏女人。最誇張的是〈維榮之妻〉的天才詩人大谷，妻子本是流動攤販之女，與之同居生子而未入籍；其後大谷與酒吧女服務生秋子或有夫之婦等交往，如同吃軟飯；又在小飲食店勾搭上未滿二十歲的女侍；最後，幫大谷還債的是在京橋經營酒吧的漂亮老闆娘。雖然大谷一文不名，然因家世顯赫及文學才華之故，女性幾乎不分年齡，都喜歡著他，比如小飲食店老闆向老婆說明詩人大谷的種種，老婆聽後竟然和酒吧女服務生秋子競爭似地，跟著迷暈了頭，她們那種等待大谷先生大駕光臨的心情，令小飲食店老闆大搖其頭，難以忍受。

這樣的男性，其墮落頹廢的無賴形象，多麼鮮明！此或爲太宰治本人的投射，是以作者毫不避諱，〈富嶽百景〉即透過前來拜會的青年「新田」直接說道：「佐藤春夫老師於小說中曾道，太宰先生是偏激的頹廢派，且是名性格破產者。」「我」聽後只有苦笑，彷彿默認了。

五　善良溫柔的一面

其實，墮落、頹廢、厭世之外，仍可看出太宰治小說男性角色之善良溫柔，以及試圖扭轉生活的努力。

〈畜犬談〉的「我」生性怕狗，散步時一隻醜陋的流浪犬跟隨返家，索性就養了下來，取名「小不點」。漸漸日久生情，後來要搬家時，妻子想把小不點一起帶走，「我」則堅決反對：「不行！我並不是因為可愛才養牠的耶！而是因為害怕遭狗報復，逼不得已，才悶不吭聲地收留牠的。妳到現在還搞不懂啊？」加上小不點罹患皮膚病，讓人忍無可忍，於是夫婦準備在搬家之前，毒死小不點。未料毒藥失效，「我」爲之心軟，認爲狗兒無罪，何況藝術家原本就該是弱者的同伴，於是告訴妻子：「我決定帶小不點上東京。如果哪個朋友敢笑牠醜，我就揍他！」還要妻子趕緊設法醫治小不點。「我」內心隱藏的善良，令人會心一笑。

再如〈富嶽百景〉的「我」，原本認爲富士山庸俗無奇，但在富士山御坂嶺的「天下茶屋」小住之後，逐漸發現富士山的偉大與美麗。未久，看到遊女（妓女）團分乘五輛汽車到御坂嶺來，對於一般遊女的幸福等等，「我」無法奉獻什麼，而這世界上，就是有些人硬是佯作清高地蔑視她們，這使「我」相當心疼。於是「我」突然異想天開，拜託眼前的富士山好好照顧這些弱勢的女性。又，「天下茶屋」只有看店的小姑娘一個人在的時候，「我」盡量克制自己，不要走出二樓房間，而茶店有來客時，「我」總覺得有義務守護女孩似的，悄悄走下二樓，找個角落坐下，慢慢地喝茶。以上在在顯示太宰治小說男性角色之善良與溫柔。

六　反省與挑戰

更值得注意的是，太宰治小說男性角色固然在人間受苦，飽嘗身心的折磨，乃至厭世悲觀，實則他們也有所反省，試著努力去面對生活的壓力與挑戰。

比如〈黃金風景〉的「我」與孩提時代家中的女傭阿慶重逢，此時，以前常被「我」欺負的阿慶已結婚生子，是個端莊的中年婦人，相對地，被逐出家門，窮途潦倒的「我」，「內心的深處微邈地響起這樣的聲音：『你輸了！你輸了！』」但「我」哭了之後，終將挫折昇華爲生活下去的勇氣，心想：「我認輸了。但或許，這才是好事一件。不這樣的話，才真的不行。相信，他們的勝利也將成為我重新出發的動力。」書信體中篇小說〈潘朵拉的盒子〉裡，因肺結核而放棄升學，至「健康道場」療養的「小柴利助」，綽號「小雲雀」，二十歲，頃值戰後，原本有「自己的存在，只會平添他人的困擾而已；我，不過是個多餘的累贅罷了……」這種痛苦的想法，後來獲知同房病友「大月松右衛門」先生即有名的詩人「大月花宵」，「小雲雀」深受激勵，告訴「花宵老師」：「痛苦是顯而易見的；然而，我們已經下定決心，不管怎樣，都要從容面對，絕不逃避。」末了，「小雲雀」引用「花宵老師」演講的內容，以「獻身」相互勉勵，謂「獻身，絕非是因絕望與感傷而盲目自戕。那是大錯特錯的。所謂的獻身，是種讓自己的生命以最為燦爛的方式永遠生存下去的行動。人類正是依靠著這種單純的獻身，得以持續不滅。然而，獻身並不需要任何準備。就在今天，就在此刻，以現在這樣的姿態，將自己全心全意地奉獻出去。拿鋤頭者，就應該以拿鋤頭的農夫姿態，徹底奉獻自己。完全不需要冒充偽裝，僅要保持著自己原來的姿態。獻身不必猶豫；人類在生命的每一分、每一秒，都必須奉獻自己。若只是想著要如何華麗地獻身，並因此而費盡心思，這是最沒有意義的事情。」這無疑是作者經過內心掙扎之後，勇敢面對現實，準備迎接未來的莊嚴宣言，相當振奮人心！

七　留下永恆形象

綜觀之，太宰治因爲厭世，所以選擇墮落頹廢，爲了逃避令人窒悶的現實，不斷地沉淪與自我放逐，過著「無賴」般的生活，對抗所謂的社會道德與普世價值。事實上，由其作品可以得知，善良溫柔的太宰治，內心痛苦掙扎之餘，亦試圖奮鬥向上，有著對人生積極渴望的另一面。只是，其敏銳易感的靈魂終究徬徨憔悴，厭惡塵世，討厭自己，乃至無法自我救贖而以悲劇收場。

無論如何，本書中的男性角色，展現了生活的沉淪與向上的掙扎，也點出人生的無奈與矛盾，畢竟在廣大的讀者心中，留下了永恆不朽的形象。

【撰文者簡介】

歐宗智，一九五四年生於台北，文化大學中文系文藝創作組、東吳大學中文研究所畢業。現任台北縣清傳高商校長、連清傳文教基金會執行長。長期推廣閱讀，不遺餘力。

創作文類包括小說、散文、詩，出版《仰望自己的天星》、《春衫猶濕》、《觀音山下的沉思》、《送你一朵花》……等十餘種。近年以論述為主，鑽研大河小說，多次應邀於文學國際學術研討會發表論文，深受重視，著有《為有源頭活水來——書評集》、《走出歷史的悲情——臺灣小說評論集》、《橫看成嶺側成峰——臺灣文學析論》、《東方白「浪淘沙」析論》、《多少英雄浪淘盡——「浪淘沙」研究與賞析》、《臺灣大河小說家作品論》、《好書永遠不寂寞——書評與文學批評集》、《透視悲歡人生——小說評論與賞析》等，兼具論文之理與小說之趣，逸趣橫生，可讀性高，素有「校長評論家」之譽。

太宰 治 *Dazai Osamu*
（1909 - 1948）

本名津島修治，昭和時代代表性小說家，「無賴派」文學大師，素有「東洋頹廢派旗手」之稱號。出身青森縣北津輕郡的知名仕紳之家。

1930年，進入東京帝國大學法文科就讀，師從井伏鱒二，卻因傾心左翼運動，耽湎菸、酒、女色而怠惰學業，終致遭革除學籍。1935年，其短篇創作〈逆行〉入選為第一屆芥川賞候補作品。1939年發表的〈女生徒〉，獲第四屆北村透谷文學賞。

三十歲時，透過恩師井伏鱒二之執柯，與教師石原美知子結婚。新婚生活帶予其的精神安定，使之書寫出〈富嶽百景〉、〈跑吧！美樂斯〉及〈斜陽〉等著名作品，而晉身當代流行作家。然，長相俊美的他，一生始終脫離不了女人，鎮日過著悒鬱、酗酒、尋歡作樂的浪蕩生活。於心思細密敏感的他來說，活在世間便是一連串無盡的折磨。強烈的厭世導致他的墮落，加之以結核病的纏身，身心的煎熬又使他自我憎惡。他曾自殺四次未遂，最後，終於1948年6月13日深夜，與傾慕他的女讀者山崎富榮投玉川上水自盡，走向死亡解脫，留下文學絕響，得年39歲。最終留下的遺作〈人間失格〉，可視為太宰治本人的半自傳性作品，小說主角大庭葉藏幾乎便是作家本身的原型。

其死亡之日，恰逢日本的「櫻桃忌」，於他九十週年（1999年）冥誕，當日正式被定為「太宰治誕生祭」。於其故鄉金木，亦設有紀念此位曠世文豪的紀念館「斜陽館」，被劃定為日本國內重要文化財產。

太宰治又與坂口安吾、織田作之助、石川淳等人組成「無賴派」，或稱「新戲作派」。頹廢作風使他成為「無賴派」的代表性人物，亦被譽為「毀滅美學」的一代宗師。其文學成就及對後世之影響，足與川端康成、三島由紀夫等戰後文學大師相提並論。

於他戰後的作品中，短篇〈維榮之妻〉（1947年）、中篇〈斜陽〉（1947年）、〈人間失格〉（1948年），被認為是其最優秀的代表創作。

譯者簡介

鄭美滿

1961年生，台北縣人。

曾任科學教育館祕書、淡江大學及中國文化大學日文系兼任講師、台北商業技術學院講師、科見日語日文講師、YMCA日語講師。譯有《迷宮的構圖》、《抱著貓的屍體》、《轉生》、《碑文谷事件》、《午夜的賀電》（以上皆由新雨出版）。

維榮之妻

Villon's Wife

太宰治 著

譯者 鄭美滿
文字潤色 許韶芸、鄭天恩
編輯 許韶芸
發行人 王永福
出版者 新雨出版社
地址 台北縣三重市重安街一〇二號八樓
電話 (02) 2978-9528・(02) 2978-9529
傳真電話 (02) 2978-9518
郵政劃撥 11954996 戶名：新雨出版社
電子信箱 a6689@ms22.hinet.net
出版登記 局版台業字第 4063 號
出版日期 二〇一〇年一月初版
定價 二九九元